Crome – Warrior Lover

von

Inka Loreen Minden

Bibliografische Information der Deutschen Nationalbibliothek
Die Deutsche Nationalbibliothek verzeichnet diese Publikation in der Deutschen Nationalbibliografie; detaillierte bibliografische Daten sind im Internet über
http://dnb.d-nb.de abrufbar.

Crome – Warrior Lover 2

www.inka-loreen-minden.de

E-Mail: lucy-palmer@inka-loreen-minden.de

Deutsche Erstausgabe Oktober 2013

© Cover Art by jdesign.at
unter Verwendung folgender Motive:
Paar: © konradbak – Fotolia.com
Stadt: © chungking – Fotolia.com

Autorenfoto: © Guido Karp 2011 – p41d.com

Herstellung und Verlag: Createspace
ISBN-13: 978-1492829799
ISBN-10: 149282979X

Printed in Germany
by Amazon Distribution GmbH, Leipzig

Kapitel 1 – Miraja

Wie setzt man seinem Leben am schnellsten ein Ende?
Mit diesem Gedanken beschäftige ich mich seit achtundzwanzig Tagen. Seit der Warrior Blaire mich zu seinem Lieblingsopfer auserkoren hat. Vier Mal hat er mich als seine Sklavin erwählt, vier Mal bin ich durch die Hölle gegangen. Also, was kann ich tun, damit der Albtraum endlich ein Ende nimmt? Aufhören zu essen? Den Kopf so lange gegen den Beton schlagen, bis mein Schädel zerplatzt? Ich habe keinen scharfen Gegenstand, um mir die Pulsadern aufzuschneiden. Ob ich sie mir aufbeißen könnte?

Reglos liege ich auf meiner schmalen Pritsche und starre die kahle Wand an. In meiner Zelle gibt es nichts außer diesem Bett, einer Toilette und der Überwachungskamera. Kein Fenster, kein Bild, kein Screener, keinerlei Beschäftigung. Ich bin allein mit meinen Gedanken und Schmerzen – und die treiben mich in den Wahnsinn.

Die körperlichen Schmerzen sind nicht das Schlimmste, denn die gehen irgendwann vorbei. Die Seelenqualen bleiben. Sobald ich die Augen schließe, holen mich die grausamen Erinnerungen ein. Ich sehe diesen Bastard mit dem wallenden blonden Haar, wie er sich bestialisch grinsend über mich beugt und mich mit seinem riesigen Körper fast erdrückt. Meine Hände und Füße sind gefesselt; nackt und aufgespreizt wie ein X liege ich auf dem harten Tisch, wehrlos und zu Tode verängstigt. Mein Herz hämmert so hart, dass ich hoffe, es zerspringt und erlöst mich – doch das passiert niemals. Stundenlang reagiert sich Blaire an mir ab, beißt mir in die Brust, spuckt mir ins Gesicht und reibt seinen schwitzenden Leib auf mir, während ich schreie, weine und vergeblich an den Fesseln zerre, die mir in die Gelenke schneiden – so lange, bis ich keine Kraft mehr habe und nur noch apathisch unter ihm liege. Es fühlt sich jedes Mal an, als würde ein glühendes Messer in mir wüten, und es hört einfach nicht auf.

Mein Magen verkrampft sich, Säure verätzt meine Speiseröhre. Hätte ich zu Mittag gegessen, würde ich mich übergeben, doch das Tablett steht unangetastet auf dem Boden.

Falls ich nicht esse, hat mir der Gefängnisarzt angedroht, mich zwanghaft zu ernähren, damit ich so lange am Leben bleibe, wie Blaire es wünscht. Er darf mit mir machen, was er will.

Hör auf, an diesen Schweinehund zu denken, ermahne ich mich ständig und krümme mich auf der Pritsche zusammen. Dabei ziehe ich den Stoff der Anstaltskleidung über die nackten Knie. Außer diesem Kleiderfetzen tragen wir Sklavinnen nichts am Leib, er ist dünn wie Papier, damit wir uns nicht erdrosseln können. Drei Mal täglich bekommen wir eine Mahlzeit in die Zelle geschoben und dürfen unser Loch nur für die Show verlassen. Sobald eine Einheit mit Soldaten von ihrer Schicht zurückkehrt, dürfen sie sich eine Nacht lang mit einer Serva vergnügen. Wir Sklaven sind Gefangene, ehemalige Bürger von White City, die eines Verbrechens bezichtigt wurden. Ich weiß kaum etwas über die anderen Gefangenen. Wir sehen uns bloß, wenn wir für die Show zusammengetrommelt werden, und dann dürfen wir nicht miteinander reden.

Mit meinen neunzehn Jahren gehöre ich zu den Jüngsten im Serva-Programm. Noch jüngere Verbrecher werden in Spezialanstalten umerzogen. Falls das nicht klappt, landen sie später auch hier.

Zitternd reibe ich über das Tattoo auf meinem linken Oberarm, auf dem mir der Gefängnisarzt eine faustgroße Vier in die Haut gestochen hat. Die Nummer war gerade frei, weil eine andere Sklavin, die sie wie unzählige andere vor mir trug, einen Tag zuvor zu Tode gequält wurde.

Vier … genauso oft hat Blaire mich gequält. Damit ist jetzt Schluss.

Ich bin niemand mehr, habe keine Rechte, bin nur noch gut genug, damit ein Warrior seine Perversionen an mir auslassen kann.

Warum ich? Was habe ich getan? War ich ein schlechter Mensch? Verdiene ich dieses Schicksal?

Es macht mich unsagbar wütend, mich nicht aus dieser beschissenen Lage befreien zu können. Früher war ich nicht wehrlos, sondern die Leibwächterin von Senator Muranos Tochter Veronica, die etwa in meinem Alter ist. Bereits mit zehn Jahren habe ich neben meiner schulischen Ausbildung ein hartes Training absolviert, weil es der Senat wollte. Daher kann ich mit allen möglichen Waffen umgehen. Und was bin ich jetzt? Schwach und hilflos – obwohl ich mich jedes Mal verbissen gewehrt habe, sofern ich nicht betäubt war. Ich bin am Ende meiner körperlichen und seelischen Kräfte. Ich will nur noch sterben, doch jeder Versuch meinerseits scheitert kläglich, da diese verdammte Kamera alles sieht. Ich hasse sie, genau wie die Kameras in den Vergnügungseinheiten. Ganz White City kann zuschauen, was Blaire mir antut, auch meine Eltern, die sich von mir abgewandt haben. Sie haben kein Wort während des kurzen Prozesses mit mir gewechselt und mich angestarrt, als wäre ich eine Mutantin.

Mich wollte der Senat aus dem Weg räumen, weil ich zur falschen Zeit am falschen Ort war und versehentlich ein Gespräch mitbekommen habe, das ich niemals hätte hören sollen. Ich konnte nicht umhin, diese Nachricht weiterzugeben, sie war zu brisant. Als ich im Citynet nach einem Kontakt suchte, bekam es das Regime mit und ich wurde als Rebellin gebrandmarkt.

Ich hasse sie alle!

Wenigstens habe ich ein paar Tage, in denen ich mich von Blaire erholen kann und keinen anderen Soldaten zur Verfügung stehen muss, denn dieses Schwein hat die Wärter bestochen, damit sie mich nur in der Show vorführen, wenn seine Einheit von ihrer Schicht zurückkehrt. Er will das alleinige Anrecht auf mich.

Nein, nicht mehr lange, ich werde einen Weg finden.

Als plötzlich die Zellentür aufgeht, zucke ich zusammen. Wahrscheinlich ist es ein Wärter, der das Essen abholt, aber anstatt das Tablett zu nehmen, brüllt er vom Flur aus in den Raum: »Zum Duschen, Nummer 4!«

Der Mann ist groß und breitschultrig, sein kurz geschorenes Haar grau. Er ist vermutlich ein ehemaliger Warrior. Soweit ich weiß, verrichten die meisten Soldaten maximal bis zu ihrem fünfundvierzigsten Lebensjahr den Dienst an der Stadtgrenze, danach sind sie oft körperlich nicht mehr in der Lage dazu und bekommen andere Jobs zugewiesen.

Kraftlos richte ich mich auf, mein Herz rast. Es ist noch nicht Zeit, ganz sicher nicht!

»D-da muss ein Missverständnis vorliegen, ich war erst gestern …«

Er tritt in die Zelle und zieht den Schlagstock aus dem Hosenbund. Verprügeln wird er mich nicht, denn nur einer darf sichtbare Spuren auf meinem Körper hinterlassen: Blaire. Aber einen sehr schmerzhaften Stromstoß kann mir der Aufseher damit verpassen.

Zitternd komme ich auf die Beine. »Ich gehöre Blaire.« Ich hasse es, das sagen zu müssen.

»So ist es, Serva-Fotze, hast du ein Pech, sonst dürftest du für mich auch mal die Beine breitmachen!« Er schubst mich aus der Zelle in den kahlen Gang, auf dem mir andere Sklavinnen entgegeneilen. Was ist los? Habe ich sämtliches Zeitgefühl verloren? Sind vielleicht doch schon mehrere Tage vergangen?

Während ich laufe, schaue ich auf die Abschürfungen an meinen Handgelenken. Die Spuren der Fesseln sind deutlich zu erkennen und sehen noch nicht alt aus. Irgendetwas stimmt hier nicht!

Am Eingang zum Duschraum müssen wir Frauen unsere Hemden in eine Tonne werfen. Keine spricht, ein paar weinen lautlos. Gehetzt schaue ich in ihre Gesichter, während wir in den gefliesten Raum gedrängt werden. Es sind etwa dreißig jüngere Frauen, alle hübsch und dem gängigen Schönheitsideal entsprechend: schmal, mit kleinen Brüsten.

»Wascht eure dreckigen Fotzen, beeilt euch!«, ruft ein Aufseher, bevor er die Tür zuknallt. Wir sind in dem engen Raum gefangen, während Dampf aus den Düsen über unseren Köpfen strömt. Hastig wird die Lotion herumgereicht. In White City wird Wasser gespart, daher benetzt nur ein Dampfnebel unsere Haut. Rasch seife ich mich ein, und wenige Augenblicke später fällt warmer Regen auf uns herab.

»Müssen wir zu einer Show?«, frage ich eine Brünette mit einem auffälligen Leberfleck auf der Wange, während ich der Tür den Rücken zudrehe. Die Wachen beobachten uns durch die Fenster.

»Nein, Einheit zwei schmeißt eine Motto-Party.«

Blaire gehört zu dieser Einheit! »Was ist das für eine Party?« Davon habe ich noch nie gehört.

»Von Zeit zu Zeit feiern die Warrior private Orgien unter Ausschluss der Öffentlichkeit.« Sie lächelt verhalten. »Ich hoffe, Dean ist auch da.«

»Du freust dich auf ihn?« Ich kann es kaum fassen.

»Ja, es ist schnell vorbei und zu ertragen. Danach möchte er jedes Mal, dass ich ihm etwas vorlese. Er ist irgendwie nett, und mit ihm zusammen zu sein ist besser, als in der Zelle dahinzuvegetieren.«

Nett? Ein Warrior? Ist sie wegen der Gefangenschaft schon durchgeknallt?

Die Frau auf meiner anderen Seite tritt zu uns. Sie ist ganz weiß im Gesicht. »Es heißt, wenn keiner zuschaut, lassen die Krieger auf den Partys so richtig die Sau raus.«

Kann es noch schlimmer werden als in den Shows? Ein schmerzhafter Stich rast durch meinen Unterleib. Deshalb muss ich wieder mitkommen, weil Blaire mich möchte. Was wird er auf der Feier mit mir anstellen? Mich qualvoll töten, wie er es ständig in mein Ohr flüstert, wenn er mich … Ich schlucke hart, mein Puls rast, Flecken tanzen vor meinen Augen.

Ich werde dich erst brechen und danach umbringen …, hallt seine Stimme in meinem Kopf. Er hat mich doch längst gebrochen, zumindest fühlt es sich so an. Mir wird so schlecht und schwindlig, dass ich mich an meiner Nachbarin festhalte. Erschrocken reißt sie sich von mir los, aus Angst, dafür bestraft zu werden.

Das Wasser versiegt, und auf der anderen Seite öffnet sich eine weitere Tür. Wieder gelangen wir in einen abgetrennten Raum – ich kenne die Prozedur. Hier ist es stickig und heiß. Große Deckengebläse föhnen uns trocken. Ich hasse das, denn ich bekomme kaum Luft. Auch die anderen Frauen können kaum atmen und husten, die Hitze brennt in unseren Lungen und schmerzt in den Augen. Ununterbrochen muss ich daran denken, was mich erwartet. Mein Herz rast immer schneller, mein Blutdruck steigt. Panik erfasst mich, und sobald sich die Tür zum Ankleideraum öffnet, stürme ich hinaus, auf der Suche nach einem spitzen Gegenstand, den ich mir in den Hals rammen könnte. Doch hier ist nichts außer Wachmännern und einem langen Tisch, auf dem unsere Kleidung liegt. Diesmal keine schmalen Brustbänder und Stringtangas, sondern ein fast durchsichtiges weißes Gewand. Es ist ärmellos, hat einen tiefen Ausschnitt und reicht uns knapp über die Scham. Immerhin ist das mehr Stoff, als wir sonst in der Show tragen, und ich fühle mich nicht völlig entblößt. Trotzdem kann jeder die blauen Flecken an meinen Oberschenkeln erkennen.

Meine Wunden sind noch nicht verheilt, daher wird es heute schlimmer werden als jemals zuvor. Ich kann nicht mehr, stehe kurz vor einem Zusammenbruch, aber hier gibt es für mich keine Möglichkeit, mein Leben zu beenden. Vielleicht auf der Party. Dort wird sich hoffentlich eine Chance auftun. Wenn ich es direkt vor Blaire tun könnte und ihm dabei in die Augen sehen, wenn ich sterbe, würde mir das ein wenig Genugtuung verschaffen.

Das Einzige, das mich von einem Selbstmord abhalten könnte, wäre ein Lichtblick am Ende des schwarzen Tunnels. Wie oft habe ich davon geträumt, es würde ein Wunder geschehen und Senator Murano mich begnadigen …

Kapitel 2 – Crome versus Blaire

»Stellt euch an der Wand auf, Sklaven!«, befehlen uns die Wachen. »Na los, schneller!«

Wir befinden uns in einem großen Raum, nicht weit von der Halle entfernt, in der sonst die Show abläuft. Wir mussten nur ein paar Gänge entlang eilen, schon waren wir da. Bisher habe ich diesen Gebäudeflügel nie betreten. Das ist also die »Partyzone«. Leise Musik spielt, beruhigende Klänge wie aus einer anderen Zeit. Weiße Säulen schmücken den Raum, goldene Lampen und andere seltsame Leuchter verbreiten schummriges Licht, Skulpturen von nackten Menschen verteilen sich auf dem flauschigen Teppichboden. In der Mitte gibt es ein flaches Wasserbecken, auf dem Pflanzen und LED-Kerzen schwimmen, am Rand stehen gepolsterte Liegen.

Mir kommt gleich das Kotzen, weil ich weiß, worauf das hier hinausläuft. Das alles schreit nach Edelpuff und erinnert mich an das alte Rom. Ich habe davon in meiner Schulzeit gehört. Die Warrior werden manchmal mit Gladiatoren verglichen, und so sind sie auch gekleidet. Anstatt der Einsatzhosen tragen sie eine Art Lendenschurz, sonst nichts, weshalb ihre Muskeln besonders furchteinflößend wirken. Es sind bestimmt zwanzig Krieger hier, und bei so viel geballter Manneskraft wird mir noch schlechter. Leider haben sie keine Waffen dabei, keine Schwerter oder andere scharfe Gegenstände, die ich an mich reißen könnte, um diese Widerlinge töten zu können – was mir ohnehin nie gelingen würde – oder um mein Leben zu beenden.

Die Männer lachen, während sie aus Krügen trinken und sich unterhalten. Dabei beobachten sie uns und warten, bis wir uns aufgestellt haben, einige deuten mit dem Finger auf einzelne Sklavinnen.

»Heute bist du so was von fällig!« Blaire grinst mich böse an und macht wie immer obszöne Gesten, entweder mit der Zunge oder er hebt ungeniert seinen Lendenschurz und reibt über seine wachsende Erektion.

Hastig wende ich den Blick ab und beherrsche mich vehement, um mich nicht zu übergeben. Tief durchatmen, auf eine Gelegenheit warten.

»Hey, Crome, hast du zu lange in der Sonne gestanden?«, ruft er plötzlich einem Mann zu, der soeben in den Raum kommt. Er ist groß und muskulös wie alle anderen, doch er hebt sich wegen seiner Haare deutlich von ihnen ab. Sie sind feuerrot, kurz und stehen wild von seinem Kopf ab. Außerdem schmücken Tattoos seine Haut. Keine Sklavenzahlen, sondern schwarze Tribals und Ranken, die sich um seine Oberarme schlingen.

Cromes leuchtend grünen Augen funkeln böse in Blaires Richtung, demonstrativ dreht er meinem Widersacher den Rücken zu und ich erkenne ein weiteres Muster auf seinen Schulterblättern. Es sieht beinahe aus wie Schwingen.

Ich erschaudere. Dieser Krieger ist teuflisch schön, aber er wirkt gefährlicher als sie alle. Das Rot in Kombination mit der intensiven Augenfarbe, den hohen Wangenknochen und dem Bartschatten lässt ihn wie einen Dämon erscheinen. Er ist ein Engel aus der Hölle.

»Heiße Farbe, Crome, war dir weiß zu langweilig?« Ein anderer Warrior klopft ihm grinsend auf den Rücken.

Crome zuckt mit den Schultern. »Öfter mal was Neues, Dean.«

Das ist also Dean, der Krieger, von dem die Gefangene erzählt hat, mit der ich mich kurz unter der Dusche unterhalten habe. Er ist der kleinste von ihnen, stämmiger und behaart wie ein Bär. Und er liebt es, wenn man ihm vorliest. Das würde mich glatt zum Schmunzeln bringen, wenn ich nicht Todesängste ausstehen würde. Blaire lässt mich nicht aus den Augen.

»Du wechselst deine Haarfarbe wie deine Sklavinnen«, sagt Dean. Der stämmige Soldat sieht im Gegensatz zum rothaarigen Krieger tatsächlich aus wie ein Kuschelbär. »Wo ist denn Jax? Kommt er wieder nicht?«

»Du weißt doch, seit der Sache mit seinem Bruder ist ihm die Lust vergangen«, antwortet Crome und lässt den Blick über uns Sklavinnen schweifen. »Außerdem soll er sich gerade mit der Ärztin vergnügen, die Ced auf dem Gewissen hat. Jax hat eine Sondergenehmigung erhalten, sie sind bei ihm zu Hause.«

Dean hebt die Brauen. »Vielleicht findet er endlich in seine alte Form zurück.«

»Das wird auch langsam Zeit.« Intensiv mustert er mich, der Blick aus seinen leuchtenden Augen scheint sich in meine Haut zu brennen. Er weiß, dass mich nur einer haben kann. Warum sieht er mich so durchdringend an?

Als auf einmal ein Gong ertönt, springe ich fast in die Luft.

»Die Wahl kann beginnen!«, ruft der Wärter ganz rechts, der am Anfang der Reihe mit den Sklavinnen steht. Er bedeutet jeweils einer von uns nach vorne zu treten, und wer von den Kriegern sie möchte, darf sie mitnehmen. Manchmal sind sich zwei nicht einig, dann wird per Handzeichen ausgeknobelt. Es scheint ein Spiel zu sein, das nur die Warrior kennen, doch es funktioniert. Grinsend nehmen sie die Frauen mit und verschwinden mit ihnen in den angrenzenden Partyzimmern. Dort dürfen sie mit uns machen was sie wollen, genau wie in der Show, nur im privaten Rahmen, ohne Kameras. Den Soldaten scheinen zwar die Kameras nichts auszumachen, weil sie es gewohnt sind, schon von Geburt an unter Beobachtung zu stehen, doch Kameras hin oder her – ich kann mir vorstellen, dass sie, wenn sie sich unbeobachtet fühlen, erst recht ihr wahres Gesicht zeigen.

Blaire wird heute schlimmer sein als jemals zuvor. Ich weiß es einfach, ich brauch ihn nicht einmal ansehen. Ich fühle seine Vorfreude in düsteren Wellen zu mir herüberschwappen.

Ein paar Soldaten vergnügen sich gleich vor Ort mit den Mädchen, einmal wählen sogar zwei Männer eine Frau mit blonder Mähne und drücken sie auf eine der Liegen. Während der Schwarzhaarige an ihren Brüsten saugt, leckt der andere sie zwischen den Beinen. Sie wehrt sich nur spielerisch und krault dem Warrior zwischen ihren Schenkeln den Kopf. Oh Gott, es gefällt ihr auch noch? Kennt sie die beiden? Die drei benehmen sich irgendwie vertraut.

Früher hat mir Sex auch Spaß gemacht. Sehr viel Spaß sogar. Bevor ich verhaftet wurde, war ich offiziell ein Jahr lang mit Riley zusammen. Inoffiziell hatten wir schon länger etwas miteinander. Er war mein Trainer in Selbstverteidigung, fast zehn Jahre älter als ich und sehr erfahren. Schon während der Ausbildung zum Bodyguard hat es zwischen uns geknistert, und als ich mit achtzehn Jahren fertig war, wurden wir ein Paar. Zuvor war es uns strengstens verboten, miteinander ein Verhältnis einzugehen, doch wir hatten eine heimliche Affäre. Unsere Beziehung war geprägt von Leidenschaft und heißer Liebe und dauerte so lange, bis ich bezichtigt wurde, eine Rebellin zu sein. Riley hat mich genauso fallen gelassen wie alle anderen. Jeder hat Angst vor dem Regime, niemand möchte im Gefängnis oder im Serva-Programm landen.

Wenn ich die Macht hätte, würde ich dieses verdammte Regime mitsamt allen Senatoren und ihren Schoßhündchen in die Knie zwingen!

Als der Wärter brüllt: »Vortreten, Nummer 4!«, zucke ich zusammen. Meine kurzen Fingernägel drücken sich in meine Haut, weil ich die Hände krampfhaft zu Fäusten geballt habe, meine Zehen krallen sich in den Teppichboden. Ich werde nicht mehr mit Blaire gehen, nie wieder! Ich werde kämpfen bis zum Tod, hier, vor allen Anwesenden! Vielleicht habe ich Glück und ein Wärter erschießt mich.

Ich möchte mich gerade zum Angriff bereit machen, als der rothaarige Warrior ruft: »Die nehm ich!«, und auf mich zukommt.

Was?! Mein Atem stockt.

»Hey!« Blaire packt seinen Oberarm und sagt zischend: »Du weißt genau, dass das meine ist.«

»Tatsächlich?« Crome kratzt sich am Kopf und tut gespielt überrascht, dann reißt er seinen Arm aus dem festen Griff.

»Tatsächlich«, knurrt Blaire. Seine Lider haben sich zu Schlitzen verengt, seine Nasenflügel beben.

Ich kann die beiden nur wie gelähmt anstarren, während mein Herz wild gegen die Rippen schlägt.

»Knobeln wir es aus.« Crome grinst durchtrieben, wobei er jetzt tatsächlich wie ein Dämon aussieht. Teuflisch schön und listig.

Blaire holt mit dem Arm aus, doch Crome duckt sich geschickt weg.

Im Raum ist es still geworden, alle Blicke sind auf die beiden Krieger gerichtet, die sich wie Raubtiere umkreisen. Ich glaube, sogar ein Knurren zu vernehmen.

»Du hast keine Chance gegen mich, Fliegengewicht!« Brüllend stürzt sich Blaire auf seinen Waffenbruder und holt erneut mit der Faust aus.

Crome ist gewiss kein Fliegengewicht, aber deutlich schlanker und agiler als Blaire. Wieder ist er schneller und kann zur Seite springen, doch Blaires Faust streift seine Nase.

Ich halte die Luft an. Sie kämpfen um mich! Und irgendwie hoffe ich, dass Crome gewinnt. Wenn ich den anderen Mädchen glauben darf, sind nicht alle Soldaten Perverslinge. Vielleicht tut der rothaarige Teufel mir nicht ganz so weh und ich kann es überstehen.

Seine Nase blutet, ansonsten ist er unverletzt und atmet nicht einmal schwer, während Blaire stets alle Kraft in seine Angriffe legt. Crome nutzt diese Energie für sich, schmeißt seinen Gegner über die Hüfte und grinst triumphierend.

Blaire steht immer wieder auf, jedes Mal wütender als zuvor. Falls er gewinnt, hat er eine Menge Frust intus, den er an mir auslassen wird. Er stürzt sich auf Crome, der diesmal nicht so schnell reagiert. Beide gehen zu Boden, Crome liegt unten und wehrt die harten Fausthiebe mit den Unterarmen ab. Er schafft es, sich herumzudrehen, doch Blaire lässt ihn nicht mehr aus seinem Griff und schlingt sogar die Beine um ihn.

Ich zittere vor Aufregung, während die anderen Krieger die beiden anfeuern und den Kampf offenbar lustig finden. Jetzt sehen die zwei tatsächlich aus wie ringende Gladiatoren, und es scheint um Crome immer schlechter zu stehen. Er wehrt nur ab, schlägt kaum zurück, bis es ihm gelingt, Blaire am Schulterblatt zu greifen. Obwohl der wieder auf ihm liegt und Crome offensichtlich keine Chance hat, aus dem Klammergriff zu entkommen, sackt Blaire plötzlich zusammen.

Crome befreit sich, indem er seinen Gefährten von sich schubst, und steht auf. Dabei klopft er sich imaginären Staub vom Lendenschurz, seine grünen Iriden schleudern Blaire tödliche Blitze entgegen. »So, das wäre geklärt. Hättest du auch einfacher haben können, Bruder.«

Crome hat ihn tatsächlich besiegt, ich kann es kaum glauben! Reglos liegt er am Boden, nur seine Augen bewegen sich. Was ist mit ihm? Warum rührt er sich nicht mehr? Er hat doch kaum heftige Treffer eingesteckt? Hat er sich so verausgabt? Hoffentlich krepiert er!

Crome kämpft auf jeden Fall geschickter, da hilft Blaire das bisschen mehr Muskelkraft nichts. Der rothaarige Dämon ist noch viel gefährlicher als mein Peiniger. Hatte ich wirklich geglaubt, er sei die bessere Wahl?

»Also dann schau ich mal, was an deiner Serva so toll ist, dass du sie nicht mit uns teilen magst.« Böse grinsend starrt Crome zu Blaire, alle Augen sind auf die beiden gerichtet.

Das ist meine Chance! Ich fixiere den Ausgang – und laufe los.

Hinter mir ertönt ein Schuss, aber ich laufe weiter. Bin ich getroffen? Ich spüre nichts, höre nur erregte Rufe.

Kurz schaue ich über die Schulter. Crome reißt das Gewehr einer Wache an sich. »Sie gehört mir, du Blödmann!«, brüllt er und klingt unsagbar wütend.

Oh Gott, er will mich unbedingt! Allein sein Blick – als ob ich sein Eigentum wäre! Hätte der Wachmann nicht schneller sein können? Dann wäre ich tot. Erlöst.

Ich erreiche die Tür, doch sie ist verschlossen. Wie immer. Und der rothaarige Dämon ist schon an meiner Seite und zieht mich am Arm mit sich.

Atmen, Miraja, klar denken … Ich halte nach Gegenständen Ausschau, die ich als Waffe einsetzen könnte. Leider liegt nichts in meiner Reichweite, auch nicht das Besteck am Buffet, an dem Crome mich vorbeischleift. Sein Griff ist unnachgiebig, ich spüre die Kraft seiner Finger.

Dean gesellt sich zu uns, während wir einen düsteren Gang entlanggehen. »Bist du verrückt, Mann? Blaire wird dich töten! Muss es unbedingt seine Sklavin sein? Die Kleine ist doch gar nicht dein Typ.«

Crome wischt sich mit dem Handrücken Blut von der Nase. »Ich hab sie nur gewählt, um Blaire zur Weißglut zu treiben.«

Ich bin nicht sein Typ? Hoffnung erfasst mich. Dann lässt er mich vielleicht in Ruhe? Doch wenn er Blaire ärgern möchte, wird er mich garantiert nicht in Ruhe lassen.

»Wieso legst du dich überhaupt mit dem an?«, will Dean wissen. »Er ist es nicht wert.«

Anscheinend ist Blaire nicht einmal unter seinesgleichen beliebt.

Vor einer Tür mit der Nummer 16 bleiben wir stehen. Crome drückt den Daumen auf einen Scanner an der Wand und die Tür springt auf. »Seine Überheblichkeit kotzt mich langsam an. Er hält sich für was Besseres und meint, sich alle Rechte rausnehmen zu können.«

»Na, wenn du das mal nicht bereust«, sagt Dean und wünscht ihm eine spaßige Nacht, bevor wir im Zimmer verschwinden.

Crome verriegelt die Tür mit einem erneuten Einscannen seines Daumenabdruckes, sodass niemand herein oder hinaus kann. Ich bin mit ihm in diesem »Partyraum« gefangen.

»Du bleibst genau hier stehen«, befiehlt er mir und lässt mich los.

Schnell verschaffe ich mir einen Überblick, während er im Badezimmer verschwindet. Der Raum ist wenigstens nicht wie eine Folterkammer eingerichtet, aber dieser Luxus widert mich an. Die Warrior bekommen, was sie wollen. In der Mitte steht ein großes Bett mit einem schmiedeeisernen Gestell. Viele Kissen liegen darauf, alles ist in warmen Farben gehalten: rot, orange, ein wenig gelb. Der dunkle Parkettboden ist aus Holzimitat – denn Bäume sind nach der Bombe rar. Teppiche mit Landschaftsmotiven schmücken die Wände und wecken erst recht die Sehnsucht nach Freiheit in mir. Doch hier gibt es keine Freiheit. Nach dem Atomkrieg haben die Überlebenden autarke Städte errichtet, die mit einer gigantischen Kuppel – gleich einer Käseglocke – von den Outlands abgeschirmt sind. Vor den Stadtmauern ist die atomare Verstrahlung auch nach achtzig Jahren noch so hoch, dass keiner von uns überleben kann. Außerdem hausen dort die Outsider, Menschen, die sich den Extrembedingungen einigermaßen angepasst haben, aber deren Gene durch die Strahlung mutiert sind.

Ich höre Crome im Badezimmer hantieren. Wahrscheinlich wäscht er sich das Blut aus dem Gesicht. Ich muss mich beeilen. Schnurstracks gehe ich auf den Tisch an der Wand zu, auf dem Essen in Glasschalen und auf goldenen Platten liegt. Obst, kaltes Fleisch, Brot, Süßspeisen. Weinflaschen und andere Getränke stehen daneben.

Diese Kerle haben nur das Beste vom Besten – wie sehr ich sie verachte!

Rasch nehme ich ein leeres Weinglas, wickle es in die herunterhängende Tischdecke, damit Crome nichts hört, und zerdrücke es. Dann suche ich mir eine große Scherbe aus. Entschlossen steche ich in mein Handgelenk, bis ein blutroter Tropfen auf meiner Haut erscheint.

Ich halte den Atem an und ziehe das Glas zurück.

Nur ein tiefer Schnitt, was ist dabei? … Ich bin zu feige. Vielleicht dauert es auf diese Weise auch zu lange, bis ich verblute. Man könnte mich retten. Es muss schneller gehen, ich muss eine Hauptschlagader durchtrennen. Die am Hals oder in meiner Leiste. Ich würde innerhalb von Sekunden verbluten.

Na los, Miraja, nur ein schneller, tiefer Schnitt, dann ist es vorbei.

Mit zitternden Händen hebe ich das Kleid und möchte gerade kraftvoll zustechen, da wird mein Arm weggerissen.

Crome! Vor Schreck entfährt mir ein Schrei. Ich habe nicht gehört, wie er ins Zimmer gekommen ist. Mein Herz rast, meine Beine geben nach und ich sacke auf die Knie.

»Ich habe dich nicht gerade vor dem Erschießen gerettet, damit du dich jetzt tötest!« Wie erzürnt er ausschaut.

Verdammt, ich habe zu lange gezögert. Zornestränen steigen in meine Augen, während er die Scherbe zwischen meinen Fingern hervorzieht und auf den Tisch schmeißt.

Seine Augen sind zu Schlitzen verengt und seine Stimme klingt ungehalten, während er auf mich herabblickt. »Wieso willst du dich umbringen?«

»Wieso?!« Mann, ich bin unendlich wütend auf mich! Warum habe ich so lange gewartet? »Stell doch nicht so eine saudumme Frage!«

Er hat wohl nicht damit gerechnet, dass ich ihn anschreie, denn er weicht ein Stück zurück und hebt die Brauen. Das ist meine Chance. Ich springe auf und stürze mich brüllend auf ihn, um ihm die Faust ins Gesicht zu rammen, aber er weicht aus und ich laufe ins Leere. Das macht mich noch wütender, vor allem, weil mich das an Blaire erinnert, wie er gegen Crome gekämpft hat. »Ich lasse mich von euch keine Sekunde länger benutzen. Nie wieder!« Bei Blaire konnte ich mich das letzte Mal nicht wehren, er ließ mich betäuben und hat mich dann gefesselt, aber jetzt bin ich bei klarem Verstand und habe meine Hände frei. Ich werde kämpfen bis zum letzten Atemzug!

Erneut nehme ich Anlauf und springe auf Crome zu. Diesmal weicht er nicht aus, sondern fängt mich auf.

Seine Arme legen sich um meine Taille. »Du bist ja ein wildes Kätzchen. Das gefällt mir, du hast gar nicht danach ausgesehen.« Während er spricht, lächelt er so durchtrieben, dass sich Grübchen in seinen Wangen bilden.

Ich zeig dir gleich, was dein Kätzchen kann!, denke ich, wobei meine Zähne mahlen.

Ich möchte die Finger in seine Augen krallen – da lässt er mich los. Ich kann gerade noch die Beine um ihn schlingen, um nicht abzustürzen. Während er damit beschäftigt ist, meine Arme abzuwehren, umklammere ich ihn mit aller Kraft, die ich aufbringen kann, um seine Nieren zu zerquetschen.

»Hey!« Crome knurrt auf, rennt mit mir durchs Zimmer und reißt meine Beine auseinander, sodass ich mit dem Rücken auf dem Bett lande. »Du bist verdammt undankbar!«

Zum ersten Mal dringt die Tatsache, dass er mich gerettet hat – vor Blaire und dem Schuss der Wache – in mein Gehirn vor. Wieso hat er das getan? Eine Sklavin wie ich dürfte keinen Wert für ihn haben. Er könnte jederzeit eine andere wählen.

Egal – ich traue ihm nicht.

»Du bist gut«, sagt er grinsend, wobei er sich über die Seiten reibt.

Ist das ein Schweißtropfen auf seiner Stirn? Dir wird gleich noch heißer werden!

»Nein, ich bin eingerostet!«, rufe ich und trete nach ihm.

Da packt er meinen Fuß und dreht mich auf dem Bett herum. Schon fühle ich sein Gewicht auf mir. Panisch schnappe ich nach Luft, sämtliche Kraft weicht aus meinen Muskeln. Ich habe mich zu sicher gefühlt, obwohl mir klar war, dass ich gegen ihn niemals eine Chance habe.

Mein Kleid ist verrutscht und entblößt meinen nackten Po. Ich erwarte, dass er mir den Stofffetzen vom Körper reißt und mich mit Gewalt nimmt, stattdessen gibt er mir Raum zum Atmen und fragt ruhig: »Wieso hasst er dich so?«

»Was?!«, keuche ich.

»Blaire. Ich hab es an seinem Blick gesehen, er hat ein persönliches Problem mit dir.«

Warum interessiert ihn das? »Er war es, der mich geschnappt hat, als ich abgehauen bin«, stoße ich zwischen zusammengepressten Zähnen hervor. »Ich habe mich mit Händen und Füßen gewehrt und ihm dabei einen ordentlichen Tritt zwischen die Beine verpasst. Ich konnte entkommen, da hat mir der Feigling ins Bein geschossen.«

Sein Griff lockert sich weiter. »Zeig mir die Stelle.«

Er lässt mich los, woraufhin ich mich hastig auf der Matratze umdrehe und das Kleid über meine Scham ziehe. Ich rutsche ganz zurück bis ans Kopfende und deute auf die runde Narbe an meinem rechten Oberschenkel.

Die Hände in die Hüften gestemmt, bleibt er am Fußende stehen. »Du bist ihm echt entwischt?« Seine grünen Augen funkeln vergnügt.

Mein Herz macht einen Satz. Der verdammte Dämon schaut gut aus, vor allem wenn er lächelt. Aber ich lasse mich nicht von seinem Äußeren täuschen. Wie alt er wohl ist? Ich schätze, ein paar Jahre älter als ich. Winzige Falten liegen um seine Augen und Mundwinkel. Hat er Sorgen? Nein, ein Warrior hat doch keinen Kummer! Sicher lacht er viel oder das kommt vom heißen Klima der Outlands. Immerhin müssen die Krieger vor den Stadtmauern unter rauen Bedingungen kämpfen.

Sein Körper hingegen ist beinahe makellos. Seine Haut schimmert wie Bronze, nur auf seinem Oberarm, unterhalb des Tattoos, das wie eine schwarze Ranke aussieht, hat er eine helle Narbe.

Ruhig blickt Crome mich an, während ich ihn mustere. Das feuerrote Haar steht ihm, passt zu seinem kantigen Gesicht. Was er wohl wirklich für eine Haarfarbe hat? Seine Brauen sind dunkel, vielleicht braun oder schwarz.

Liebe Güte, was interessiert mich das? Ich hasse alles an ihm!

Amüsiert schüttelt er den Kopf. »Das muss Blaire ordentlich gestunken haben. Hast du das mit deinen kleinen Tricks geschafft? Wo hast du so gut kämpfen gelernt?«

»In meinem früheren Leben war ich Leibwächterin«, antworte ich mit Stolz in der Stimme, beiße mir aber sofort in die Wange. Spinnst du, Miraja? Erzähl ihm doch gleich haargenau, welche Kampftechniken du beherrschst, damit er gewarnt ist.

Crome hebt interessiert die Brauen. »Dann bist du ja fast eine Soldatin.«

»Nur fast«, sage ich, springe seitlich vom Bett und laufe auf die Tür zu. Verdammt, war klar, dass ich sie ebenfalls nicht öffnen kann!

Ich wirbele herum, Crome steht immer noch am Bett und beobachtet mich. Da fällt mein Blick auf die Glasscherben am Tisch, doch noch bevor ich sie erreiche, ist Crome schon wieder bei mir und zieht mich an seine Brust. Sie ist hart wie Stein, obwohl sich die Haut wie Seide anfühlt. Sofort beginne ich auf ihn einzuschlagen.

Während er meine Hiebe abwehrt, reißt mein Kleid an der Schulter ein und entblößt eine Brust.

Crome schaut kurz auf die Bissspuren, dann packt er meine Arme. »Hörst du mal auf dich zu wehren, Kätzchen?«

»Erst, wenn du tot bist!« Ich versuche, meinen Kopf gegen sein Kinn zu rammen, aber Crome ist zu groß. Also ziehe ich das Knie an, allerdings schafft er es immer, einen Tick schneller zu reagieren als ich.

»Beruhige dich! Ich werde dir nichts tun«, sagt er ständig, aber darauf werde ich nicht hereinfallen. Sobald ich aufhöre, mich zu wehren, wird er das ausnutzen, um mich zu fesseln, genau wie Blaire.

»Ihr seid doch alle gleich!«, rufe ich und versuche, ihn zu beißen.

Was macht er? Drückt mich mit ausgestrecktem Arm an der Stirn zurück, sodass ich ihn nicht mehr erreichen kann.

Oh, er macht mich so wütend! Mein Puls rast, mein Atem ebenso. Während er sich kaum anstrengt, bin ich am Ende meiner Kräfte und komme mir wie ein Kind vor, das gegen einen Riesen kämpft. Frustriert kralle ich die Fingernägel in seinen Unterarm, aber das beeindruckt ihn wenig.

Er seufzt übertrieben. »Wenn du mich mit Blaire vergleichen willst, fühle ich mich persönlich angegriffen.« Ruckartig zieht er den Arm weg und ich falle nach vorne.

Er fängt mich auf und presst seinen Daumen zwischen meine Schulterblätter. Was macht er da? Sofort sacke ich in seinen Armen zusammen, langsam verliere ich das Bewusstsein. Allerdings bleibt es bei diesem Dämmerzustand, ich drifte nicht ganz weg und bekomme alles um mich herum mit, doch mein Körper ist wie gelähmt. Hilfe, ich kann mich nicht mehr bewegen!

Was hat er getan? Ich habe davon gehört. Nur wenige beherrschen die Kunst, den Gegner mittels Druck auf bestimmte Nervenpunkte zu lähmen. So muss er auch Blaire ausgeschaltet haben.

Oh Gott, dieser Krieger muss mich nicht einmal fesseln, er kennt andere Tricks!

Jetzt hat er sein Ziel erreicht und mich ruhiggestellt, jetzt kann er mich nehmen, ohne mich wehren zu können. Genau wie bei Blaire. Mein Schicksal wiederholt sich.

Crome trägt mich zum Bett, während ich hektisch atme. Zu mehr bin ich nicht fähig, obwohl ich innerlich schreie und versuche, dagegen anzukämpfen. Es hilft alles nichts. Als er mich auf der Matratze ablegt, kullert eine Träne über meine Wange.

»Ruhig, Kätzchen. Ich tu dir nicht weh. Glaub mir endlich.« Er streicht mir übers Haar und erhebt sich wieder. »Du bist viel zu dünn. Du musst essen und brauchst Energie.« Ich höre ihn im Bad hantieren, dann kommt er mit einer Injektionspistole und einer Cremetube zurück. Oh Gott, was hat er damit vor?

Er setzt die Spritze an meinem Hals an, wobei er mir erneut über meinen Kopf streicht. »Das ist eine meiner Warrior-Aufbauinjektionen. Ich glaube, du brauchst sie mehr als ich.« Als er abdrückt, schmerzt es kurz, während sich die Flüssigkeit durch meine Haut presst.

Crome legt die Spritze weg und mustert mich. »Gleich wirst du dich besser fühlen.«

Tatsächlich erwärmt sich mein Hals, bevor sich die Hitze in meinem Körper verteilt. Mein Kopf wird ganz leicht, alles dreht sich, ich scheine zu schweben. Ich fühle mich gut, beinahe glücklich. Mein Unterleib pocht, meine Brustwarzen stellen sich auf. Verdammt, was war das für ein Zeug? Möchte er mich damit willig machen?

Er hält mir die Cremetube vors Gesicht und schraubt sie auf. »Jetzt werde ich dich in Ruhe verarzten, ohne befürchten zu müssen, dass du mir ein Ohr abbeißt.«

Er will mich … verarzten? Ein Warrior? Das muss ein Scherz sein!

Er gibt sich Creme auf den Zeigefinger und tupft sie behutsam auf eine Stelle an meinem Schlüsselbein. Auch dort hat Blaire mich gebissen. Die Salbe kühlt angenehm, die Haut prickelt.

Dann schmiert er die Paste auf die Schürfwunden an meinen Hand- und Fußgelenken. Da ist die Kühlung ebenfalls eine Wohltat.

Als Nächstes streicht Crome die Creme auf meinen entblößten Busen.

Mein Atem geht schneller, während seine leicht rauen Hände um meine Brust kreisen und sie sanft massieren. Mit dem Daumen fährt er über meinen Nippel und macht ihn noch härter. Das fühlt sich gut an, es erregt mich sogar. Nein, das möchte ich nicht!

Obwohl sich mein Verstand sträubt, reagiert mein Körper völlig anders. Diese verdammte Injektion!

Crome scheint meine Erregung zu bemerken und sagt im ernsten Ton: »Das sind die Nebenwirkungen, davon werde ich auch immer ganz geil. Das geht bald vorbei.«

Funkeln seine Augen? Findet er das etwa lustig? Sobald ich wieder klar denken kann und meine Lähmung vorüber ist, werde ich ihn … Ein köstliches Ziehen schießt zwischen meine Beine.

Ich werde erst mal abwarten, wie sich das entwickelt. Vielleicht haben die anderen Servas recht und es gibt Warrior, die gut zu uns sind. Womöglich kann ich das für mich nutzen.

Er schiebt den intakten Träger auf der anderen Schulter nach unten, um sich auch um meine andere Brust zu kümmern, die Blaire noch mehr misshandelt hat. Dabei wirkt Cromes Gesicht konzentriert. Ich kann keine Erregung in seinem Blick erkennen. Er findet mich wohl tatsächlich nicht attraktiv, denn so eine Behandlung lässt doch keinen Mann kalt!

Das erleichtert mich auf der einen Seite, andererseits wurmt es mich. Ich möchte ihm gefallen – was wiederum auch nur an dieser verflixten Spritze liegt, die vernebelt meinen Verstand.

Während er mich verarztet, mustere ich ihn. Plötzlich sieht er nicht mehr wie ein böser Dämon aus. Das feuerrote Haar wirkt kaum noch bedrohlich auf mich und der Bartschatten steht ihm ausgezeichnet. Dazu diese intensiv-grünen Augen … Eigentlich ist er ein Sahnestück.

Scheiß Injektion!

Meine Finger zucken, Leben kehrt in meine Glieder zurück.

Als er mit meinen Brüsten fertig ist, rutscht er tiefer, um sich den blauen Flecken an meinen Oberschenkeln zu widmen. Doch als er meine Beine auseinanderschiebt, versteife ich mich. Nein, ich will nicht, dass er mich ansieht! Ich bin dort blau und grün, alles ist wund.

Langsam kann ich mich bewegen und rolle mich mühsam auf die Seite.

»Verdammte Scheiße«, murmelt Crome, wischt sich mit der Hand über den Mund und legt die Creme neben meinen Kopf. »Du kannst sie im Badezimmer selbst … also … ich … weiß, dass er ein Schwein ist, aber …«

Zitternd atme ich ein und schließe die Augen, weil neue Tränen darin brennen. »Nun weißt du, warum ich mich umbringen wollte. Ich überstehe das nicht noch mal.«

»Du bist stärker, als du denkst.« Er deckt mich zu, und ich spüre, wie er sich hinter mir im Bett ausstreckt. »Heute Nacht bist du sicher. Ich werde dir nichts tun, Kätzchen.«

Mit Nachlassen der Lähmung nimmt auch meine Wut wieder zu. Wieso nennt er mich immer Kätzchen? »Ich bin kein mutiertes Vieh, das unter der Stadt haust«, sage ich trotzig.

»Du hast noch nie eine Katze gesehen, oder?«, fragt er, wobei er mir eine Haarsträhne hinters Ohr streicht.

Ich schüttele den Kopf. Seine Berührung lullt mich ein. Ich bin unendlich müde, denn ich habe seit Wochen nicht mehr gut geschlafen. Und ich bin ihm dankbar für die Creme. Ich werde sie später benutzen, im Moment möchte ich einfach nur liegen bleiben.

»Das sind süße kleine Wollknäuel, sehr verschmust und eigensinnig.« Höre ich da ein Lächeln aus seiner Stimme heraus? Hinter meinem Brustbein wird es warm.

»Da hast du es«, murmele ich. »Ich bin nichts davon.«

»Eigensinnig auf jeden Fall.«

Süß nicht, war klar. »Ich werde das nicht ausdiskutieren, Dämon. Ich will schlafen.« Er lässt mich in Ruhe, Gott sei Dank.

Er schnaubt. »Dämon?«

Ich reiße die Augen auf. Verdammt, das ist mir rausgerutscht. Plötzlich bin ich hellwach.

Ich drehe mich zu ihm um und möchte mich entschuldigen, doch er liegt nur neben mir, den Kopf auf dem angewinkelten Arm abgestützt, und grinst. »Ich muss um zwei Adjektive ergänzen: frech und vorlaut.«

Ich will protestieren, aber noch bevor sich meine Lippen teilen, küsst er mich. Es ist ein zögerlicher Kuss und er dauert nur einen Wimpernschlag lang.

Mein Herz springt fast aus meiner Brust, abrupt weiche ich zurück.

Warum hat er das getan?

»Du siehst ihr so ähnlich.« Als er über mein Gesicht streichelt, halte ich die Luft an und kralle die Finger ins Laken.

Wem sehe ich ähnlich?

»Da du ja nun wieder wach bist, kannst du auch was essen«, raunt er.

Ich bin völlig perplex. Dieser Mann bringt mich komplett durcheinander. Ich fühle immer noch seine Berührungen auf mir, und der sanfte Kuss hat sich in meine Lippen gebrannt. »Warum sollte ich etwas essen?«, wispere ich. »Sobald ich in meiner Zelle bin, werde ich meinem Leben ein Ende setzen.«

»Das wirst du nicht.« Diesmal klingt er streng, obwohl er nicht die Stimme hebt.

»Du wirst mich nicht davon abhalten können.«

Er rollt sich auf den Rücken und verschränkt die Arme hinter dem Kopf. »Schade, ich hatte gehofft, du würdest mir helfen.«

»Wobei?«

»Im Kampf gegen Blaire.«

Diese Worte lassen mich aufhorchen.

»Du hasst ihn, ich hasse ihn, was liegt da näher, als dass wir uns verbünden?«

»Aha, daher der Kuss!« Oder der lahme Versuch davon. »Willst du mich bestechen? Dann benutzt du die falschen Methoden, ich hasse es, wenn ein Mann mich berührt.« Früher habe ich das geliebt, aber Blaire hat das kaputtgemacht. Er hat *mich* kaputtgemacht.

Unschuldig schaut Crome mich an. Erst jetzt fällt mir auf, wie lang und dicht seine Wimpern sind.

Ich atme tief ein und ziehe das Laken über meine Brust. »Und wie soll dieses Bündnis aussehen?« Ich kann mir ja anhören, was er zu sagen hat.

»Bei der nächsten Show werde ich dich wählen. Das wird ihn zur Weißglut treiben.«

Er möchte mich also nur, um Blaire eins auszuwischen. Nun gut, damit kann ich leben. »Wenn du mir versprichst, dass du mich wirklich wählst, dann …« Ich schiele zu den leckeren Speisen auf dem Tisch. »… esse ich etwas und bringe mich nicht um.«

Er streckt mir die Hand hin. »Deal.«

Seufzend schlage ich ein. »Deal.« Das ist verrückt. Ich habe einen Pakt mit einem Warrior geschlossen.

Kapitel 3 – The Show must go on

Kaum eine Woche ist vergangen, und schon stehe ich wieder an der Front. Alle Scheinwerfer und Kameras sind auf uns Sklaven gerichtet, während wir in der Empfangshalle darauf warten, dass sich das Tor öffnet und die Soldaten einmarschieren. Das Volk von White City sitzt hinter uns im Publikum, schwingt Transparente und klatscht in die Hände.

Der Lärm macht mich so nervös, dass ich mit den Zähnen knirsche. So gerne würde ich die Arme vor der Brust verschränken, um mich zu bedecken, denn in dem Stringtanga und dem Brustband fühle ich mich fast nackt. Trotzdem stehe ich still, genau wie die anderen Sklavinnen, um die Wachen nicht zu provozieren.

Wird Crome Wort halten? Und was passiert, wenn Blaire zuerst die Bühne betritt? Ich habe bisher nie aufgepasst, in welcher Reihenfolge die Warrior in die Halle kommen.

Mein Magen zieht sich zusammen, Eiseskälte kriecht über meine Wirbelsäule, obwohl es in der Halle warm ist. Ständig muss ich daran denken was passiert, falls etwas schiefgeht und ich bei Blaire lande.

Auf den großen Bildschirmen, die über der Bühne hängen, werden die Highlights der letzten Sendung eingespielt. Ich schiele nur mit einem Auge hin, möchte nicht sehen, wie Blaire mich vergewaltigt. Es ist zu erniedrigend, dennoch kann ich nicht wirklich wegschauen und wundere mich, dass keine Bilder von mir oder ihm auftauchen.

Der Moderator kündigt zwei neue Krieger an, die anstelle von Jax und Blaire im Team sind: Nitro und Storm.

Jetzt zucke ich doch zusammen. Neue Krieger? Blaire ist nicht mehr in dieser Einheit?

Die Bilder vor meinen Augen verschwimmen und wirbeln herum, in meinen Ohren rauscht es. Ich muss mich verhört haben. Oder träume ich?

Sofort beiße ich mir in die Wange. Au, nein, kein Traum!

Ich konzentriere mich scharf auf die Worte des Kommentators, aber er erwähnt mit keinem Wort, was mit Blaire geschehen ist. Wurde er in eine andere Einheit versetzt? Ist er verletzt?

Das Publikum ruft und fragt, wo Jax und Blaire sind, doch sie erhalten keine Antwort, stattdessen zerren Ordnungshüter die Störenfriede aus der Halle. Obwohl ich mich nicht umdrehen darf, bekomme ich es trotzdem mit, weil ich die Zuschauer über die Bildschirme beobachten kann.

Wer sich nicht an die Regeln hält, wird entfernt, so einfach ist das in White City.

Rockmusik wird eingespielt, ein fetziges Lied. Jeder Warrior hat seinen eigenen Song. Schon geht das erste Tor auf und ein junger Krieger betritt die Bühne: Nitro. Er ist kaum älter als ich und hat wohl gerade erst die Ausbildung beendet. Sein blondes Haar ist kurz geschoren, ein silberner Ring funkelt an einem Ohr. Nitro ist groß, schlank, sehnig und scheint voller Kraft zu stecken, wie sie alle. Offensichtlich kommt er nicht von einem Einsatz, denn seine Cargohose ist sauber, die Stiefel glänzen und die Schutzweste sieht ungebraucht aus. An ihr hängen Wurfsterne, Dolche und andere Waffen, in einem Holster steckt eine Pistole.

Er wird nur dem Volk vorgestellt und darf heute keine Sklavin wählen, wie der Kommentator erklärt, da er sich im Einsatz erst beweisen muss. Ebenso der zweite Krieger, der kurz danach die Bühne betritt: Storm. Er ist etwas kleiner und stämmiger als Nitro, aber nicht weniger durchtrainiert. Seine Augen sind braun wie Wüstensand, sein Haar ist pechschwarz und zu vielen Zöpfchen geflochten. Auch er verschwindet hinter der Bühne, nachdem das Publikum ihn mit johlendem Applaus begrüßt hat.

Ich konzentriere mich kaum auf die Show, da meine Gedanken nur um Crome kreisen. Wird er mich trotzdem wählen? Wieso sollte er? Blaire ist nicht hier und Cromes Typ bin ich auch nicht. Dennoch wünsche ich mir, von ihm gewählt zu werden. Bei ihm habe ich mich sicher gefühlt. Als ich auf der Feier in dem Raum mit ihm eingesperrt war, haben wir gegessen und noch lange geredet, bis mir die Augen zugefallen sind. Er klang sehr interessiert, weil ich früher Bodyguard war, und wollte wissen, warum ich verurteilt wurde, doch ich habe mich bedeckt gehalten. Ich darf mit niemandem darüber reden oder Senator Murano schneidet mir die Zunge heraus.

In den letzten Tagen in meiner Zelle habe ich nicht nur daran gedacht, meinem Leben ein Ende zu setzen oder an das, was Blaire mir angetan hat. Immer öfter hat sich Crome in meine Gedanken geschlichen. Ich freue mich tatsächlich, ihn wiederzusehen. Mein Herz rast aus Vorfreude und nicht vor Angst. Gemeinsam mit ihm gegen Blaire zu kämpfen, dem Mistkerl eins auszuwischen, hat meine Lebensgeister geweckt.

Als Crome plötzlich die Bühne betritt, überschlägt sich mein Puls und ich atme stockend ein. Zuerst nehme ich sein rotes Haar wahr. Es leuchtet im Scheinwerferlicht, und seine grünen Augen glühen regelrecht. Er ist ein wahrer Dämon. Schön und gefährlich.

Über seiner breiten Schulter hängt ein Gewehr, sein Oberkörper ist nackt. Er muss sich die Weste hinter der Bühne ausgezogen haben, seine Haut glänzt von Schweiß. Er genießt das Bad in der Menge und lässt die Muskeln spielen. Dann schweift sein Blick über die Reihe der Sklavinnen und bleibt an mir hängen.

Mein Herz setzt einen Schlag aus. Bitte, bitte … Ich kann ihn bloß anstarren und still beten, dass er mich wählt. Ich möchte bei keinem anderen landen. Was, wenn der wieder so ist wie Blaire?

Sein Blick ist unergründlich, seine Miene verrät nicht, was er denkt. Er dreht sich mit erhobenen Armen ein Mal im Kreis, lässt sich bejubeln und tritt vor das Eingabepult.

Krampfhaft richte ich die Augen auf die Anzeigetafel – schon erscheint die blutrote Zahl. Es ist die Vier.

Ich zittere vor Erleichterung. Er hat mich gewählt.

Während ich versuche, diese Information zu verarbeiten, packt ein Wächter meinen Arm und zieht mich aus der Reihe. Am Rande vernehme ich die Worte des Kommentators, der es nicht glauben kann, dass Crome mich ausgesucht hat. »Kaum ist Blaire abwesend, schnappt sich ein anderer seine Sklavin. Wir sind gespannt, was uns erwarten wird!«

Ich kann es auch nicht begreifen. Er hat mich gewählt, obwohl Blaire nicht da ist. Tief in meinem Herzen hatte ich gehofft, der Schweinehund wäre tot. Aber da Crome mich genommen hat, wird er das leider nicht sein.

Ich kenne den Weg, wir verlassen die Halle und vor einem gläsernen Aufzug stoße ich auf Crome. Er nickt mir kaum merklich zu, dann reicht er seine Waffen einem Wärter. Anschließend fahren wir mit einer Wache und einem Reporter nach oben.

Der Journalist möchte sofort wissen, was mit Blaire passiert ist. Crome antwortet lediglich: »Darüber darf ich keine Auskunft geben.«

Der Mann gibt nicht auf, Fragen zu stellen, doch Crome ignoriert die meisten davon.

Als wir ein Zimmer der Vergnügungseinheit betreten, kann ich immer noch nicht aufatmen. Auch hier sind Kameras angebracht. Das Volk kann zusehen, wie die Warrior sich mit den Sklaven vergnügen, was bedeutet, dass ich Crome nicht ausfragen kann.

Zuerst schiele ich zum Tisch, ob der mitten im Raum steht und mit Fesseln bestückt ist. Doch es gibt keine Tische, nicht mal ein Bett. Stattdessen liegen riesige Kissen herum. Das ganze Zimmer sieht wie eine Mischung aus Kuschelhöhle und Urwald aus, denn zwischen den Polstern sind überall Pflanzen in Kübeln verteilt. Palmen, Farne, farbenprächtige Blumen … Sie sind bestimmt nicht echt, trotzdem schauen sie traumhaft aus! Das Licht ist gedämmt, leise Musik spielt, beruhigende Klänge sind zu hören und … ein Rauschen? Ich wandere durch die Pflanzen und staune. Die hintere Wand zeigt das bewegliche Bild eines Urwaldes mit einem Wasserfall, der in einen See mündet. Wunderschön! Kleine bunte Vögel schwirren auf der gigantischen Leinwand herum, ich höre sogar ihr Zwitschern. Nach dem eintöniggrauen Zellenalltag weiß ich nicht, wohin ich zuerst blicken soll.

Ich bin im Paradies gelandet.

»Du liebst es extravagant, oder?« Lächelnd drehe ich mich zu Crome um, der hinter mir steht und mich anscheinend beobachtet hat.

»Ich probiere gerne mal was Neues aus«, antwortet er schmunzelnd. Während er an mir vorbeigeht, flüstert er mir zu: »Ich brauch 'ne Dusche. Wenn du magst, überlasse ich dir die Wanne.«

Die Wanne? Ich folge ihm ins angrenzende Badezimmer, in dem es noch mehr nach Dschungel aussieht. Feuchtwarmer Dampf schlägt uns entgegen; es duftet aromatisch nach Zitrusfrüchten. In der Mitte des Raumes steht eine gigantische Badewanne – eher ein halber Pool! So viel Wasser auf einem Fleck.

Neben mir schlüpft Crome aus den schweren Stiefeln und der Einsatzhose. Ich weiche zurück, um ihn argwöhnisch zu beobachten. Beim letzten Mal hat er gesagt, dass er mich nicht anfassen wird. Wie ist es diesmal?

Ich verkrampfe mich, als ich seine muskulösen Pobacken und die langen nackten Beine erblicke. Überall steckt er voller Kraft.

Ohne sich zu mir umzudrehen, marschiert er in die gläserne Duschkabine. Dort bleibt sein Körper meinen Blicken verwehrt, da das Glas sofort vom Dampf beschlägt.

Fieberhaft überlege ich, ob ich nicht schnell in die Wanne hüpfen soll, solange er duscht. Ich bin nicht schmutzig, schließlich müssen wir Servas vor jeder Show in die Duschkammer, aber das viele Wasser sieht zu verlockend aus.

Ohne den knappen String und das Brustband abzunehmen, klettere ich über den hohen Rand und lasse mich ins Bassin sinken.

Du liebe Güte, ist das herrlich!

Die Wärme entspannt meine Muskeln. Mir tut alles weh, weil ich mich stundenlang verkrampft habe. Ich fühle mich leicht und geborgen. Immer tiefer sinke ich ins Wasser, bis nur noch meine Augen und die Nase herausschauen.

Mit geschlossenen Lidern lasse ich mich treiben, stelle mir vor, tatsächlich in einem Dschungel zu sein. Die Atomwaffen haben hier keinen Schaden angerichtet und ich befinde mich im letzten Paradies auf Erden. Kolibris schwirren um mich herum, bunte Fische streicheln meine Haut.

Ich holte tief Luft und tauche unter, um mich noch schwereloser zu fühlen. Als das Wasser mich vollständig einhüllt und ich auf den Boden sinke, öffne ich die Augen. Ein dunkler Schatten beugt sich über die Wanne, ein Arm schießt auf mich zu.

Ich erschrecke so sehr, dass ich ein bisschen Wasser schlucke, während ich nach oben gerissen werde.

Mir rasendem Puls starre ich in Cromes erzürntes Gesicht. »Kann man dich keine fünf Minuten allein lassen?«

Ich verstehe nicht, was er hat. »Warum, was habe ich denn getan? Du hast mir doch erlaubt …«

»Ich hab gedacht, du willst dich schon wieder umbringen«, flüstert er an meinen Lippen.

Er macht mir Angst, weil er mich so fest hält, und zugleich spüre ich, dass er sich um mich sorgt. »Ich wollte mich nur entspannen. Ehrlich.«

Mein Herz rast gegen seinen nackten Brustkorb. Er ist so groß, so stark! »Lass mich bitte los.« Sein weiches Geschlecht drückt sich an meinen Bauch. Das verwirrt mich, da es sich einerseits gut anfühlt, mich aber andererseits an schlimme Dinge erinnert.

Langsam lässt er mich los und geht rückwärts auf ein Regal zu, aus dem er ein dickes Handtuch zieht und mir zuwirft. Er mustert mich nicht gierig, nur interessiert. Durch mein nasses Brustband und das Höschen kann er alles sehen.

»Danke.« Sofort hülle ich mich in den warmen, weichen Stoff ein, um meinen Körper vor seinen Blicken zu verbergen.

Ich kann aber an ihm auch alles erkennen. Feine Rinnsale laufen über seinen harten, trainierten Körper und suchen sich ihren Weg durch Muskeltäler, um sich schließlich in seinem gestutzten Schamhaar zu verfangen. Crome ist nicht erregt und sein Penis sieht in diesem Zustand zum Glück wenig erschreckend aus.

»Genug gesehen?«, fragt er grinsend.

Abrupt schaue ich ihm in die Augen. Er braucht sich auf meine Musterung nichts einzubilden.

Er schlingt sich ein Handtuch um die Hüften und öffnet an der Wand ein Kästchen, in dem ein Wundlaser und andere Dinge liegen. Er nimmt eine Injektionspistole raus und spritzt sich den Inhalt in die Halsvene, so wie er es das letzte Mal bei mir gemacht hat.

Leise stöhnend schließt er die Augen und scheint den Schuss zu genießen. Falls er sich so fühlt wie ich vor Kurzem … Nein, nicht daran denken, was passiert, wenn ich mit einem geilen Warrior eingeschlossen bin!

Ich eile in den Schlafraum, wobei ich den Boden volltropfe. Meine Haare sind klitschnass. Da Crome mir nicht gefolgt ist, rubble ich sie schnell ab, bevor ich mir das Tuch erneut um den Körper schlinge. So fühle ich mich sicherer, als ob mich ein Kokon vor ihm schützt.

Da betritt er ebenfalls den Kissendschungel und kommt auf mich zu. Das Handtuch hat er immer noch um die schmalen Hüften gewickelt, doch darunter zeichnet sich nun deutlich etwas ab. Er ist erregt!

Hektisch atmend schnappe ich nach Luft und gehe rückwärts zwischen den Pflanzen hindurch.

Crome bleibt stehen, taxiert mich wie ein Raubtier. Er macht mir Angst.

Als plötzlich alle Lichter ausgehen und sogar der riesige Screener an der Wand schwarz wird, höre ich nur noch meinen rasenden Puls in den Ohren klopfen. »Was ist passiert?« Meine Stimme zittert. Wie gelähmt bleibe ich stehen und lausche in die Dunkelheit. Ist das sein perverses Spiel? Die verschreckte Beute im Dunkeln zu jagen?

»Ich tippe auf Stromausfall.«

Ich zucke zusammen, denn seine Stimme erklingt direkt neben mir. Ich habe nicht gehört, wie er sich mir genähert hat. Kann er im Dunkeln sehen? Ist an den Gerüchten etwas dran?

Während meiner Ausbildung zur Leibwächterin haben wir uns oft die Warrior zum Vorbild genommen, sie bewundert. Und die eine oder andere Geschichte aufgeschnappt.

Wenige Sekunden später flackert der Screener auf und das Gesicht des jungen Moderators, der die Show leitet, taucht auf.

»Bürgerinnen und Bürger von White City«, sagt er, »die Übertragung der Show wird auf unbestimmte Zeit ausgesetzt. Der in das Serva-Programm aufgenommenen Sklavin Samantha Walker ist es gelungen, zu fliehen. Wahrscheinlich hat sie sich den Rebellen angeschlossen. Von unserem Warrior Jax fehlt ebenfalls jede Spur. Wir vermuten, dass er auf eigene Faust nach ihr sucht, da er es war, der sie zuletzt gesehen hat.«

»Ts«, macht Crome neben mir. »Wer's glaubt.«

Erschrocken blicke ich mich um und sage leise: »Sie können dich hören.«

Crome legt den Kopf schief. »Nein, die Übertragung ist tatsächlich tot. Ansonsten würde ich ein leises Summen vernehmen.«

»Was für ein Summen?«

»Das Zoomen der Kameras und eine Art elektromagnetische Vibration, kann es schlecht erklären. Ich weiß sicher, dass wir nicht belauscht werden.«

»Du kannst also nicht nur im Dunkeln sehen, sondern auch verdammt gut hören. Ich wusste es!«

»Erwischt«, sagt er lächelnd, dann konzentrieren wir uns wieder auf den Moderator.

»Die Show wird so lange ausgesetzt, bis die entflohene Rebellin gefasst ist.«

»Das wird vielen nicht gefallen«, murmele ich. Das Regime möchte damit verdeutlichen, was passiert, wenn einer mal nicht kuscht. Das macht mich wütend. Erst anheizen, dann knallhart zeigen, was die Bürger verpassen, wenn sie nicht spuren. Schließlich haben sie schon vor der Show von Samanthas Verschwinden gewusst. »Also soll das ganze Volk büßen, wenn sich eine nicht an die Regeln hält?« So extrem war es noch nie.

»Nicht nur das Volk. Es ist zugleich eine Warnung an uns Warrior. Jax hat der Ärztin zur Flucht verholfen, so viel ist klar, anders hätte sie es nie geschafft. Das darf natürlich niemand erfahren, wo wir doch für die Sicherheit der Stadt sorgen.«

Ein Warrior ist mit einer Sklavin durchgebrannt? Ich reiße die Augen auf und starre Crome an.

Müde lächelnd schüttelt er den Kopf. »Denk nicht mal dran. Wo sollen wir denn hin? In die verseuchten Outlands? Oder für immer in der Kanalisation leben, ständig auf der Flucht? Früher oder später werden wir Jax bekommen, und der Senat wird ein Exempel an ihm statuieren.«

»Du würdest deinen Waffenbruder verraten?«

Crome schaut auf seine Zehen und kratzt sich am Kopf. »Ehrlich gesagt habe ich ihn laufen lassen, als ich ihm begegnet bin.«

Mein Mund klappt auf. »Du hast ihn gesehen?«

»Hm. Er muss einen wichtigen Grund gehabt haben, warum er solch ein Risiko auf sich nimmt.«

»Hast du nicht mit ihm geredet?«

»Es ging alles so schnell, außerdem hörte ich die anderen kommen und wollte nicht, dass sie ihn schnappen.«

Er hat Jax geschützt. Ich wünschte, er würde sich für mich genauso einsetzen. »Ich habe einmal kurz mit der Sklavin geredet. Ich hab mich schon gewundert, warum ich Samantha heute nicht begegnet bin.« Vielleicht hat sich der Warrior in sie verliebt? Und sie hat das ausgenutzt, damit er sie rettet … »Angeblich hat der Senat sie zu Unrecht verurteilt. Mich haben sie ja auch nur festgenommen, weil …« Mist, fast hätte ich verraten, weshalb ich einsitze. Falls doch jemand mithört? Ich traue diesem Regime alles zu.

Er hebt die Brauen. »Weil du … was?«

Plötzlich erscheint wieder der rauschende Wasserfall. Für einen Moment starren wir beide auf das Bild, dann fragt Crome in den Raum: »Ist unser Intermezzo jetzt auch zu Ende?« Er schaut sich um und legt wieder den Kopf schief. »Alles tot.«

»Werden wir wirklich nicht abgehört?«, flüstere ich.

Er schüttelt den Kopf.

»Warum?«

»Vielleicht haben sie nur vergessen, den entsprechenden Knopf zu drücken.«

Ich möchte noch nicht zurück in meine Zelle, ich habe so viele Fragen an ihn und außerdem gefällt es mir hier.

Er geht zur Tür und öffnet sie. Sofort stellen sich zwei bewaffnete Männer davor.

»Was ist mit uns?«, fragt Crome angesäuert. »Dürfen wir noch Spaß haben oder nicht?«

»Sie dürfen die Nacht mit der Serva in der Einheit verbringen, was danach passiert, wissen wir auch noch nicht«, erklärt ihm einer der Männer. »Kein Warrior darf jedoch dieses Gebäude vor morgen Früh verlassen. Befehl von ganz oben.«

Crome murmelt etwas und knallt die Tür zu. »Sieht so aus, als wären wir beide heute Nacht Gefangene.« Während er zwischen den Pflanzen umhertigert, fährt er sich ständig durchs Haar und flucht vor sich hin. »Hier ist irgendwas oberfaul.«

In diesem Stadtstaat war schon immer alles faul.

Solange er mit sich und seinen Gedanken beschäftigt ist, werde ich etwas essen. Daher hole ich das Tablett, das neben der Tür gestanden hat, und setze mich auf ein großes Kissen vor dem Dschungelbild. Abermals sind köstliche Leckereien dabei. Die Krieger bekommen hervorragende Mahlzeiten, während es im Gefängnis immer dieselbe Pampe gibt. Genüsslich probiere ich von dem Nudelsalat, nasche von den Obstschnitten und trinke einen Schluck Wein.

»Na ja, ein Gutes hat es«, sagt er schließlich, als er vor mir stehen bleibt. »Jetzt können wir uns in Ruhe unterhalten.«

Nickend schaue ich zu ihm auf. »Das ist wirklich perfekt, denn ich habe schon eine Frage an dich.«

Er stemmt die Hände in die Hüften. »Schieß los.«

Seine Erregung ist zum Glück abgeklungen, zumindest sehe ich keine übergroße Beule mehr im Stoff. Puh. Aber kann sich der Kerl nicht setzen? Ich kann ihm ja fast unters Handtuch gucken. »Wieso hast du mich gewählt?«

»Ich wollte dich wiedersehen«, erwidert er prompt.

Hinter meinem Brustbein zieht es. Hofft da ein winziger Teil, dass Crome mich mag? Dass er mich rettet wie Jax Samantha?

Unmöglich, diese Soldaten haben keine romantischen Gefühle. Das sind

Kampfroboter und tun das, was der Senat ihnen aufträgt.

»Du willst bloß Blaire eins auswischen. Wo ist er überhaupt?«, rufe ich, da er ins Badezimmer verschwunden ist. Als er zurückkommt, trägt er einen Slip. Mehr nicht. Der eng anliegende Stoff bedeckt gerade seinen Penis. Ganz schön knappes Höschen für einen Krieger.

»Er ist tot.« Crome hockt sich neben mich und schiebt sich eine Apfelschnitte in den Mund.

»Was?« Mein Herz setzt einen Schlag aus, danach beginnt es unkontrolliert zu rasen, und ich presse die Hände an meine Brust. Ich muss mich verhört haben!

Crome sitzt nur da und isst seelenruhig, ein beinahe friedliches Lächeln ruht auf seinen Lippen.

»D-das ist unmöglich!« Es kam schon vor, dass Warrior während der Einsätze gestorben sind, aber doch nicht Blaire! Es erwischt schließlich immer die Guten.

»Ich habe es mit eigenen Augen gesehen. Jax hat ihn erschossen.«

»Jax?« Diese Neuigkeit hätte mich tatsächlich umgehauen, wenn ich nicht sitzen würde. Alles dreht sich, ich weiß nicht, ob ich lachen oder weinen soll. »Hat er auch auf dich geschossen?«

»Nein, er hat mich nur mit der Waffe bedroht, als ich mich gezeigt habe.«

»Und er hat nicht abgedrückt?«

»Hätte er abgedrückt, hätte ich das auch getan. Es war eine Pattsituation, daher habe ich beschlossen, ihn laufen zu lassen.«

»War Samantha auch bei ihm?«

»Hm.«

»Warum hast du sie laufen lassen?«

Er runzelt die Stirn. »Das frage ich mich ständig. Vielleicht, weil ich gesehen habe, wie viel die Ärztin Jax bedeutet. Oder um Blaire noch über seinen Tod hinaus eins auszuwischen. Er wollte die Frau quälen, da hat Jax ihn erschossen.«

»Ich glaube nicht, dass es allein daran liegt. Du zweifelst am Regime.«

Fast unmerklich zuckt er, seine Augen blitzen auf.

Aha, erwischt! »Jax hatte sicher einen triftigen Grund, eurer Einheit den Rücken zu kehren, genau wie du gesagt hast. Der Senat hält sich bedeckt, also gibt es etwas, das wir nicht erfahren sollen.«

»Ich dachte, du bist Bodyguard und nicht Psychiaterin oder Ermittlerin.« Er schmunzelt, wird jedoch gleich wieder ernst. »Aber du hast recht. Irgendwas hat er herausgefunden, da bin ich mir sicher, denn er würde niemals einfach so verschwinden. Er begann zwar seltsam zu werden, als sein Bruder vor ein paar Monaten starb, und vielleicht liegt es auch daran. Womöglich konnte er seinen Dienst nicht mehr korrekt verrichten und war zu stolz, sich versetzen zu lassen. Für viele Warrior ist es furchtbar, wenn sie nicht mehr die Stadt verteidigen dürfen und dann Lagerhäuser bewachen oder im Gefängnis arbeiten müssen. Doch da er mit der Ärztin durchgebrannt ist, steckt mehr dahinter.«

»Eine Verschwörung womöglich«, murmele ich.

»Er sprach davon, dass Blaire die Granate auf ihn und seinen Bruder geworfen hat. Leider habe ich nicht alles belauschen können. Und er erwähnte Senator Freemans Namen.«

»Freeman?« Eisige Schauder laufen über meine Haut.

»Weißt du etwas?«

Hastig schüttele ich den Kopf. Ich will meine Zunge noch länger behalten. Freeman und Murano stecken unter einer Decke.

»Der Senat wird alle Geschütze auffahren.« Seufzend fährt sich Crome durchs Haar.

Es könnte zu schlimmen Aufständen kommen. Ich habe Angst um mich, denn wenn Crome tödlich verletzt wird, wird mich vielleicht ein anderer Warrior wählen. Doch ich habe auch Angst um ihn. Langsam dringe ich in seinen Kern vor und merke, dass dieser Mann mehr Gefühle hat, als ich vermutet habe.

Seelenruhig schiebt er sich ein weiteres Obststück in den Mund. Wie kann er so gelassen bleiben? Ich zerspringe fast vor Aufregung. Blaire ist tot! Dieses Schwein wird sich nie wieder an jemandem vergreifen können, es gibt also eine ausgleichende Gerechtigkeit! Na ja, ein bisschen, eigentlich hätte er einen langsamen, qualvollen Tod verdient. Und ich habe es auch nicht verdient, eingesperrt zu sein, nur weil ich aus Versehen ein Gespräch gehört habe, das nicht für meine Ohren bestimmt war.

Ich beuge mich nah zu ihm und senke die Stimme. »Wir könnten fliehen, genau wie Jax und Samantha. Die zwei Wachen vor der Tür schalten wir doch mit links aus.«

»Ich hab es dir schon mal gesagt: Wo willst du denn hin? In den Outlands können wir nicht lange überleben, zumindest du nicht. Ich habe robustere Gene. Aber was will ich unter den Mutanten?« Er schüttelt sich. »Dann lieber ein paar Abzüge hinnehmen und ein angenehmes Leben führen.«

Mein Leben ist alles andere als angenehm, doch ich kann auch wirklich nicht von ihm verlangen, dass er alles für mich aufgibt. »Findest du es angenehm, andere zu töten?«, frage ich ihn ein wenig zu schnippisch, wofür ich einen finsteren Blick ernte.

Verdammt, was ist nur los mit mir? Ich fühle mich einfach zu sicher an seiner Seite, bloß weil er nicht so ist wie Blaire. Aber er ist trotzdem ein Warrior, das darf ich niemals vergessen.

Ruhig erwidert er: »Nachdem ich dir quasi gestanden habe, dass ein kleiner Rebell in mir steckt, bist du erst mal an der Reihe, bevor ich weitere Fragen beantworte. Weshalb wurdest du verhaftet?«

Soll ich auf diese Masche reinfallen? »Du willst nur Informationen«, sage ich verschnupft. »Daher hast du mich gewählt. Du wolltest mich das letzte Mal schon ausfragen.« Und deshalb hat er diesen Urwald inszenieren lassen. Die Kameras können … *hätten* uns kaum erfassen können, und wegen der Urwaldgeräusche und des Wasserfalls wäre es wahrscheinlich schwer geworden, uns abzuhören.

Wieso brennt die Enttäuschung wie Säure in mir? Was habe ich denn gehofft?

Er räuspert sich. »Ja, ich gebe zu, es war auch deswegen, aber primär wollte ich dich wiedersehen.«

Er schaut tatsächlich nicht aus, als würde er lügen. Was, wenn er doch im Auftrag von Senator Murano oder Freeman handelt und mich testen soll, ob ich rede? »Wieso sollte ich dir trauen?«

Ein Muskel in seiner Wange zuckt. »Wenn ich dir … mein größtes Geheimnis anvertraue, wirst du es mir dann erzählen?«

»Kommt auf dein Geheimnis an«, erwidere ich. Was kann er schon für Geheimnisse haben, die mich zum Reden animieren?

»Ich …« Er kratzt sich an der Nase und schaut einem bunten Vogel nach, der auf dem Screener munter hin und her fliegt. »Ich weiß nicht genau, wo ich beginnen soll, vielleicht am Anfang.« Er räuspert sich, sein Blick richtet sich in die Ferne und ein Lächeln umspielt seine Mundwinkel. »Ich war noch keine achtzehn, voll im Training und stand kurz davor, meinen Abschluss zu machen und ins Warrior-Programm überstellt zu werden. Wir bekamen ein paar Freiheiten, durften ab und zu ausgehen. Da lernte ich Ava in einer Bar kennen. Sie war dort Kellnerin, eine wunderschöne junge Frau, und ich hatte mich auf den ersten Blick in sie verliebt. Ihr schien es nicht anders zu gehen, also trafen wir uns heimlich, so oft wir konnten.«

Seine Augen glühen regelrecht. Er muss sie wirklich geliebt haben.

»Warum habt ihr euch nur heimlich getroffen?«

»Der Senat sieht es nicht gern, wenn Warrior Beziehungen zum gemeinen Volk pflegen. Wir sollen für das ganze Volk da sein, schließlich sind wir ihre Idole. Wir müssen in der Show funktionieren, doch wie soll das gehen, wenn wir feste Partner haben? Ich hatte Angst, kein Warrior zu werden, falls unser Verhältnis auffliegt, daher hielten wir es geheim.«

Ich muss an Riley und mich denken. Bei uns war es ja ähnlich.

Während er mich ansieht, huscht ein Schatten über sein Gesicht und seine grünen Augen scheinen ihren strahlenden Glanz verloren zu haben. »Dann passierte etwas Furchtbares. Ich war noch keine Woche als Soldat eingesetzt, da wurde Ava verhaftet. Man warf ihr vor, heimlich Kontakte zu einem Rebellen zu pflegen, doch sie war unschuldig! Und mich fraß die Schuld beinahe auf. Vielleicht hat das Regime unsere verschlüsselten Botschaften abgefangen und eine Verschwörung vermutet oder … Ach, ich weiß den Grund bis heute nicht! Auf jeden Fall wurde sie eine Sklavin.«

»Oh Gott, das muss schrecklich für dich gewesen sein.« Mein Herz schnürt sich zusammen. Vorsichtig lege ich eine Hand auf seinen Unterarm.

Er lässt Kopf und Schultern sinken. Leise, ohne mich anzublicken, erzählt er weiter. »Ich hab natürlich alles daran gesetzt, Ava bei der Show zu wählen. So hätten wir wenigstens für wenige Stunden zusammen sein können und kein anderer Warrior hätte sie verletzt. Leider war ich noch der jüngste in der Einheit und hatte kaum Rechte. Man kann sich die Reihenfolge erkaufen, mit Auszeichnungen in der Schlacht oder auch mit Geld. Die

Showmaster sind bestechlich, wie fast alle in White City. Und Blaire liebte es schon damals, mit seinen Erfolgen zu prahlen. Er wollte immer als Erster auf die Bühne marschieren. Ich habe ihn gebeten, ob wir tauschen können oder dass er zumindest Ava in Ruhe lässt. Ich wusste, wie brutal er den Frauen gegenüber war. Doch er hat nur gelacht und gemeint, ein Jungspund hätte keine Rechte und ich solle mich brav hinten anstellen.«

Mir verschlägt es den Atem. Welch schreckliche Situation! »Hast du ihm erzählt, dass du Ava liebst?«

Er schüttelt den Kopf und räuspert sich. »Das musste ich nicht, es war ihm sofort klar, als ich ihn angefleht habe.«

Ich kann mir genau vorstellen, was dann passiert ist. Sanft streichle ich Crome übers Gesicht. Auf einmal fühle ich mich mit ihm verbunden. »Du musst nicht weiter reden.«

»Es fühlt sich gut an, endlich alles herauszulassen.« Sein Blick wirkt niedergeschlagen. »Er hat sie gequält, und es hat mich fast zerrissen. Ich konnte nichts tun. Sie starb schon beim dritten Mal an den Verletzungen.«

Ich presse die Hände auf meinen Bauch und sehe und fühle beinahe körperlich, wie Blaire mich gequält hat. Ob er Ava besonders schlimm gefoltert hat, um Crome seine Überlegenheit zu zeigen? Mir wird ganz schlecht und mein Herz schnürt sich noch fester zusammen.

»Seitdem hasse ich den Kerl wie die Pest, und er hat auch ständig versucht, mir seine Macht zu demonstrieren. Aber ich wurde erfahrener und ihm bald überlegen. Das hat ihm gestunken. Ich habe lange gewartet, um mich an ihm zu rächen, und als ich dich auf der Party sah, wusste ich, dass meine Zeit gekommen war.«

Ich zucke zurück. Ich war nur das Mittel zum Zweck. Wieso tut das weh?

Crome nimmt meine Hand. »Mir war sofort klar, warum Blaire dich genommen hat.«

»Er wollte sich rächen, weil ich ihn getreten habe«, sage ich verschnupft, ziehe meinen Arm jedoch nicht zurück.

»Vielleicht gibt es einen anderen Grund.« Sein Gesicht kommt immer näher.

»Welchen?«, hauche ich.

»Weil du Ava verdammt ähnlich siehst.«

Was? Ich schlucke hart. Daher sein intensiver Blick auf der Party! D-du meinst, Blaire hat mich gefoltert, weil ich ihn an Ava erinnert habe?«

»Ich würde ihm das zutrauen.« Er seufzt tief. »Auf der Party hab ich dich zum ersten Mal richtig angeschaut, da ich es sonst immer vermieden habe mir Sklavinnen zu suchen, die Ava auch nur im Geringsten ähnelten. Daher dachte Dean auch, du seist nicht mein Typ. Als ich deine Verletzungen gesehen habe, kam alles wieder hoch, der ganze Hass auf Blaire und das Regime. Ich wollte nur noch meine Rache. Und jetzt, wo Blaire tot ist, will ich mit dir zusammen sein, weil … du mich einfach so sehr an Ava erinnerst.«

Oh mein Gott. Tief durchatmend schließe ich die Augen. Diese Informationen muss ich erst mal verdauen. Musste ich einen Monat lang durch die Hölle gehen, vier Mal Blaires brutale Behandlung durchstehen, weil ich ihn an Ava erinnerte? »Hätte Blaire dann nicht mit mir vor dir geprahlt? Ich glaube eher, er hat mich persönlich verachtet, sonst hätte er dich das sicher spüren lassen.«

»Vielleicht hast du recht und ich bilde mir das nur ein, weil ich ihn so sehr hasse.«

Langsam öffne ich die Lider. Crome und ich haben trotzdem etwas gemeinsam, wir sind zwei verletzte Seelen. Das hätte ich niemals vermutet. Er wirkt so stark. Doch eben hat er mir seine Seele entblößt.

Als er mich ansieht, zittern seine Augen, doch er weint nicht. Das übernehme ich für ihn.

Aufschluchzend falle ich ihm um den Hals. Crome drückt mich behutsam an sich, während ich durch sein noch leicht feuchtes Haar streichle. Auch er fährt über meinen Rücken, denn mein Handtuch hat sich ein wenig gelöst. Langsam zieht er mich auf seinen Schoß. Oder setze ich mich freiwillig auf ihn? Ich weiß es nicht. Ich weiß nur, dass ich plötzlich keine Angst mehr vor ihm habe und ihn trösten möchte. Vielleicht möchte ich selbst Geborgenheit erfahren – egal was es ist, es tut gut, von ihm gehalten zu werden und ihm Halt zu geben.

»Blaire kann uns nicht mehr quälen. Er ist tot«, wispere ich und drücke ihm einen Kuss auf die Wange, woraufhin er mich verblüfft ansieht.

Das bringt mich zum Lächeln, und ich küsse ihn gleich noch mal, diesmal auf die andere Wange. Und jetzt lächelt er auch.

Ich umarme ihn fester, sodass sich unsere Wangen aneinanderreiben. »Wir haben einen gemeinsamen Feind.« Das Regime hat uns beiden alles genommen, was uns wichtig war.

»Deshalb sollten wir uns verbünden.« Er dreht den Kopf, sodass sich unsere Lippen fast berühren. Tief schaut er mir in die Augen. Er möchte mich küssen, ich weiß es einfach, und ich möchte es auch. Aber ich traue mich nicht, weil ich Angst habe, schon so viel Nähe zuzulassen.

»Was ist dein größter Wunsch, außer Freiheit?«, fragt er plötzlich, als wolle er das Thema wechseln. Ist mir auch recht.

»Ich wäre gerne Erzieherin geworden oder hätte etwas anderes mit Kindern gemacht. Kinder sind so selten in White City.«

Er legt den Kopf schief und mustert mich. »Du liebst Kinder?«

Als ich »und wie« sage, bilde ich mir ein, dass er leicht zusammenzuckt.

»Was ist?«

»Nichts. Erzähl weiter«, murmelt er und streichelt über meine Oberschenkel.

»Jetzt würde ich alles, was ich gelernt habe – weil es das Regime so wollte – gegen sie einsetzen.« Ich habe mir, wie viele Bürger, den Beruf nicht ausgesucht. Der Senat hat das entschieden. Er hat gemeint, ich wäre dafür geeignet, also musste ich gehorchen.

»Durch und durch eine Rebellin«, sagt er schmunzelnd und drückt meine Pobacken durch das Handtuch.

Ich tue so, als würde ich eine Wimper unter seinem Lid wegwischen – weil ich einfach Lust habe, sein Gesicht zu berühren –, und frage: »Was ist dein größter Wunsch?«

Crome zuckt mit den Schultern. »Er ist ohnehin unerfüllbar, daher brauche ich ihn nicht aussprechen.«

Wird er rot um die Nase? Ich grinse. »Er ist dir peinlich?«

»Hm, sagen wir mal, eher untypisch für einen Warrior.«

»Die Antwort würde einen Bonbonlutscher aus dir machen.«

Er schiebt sich ein weiteres Obststück in den Mund und murmelt: »Ich liebe Bonbons.«

Amüsiert hebe ich die Brauen. »Das sollte ein Synonym für Weichei sein.«

»*Das* nimmst du zurück.« Er kitzelt mich unter den Armen und wir rangeln miteinander, sodass mein Handtuch immer mehr verrutscht. Da ich weiterhin auf ihm sitze, habe ich nicht das Gefühl, ihm unterlegen zu sein. Es macht sogar Spaß.

Bis ich spüre, wie sich seine Erektion durch unsere Hosen an meine Scham drückt.

Sofort hebt er die Hände über den Kopf und lässt sich auf dem großen Kissen zurückfallen. »Tut mir leid. Ich kann nichts dafür, das ist einfach passiert.«

Seufzend schließe ich die Augen und reibe mich an ihm. »Das fühlt sich gut an, aber ich habe immer noch Angst …«

»Wir können ja nur so weit gehen, wie du dich traust«, raunt er.

In meinem Schoß pulsiert es sanft. Das habe ich ewig nicht mehr gespürt.

Einer seiner Mundwinkel hebt sich und lässt Crome verdammt verwegen aussehen. »Ich finde dich sehr interessant und würde dich gerne noch mehr …« Er lächelt frech. »… erkunden.«

So, interessant. Oder weil ich Ava ähnle?

Egal – vielleicht kann ich das für mich nutzen. Sam hat es geschafft, Jax so von sich zu überzeugen, dass er mit ihr geflohen ist. Vielleicht kann mir das bei Crome auch gelingen? Wenn ich sein Vertrauen gewinne oder ihn verführe … ob er sich dann in mich verliebt? Wenn ich ihn an Ava erinnere, stehen die Chancen gut.

Ich bin stark, bin eine Kämpferin. Blaire ist tot, es gibt neue Hoffnung. Ich schaffe das!

Zitternd atme ich ein. Außerdem möchte ich endlich wieder zärtlich angefasst werden und die Nähe eines anderen Menschen genießen. In meiner Zelle ist es endlos einsam, da möchte ich schöne Erinnerungen mitnehmen. »Okay, ich versuch's.« Ich berühre seine Brust und fahre über die gewölbten Muskeln. So viel Kraft … Seine Brustwarzen ziehen sich unter meinen Fingern zusammen.

Wie wehrlos liegt er unter mir, die Arme neben dem Kopf angewinkelt. Seine Erektion an meinem Schoß zuckt. Schnell richtet Crome sich auf. »Es macht mich ziemlich heiß, wenn du auf mir sitzt. Wir sollten vielleicht etwas anderes ausprobieren.«

»Was?« Mein Puls klopft so heftig, dass Crome ihn am Hals sehen muss.

»Leg dich auf den Rücken. Ich werde dich verwöhnen.«

»Verwöhnen klingt gut«, sage ich mit zittriger Stimme und steige von ihm herunter.

Langsam schält er mich aus dem Handtuch, wobei er mir immer wieder ins Gesicht sieht, als ob er auf ein Zeichen wartet, falls er aufhören soll. Aber ich will es wirklich versuchen, nur das Brustband und den Stringtanga will ich anlassen. Ich schließe die Augen, um mich zu entspannen, doch bald kommen die grausamen Erinnerungen hoch. Hilflos, auf dem Tisch gefesselt …

Ich reiße die Lider auf. Es gibt hier keinen Tisch! Crome hat wirklich an alles gedacht. Trotzdem ist mir nicht ganz wohl bei der Sache.

Crome bemerkt meine Unsicherheit, denn er weicht sofort zurück. »Wie oft hat Blaire …«

»Vier Mal«, antworte ich schnell. Das hört sich nicht viel an, doch ich bin jedes Mal tausend Tode gestorben.

Crome sieht aus, als ob er etwas dazu sagen möchte, denn seine Lippen teilen sich mehrmals, ohne dass ein Laut seinen Mund verlässt. Dann kratzt er sich an einer Braue und steht auf. »Ich habe eine Idee. Ich werde dich nicht anfassen, zumindest nicht mit den Händen.« Er eilt ins Badezimmer und kommt mit einem seiner Stiefel zurück.

»Soll ich die anziehen?«, frage ich schmunzelnd.

Er schüttelt den Kopf und überreicht mir ein Paar Handschellen.

»Wo hast du die her?«

»Aus dem Badschrank. Dort sind viele … Spielzeuge drin.«

Als Spielzeug würde ich das nicht bezeichnen. Ein Warrior vielleicht schon.

Er nimmt die Hände hinter den Rücken, sodass ich ihm die Handschellen anlegen kann. Welch seltsame Situation. Eine Serva fesselt einen Soldaten.

Seine Unterarme sind leicht behaart, auf den Innenseiten zeichnen sich Adern ab. Ob er die Kraft hätte, die Fesseln zu zerreißen?

Klick, klick – schon liegt das Metall um seine Handgelenke.

»Und falls du immer noch Angst hast«, sagt er über die Schulter, »nimm das Messer an dich.«

»Welches Messer?«

»Steckt im Schaft meines Stiefels.«

Meine Augen werden groß. »Du hast Waffen hier drin?« Das ist selbst einem Warrior strengstens untersagt.

Während ich die kurze Klinge aus dem Stiefel ziehe, grinse ich. »Böser Krieger.«

»Man weiß nie, wozu man es mal braucht.« Er dreht sich herum und kniet sich neben mich. »Seit ich ein Jungspund war, trage ich es bei mir.«

»Und dann gibst du es mir?« Ehrfürchtig drehe ich den Dolch hin und her. Er hat eine kunstvoll geschmiedete Klinge mit reichlich Schnörkeln.

Tief sieht er mir in die Augen. »Ich vertraue dir.«

Ich schlucke hart, in meiner Brust wird es warm und es kribbelt in meinem Magen. Er kennt mich kaum. Ich könnte ihm das Messer sofort ins Herz rammen. Bestimmt würde mir das nicht gelingen, denn Crome kämpft sicher auch ohne Arme besser als ich, aber seine Chancen stehen jetzt viel schlechter. Wahrscheinlich wären wir nun ebenbürtige Gegner.

Außerdem könnte ich mich damit umbringen. Doch das will ich nicht mehr. Nicht im Augenblick.

Während ich mich wieder zurücklege, schiebe ich das Messer unter ein Kissen. Es ist weg und trotzdem in Reichweite. »Ich probiere es ohne«, sage ich schmunzelnd, obwohl es schon etwas hätte, einen Warrior herumzukommandieren, und wenn er nicht gehorcht, ein bisschen mit dem Messer vor seiner Nase herumzuwedeln.

»Warum grinst du?«, fragt er lächelnd. Nur im Slip kniet er neben mir. Was für ein sexy Mann. Beinahe wehrlos gefällt er mir gleich besser. Dadurch, dass seine Arme auf dem Rücken gefesselt sind, wölben sich seine Brustmuskeln noch mehr hervor.

»Mein Geheimnis«, antworte ich.

Er beugt sich tief zu mir und raunt mir ins Ohr: »Dann werde ich nun all deine Geheimnisse ergründen.« Sein warmer Atem prickelt an meinem Hals, bevor mich seine Zungenspitze dort kitzelt. Eine wohlige Gänsehaut breitet sich von der Stelle aus.

Crome saugt an meinem Ohrläppchen, küsst sich über die Wange nach vorne und drückt seine Lippen auf meinen Mund. Erneut vorsichtig, aber diesmal möchte ich richtig geküsst werden. Mein Herz schlägt wie verrückt, während ich mit den Fingern in sein Haar fahre, um seinen Kopf näher zu ziehen. Seine feuerroten Haare sind genauso weich wie seine Lippen. Crome lässt es zu, dass ich sie mit der Zunge erkunde, die Konturen nachfahre und schließlich in ihn eindringe.

Seine Zunge kommt mir sofort entgegen. Er drängt meine zurück, erforscht meinen Mund und atmet schwer.

Kann es sein, dass ihn nur dieser Kuss so erregt? Er kann mich nicht berühren, bloß ansehen und mit dem Mund erkunden. Er fährt tiefer, zieht mit der Zunge eine Spur an meinem Hals entlang und knabbert an meinem Schlüsselbein.

Für einen Moment kommen mir Blaires Bisse in den Sinn, doch die schrecklichen Gedanken verdränge ich so gut es geht. Ich bin nicht gefesselt und kann mich wehren. Außerdem ist Crome ganz anders. Er tut alles, damit ich mich wohlfühle. Seine zarten Berührungen sind wie Balsam.

Als er an meinen Brüsten ankommt, versteife ich mich und kralle die Finger in seine Schultern. Gebannt halte ich die Luft an. Wird er mit den Zähnen das Brustband herunterreißen?

Zu meiner Beruhigung leckt er über den dünnen Stoff, bis er feucht ist und sich mein Nippel hindurchdrückt. Vorsichtig saugt er daran, sodass ich mich unter ihm winde. Ich habe nicht bemerkt, wie sehr das Pochen zwischen meinen Schenkeln zugenommen hat.

Mit der anderen Seite verfährt er ebenso, bevor er noch tiefer gleitet. Er küsst meinen Bauch, meine Oberschenkel, die Innenseiten.

Mein Kitzler beginnt zu hämmern. Ich öffne meine Beine für ihn und möchte, dass er mich auch dort berührt, stattdessen richtet er sich keuchend auf. Er atmet schnell, seine Erektion drückt sich gegen den Stoff der Unterhose. Sein Penis ist so hart, dass die Eichel am Bund ein Stück herausschaut.

Obwohl er extrem erregt ist, hält er sich zurück. Er kann auch nichts machen, seine Fesseln lassen das nicht zu. In diesem Zustand sieht er unglaublich sexy aus.

Als er plötzlich: »Du darfst mich berühren«, murmelt, erschrecke ich und schaue in sein Gesicht. Er hat bemerkt, wo ich die ganze Zeit hingestarrt habe, und lächelt verwegen und gequält zugleich. Vor Lust hält er es kaum noch aus. Ich möchte ihn erlösen. Daher knie ich mich ihm gegenüber und streichle über seine Brust, die Arme und den flachen Bauch.

»Du darfst mich überall anfassen«, raunt er mit einem Blick auf seinen Penis.

Ich schlucke. Er ist groß, aber zum Glück nicht so riesig wie der von … Nicht an dieses Arschloch denken!

Ich lasse meine Hand in seinem Slip verschwinden und befühle seine Härte. Crome keucht auf und wirft den Kopf zurück.

Ich habe Macht über ihn. Und das gefällt mir.

Das Pochen meines Kitzlers nimmt zu, während ich Cromes Hoden umfasse. Sie sind dick, schwer und die empfindlichste Stelle eines Mannes. Schutzlos der Feindin präsentiert.

Ich könnte ihm wehtun, daher weiß ich auch, wie sehr er mir vertraut. Ich bin diesem Krieger so nah … Nicht nur seinem Körper, auch seiner Seele.

Nein, wir sind keine Feinde. Wir sind Verbündete.

Er wirft mir einen verklärten Blick zu und genießt meine neugierigen Hände an seinem Geschlecht. Ich hole seine Länge heraus, drücke sie, fahre daran auf und ab.

Seine Bauchmuskeln spannen sich an. Er sieht aus, als würde er gleich kommen.

»Das ist mir noch nie passiert«, presst er hervor, und ich packe fester zu.

Er stöhnt, sein Penis zuckt in meiner Hand. Er fühlt sich wie ein mit Samt überzogener Stab an, und aus der Eichel perlen Tropfen.

»Was ist dir noch nie passiert?«, frage ich möglichst unschuldig.

»Dass es mich so geil macht, bloß weil eine Frau ein bisschen an meinem Schwanz spielt.«

»Vielleicht stehst du auf die Fesseln?«

»Nein, eigentlich hasse ich das Gefühl, jemandem ausgeliefert zu sein.«

Er war Blaires Boshaftigkeit ausgeliefert und dem Regime, er weiß auf gewisse Art, wie ich mich fühle. Das erwärmt mein Herz nur noch mehr. »Du hast dich mir ausgeliefert.«

»Weil ich auf dich stehe«, raunt er. Seine grünen Augen scheinen zu glühen.

Crome steht auf mich … Ich glaube ihm, in diesem Moment begehrt er mich wirklich, nicht Avas Spiegelbild. Ich schwebe wie auf einer Wolke. Mein Plan könnte klappen, doch da ist noch mehr … Kann es sein, dass ein Warrior mich glücklich macht? Am liebsten würde ich ihn umarmen, mich an ihn kuscheln und ihn von oben bis unten küssen. Stattdessen beuge ich mich hinunter und umschließe die pralle Spitze mit den Lippen. Sie schmeckt leicht salzig und fühlt sich seidenglatt an. Ich weiß, was ich zu tun habe, denn Riley hat es geliebt, mit dem Mund verwöhnt zu werden. Mir hat das auch Spaß gemacht.

»Verdammt, Miraja, ich spritz gleich ab, wenn du so weitermachst.«

»Dann komm«, murmele ich und lecke seinen Schaft von oben bis unten ab.

Crome rutscht zurück. »Nein, zuerst bist du dran.«

»Ich weiß nicht, ob ich schon kann.«

»Vertraust du mir?«, fragt er sanft.

»I-ich …« Lange muss ich nicht überlegen. »Ja.« Das tue ich wirklich.

Sein Penis zuckt erneut und ragt mir entgegen. Der Stoff seines knappen Slips ist unterhalb der Hoden eingeklemmt. Das sieht unangenehm aus. Ohne zu zögern, ziehe ich ihm die Hose nach oben, weil der Weg nach unten durch seine kniende Haltung versperrt ist.

»Darf ich die Handschellen abmachen?«, fragt er, wobei seine Ohren rot werden. Oder bilde ich mir das ein?

»Wie?«

Er räuspert sich. »Das sind ja keine echten. Die haben da so einen Knopf …«

Sofort krabble ich hinter ihn. Jetzt, da ich genau hinsehe, erkenne ich die kleinen Hebel, an denen sich die Fesseln im Notfall öffnen lassen. Crome hätte sich jederzeit befreien können.

»Du hast mir nicht vertraut«, sage ich leicht gekränkt und drücke auf die Schalter. Er hätte über mich herfallen können, doch das hat er nicht. Er hatte sich unter Kontrolle, was mir wiederum imponiert und meine Enttäuschung mildert.

»Ich …« Ohne mir in die Augen zu blicken, reibt er sich über die Handgelenke.

»Du vertraust eben niemandem. Das weiß ich jetzt.« Ich verstehe das.

»Miraja, ich … will dir vertrauen. So wie du mir vertrauen kannst. Ich hatte Angst, du könntest dich verletzen, wenn ich dir das Messer gebe und …«

»Schon okay.« Ich lege die Hand auf seine Wange, und Crome hält sie fest. Eine Weile sehen wir uns einfach nur an, bevor er mit seinem Gesicht näherkommt. Ich lasse zu, dass er mich küsst und in die Kissen zurückdrückt. Obwohl mein Puls vor Aufregung wild klopft und mein Körper zittert, genieße ich seine Finger auf mir. Zärtlich streichelt er über meine Oberarme und arbeitet sich zu den Brüsten vor.

Er zieht das Band nach unten, sodass meine Nippel freiliegen. Wie zuvor leckt er darüber und saugt an ihnen, doch diesmal ist das Gefühl viel stärker und schöner.

Während meine Finger in seinem Haar wühlen, fährt er mit einer Hand tiefer, streichelt mich an den Innenseiten der Schenkel und legt die Finger behutsam auf meinen Schritt. Als ich nicht protestiere, beginnt er, durch den Stoff an mir zu reiben.

Schwer atmend drücke ich mich seiner Hand entgegen und genieße den sanften Druck. Als er die Finger schließlich in meinen Slip schiebt, verharre ich. Seine große Hand auf meiner verletzlichsten Stelle … Wild klopft mein Kitzler dagegen. Ich wundere mich über die Reaktionen meines Körpers. Ich habe nicht zu hoffen gewagt, jemals wieder Lust zu spüren. Obwohl die Angst noch tief sitzt, weiß ich, dass ich mich bei Crome fallen lassen kann.

Keuchend vor Lust hockt er neben mir und starrt mich an. Sein entrückter Blick zeigt mir, dass ihm gefällt, was wir tun, obwohl er bisher viel zu kurz gekommen ist.

Leicht nicke ich ihm zu, doch er hält so lange still, bis ich mich wieder bewege. Dabei bahne ich mir einen Weg in seine Hose, um den harten Schaft zu umschließen. Solange Crome neben mir sitzt, bekomme ich Luft und habe keine Angst, dass er mich erdrückt oder ich wehrlos bin. Außerdem ist immer noch das Messer unter dem Kissen versteckt.

Sein Finger verteilt meinen Lustsaft zwischen den Schamlippen. Als er schneller reibt, mache ich das bei ihm ebenfalls. Er legt sich neben mich und küsst meine Wange, aber ich will seinen Mund. Ich möchte ihn schmecken. Daher drehe ich den Kopf, bis sich unsere Lippen treffen.

Während wir uns gegenseitig mit den Händen verwöhnen und Crome mich immer schneller dem Höhepunkt entgegentreibt, sind es seine Küsse, die mein Innerstes am heftigsten zum Glühen bringen. Hat Riley so gut geküsst? Ich kann mich nicht daran erinnern. Cromes Küsse sind Leidenschaft pur, dennoch spüre ich seine Zurückhaltung, was mich nur noch mehr zu ihm hinzieht. Er gibt auf meine Gefühle acht.

Mein Unterleib zieht sich zusammen, ich keuche in seinen Mund. Auch er wird noch härter in meiner Hand, zuckt.

Als er »Komm für mich, Miraja«, murmelt, bricht der Orgasmus über mich herein. Am Rande bemerke ich, wie es warm über meine Hand läuft, weil sich alles vor meinen Augen dreht. Der Dschungel und die weißen Wände vermischen sich zu einer Farbe, das Rauschen des Wasserfalles und das Vogelgezwitscher blende ich aus. Ich höre nur noch meinen Puls klopfen.

Meine Hüften bäumen sich ihm wie von selbst entgegen, und mein Körper lechzt nach dem ekstatischen Gefühl, das er so lange vermisst hat.

Schwer atmend bleibe ich liegen und wische meine Finger am Handtuch ab. Als ich wieder klar denken kann, bahnt sich ein lauter Schluchzer aus meiner Brust. Warum muss ich ausgerechnet jetzt weinen, wo es so schön war? Ich wende Crome den Rücken zu, doch er umarmt mich von hinten und schmiegt sich an mich. Er hält mich fest und streichelt durch mein

Haar, ohne ein Wort zu sagen. Ich fühle mich so sehr geborgen, dass ich noch mehr heulen muss und seine Arme festhalte. Könnte der Moment mit ihm doch niemals enden. Ich möchte nicht zurück in meine kahle Zelle, will für immer bei ihm bleiben. Hoffentlich kann ich ihn dazu bringen, mit mir zu fliehen.

Nachdem ich tief durchgeatmet habe, drehe ich mich in seinen Armen um und klammere mich an ihn, als würde ich ertrinken. Es ist mir egal, ob er mich für meine Schwäche verachten wird – im Moment möchte ich nur gehalten werden. Er streichelt meinen Rücken und steckt die Nase in mein Haar. Ich würde ihn auch gerne streicheln, aber … »Meine Hand klebt«, sage ich schließlich und habe einen Grund, ins Badezimmer zu verschwinden.

Er lässt mich gehen und legt sich auf den Rücken, die Arme hinter dem Kopf verschränkt. In seinem Slip muss auch alles klebrig sein, aber das scheint ihn nicht zu stören. Er wirkt zufrieden.

Im Badezimmer atme ich tief durch und betrachte mich im Spiegel. Meine Lider sind gerötet, meine Lippen geschwollen, mein Haar zerzaust. Während Crome sexy ist wie eh und je, sehe ich furchtbar aus. Hastig wasche ich mich und versuche mit den Fingern mein Haar zu bändigen. Dann wickele ich mich in ein frisches Handtuch ein, weil ich mir plötzlich wieder nackt vorkomme. In meinem Kopf wirbelt alles durcheinander. Hatte ich eben erfüllenden Sex mit einem Warrior? Ich wollte ihn doch nur für mich gewinnen, um meine Pläne durchzusetzen, stattdessen glühe ich von so viel Leidenschaft.

Hinter meinem Brustbein pocht es dumpf. Tief in meinem Innersten habe ich Angst, dass sich Crome verstellt, weil er an Informationen möchte. Oder kann ein Krieger wirklich derart sanft sein? So voller Mitgefühl stecken? Was, wenn er sich die Geschichte mit Ava nur ausgedacht hat?

Verdammt, es fällt mir schwer, ihm bedingungslos zu vertrauen.

Crome folgt mir nicht, sondern wartet, bis ich zurückkomme. Er hockt, immer noch nur in seiner Unterhose, auf dem Boden und klopft auf das Kissen neben sich.

Mit zitternden Knien setze ich mich zu ihm.

»Magst du mir jetzt erzählen, warum sie dich weggesperrt haben?«, fragt er prompt.

Aha, die Fragestunde geht los. »Sind die Kameras und Mikros noch aus?«

Er nickt.

Ich werde ihm alles sagen. Sollte er die Informationen an den Senat weitergeben, möchte ich ohnehin nicht mehr leben, diese Enttäuschung würde ich nicht verkraften. Dann gäbe es erneut keinen Grund mehr, auf dieser beschissenen Welt zu verweilen.

Tief durchatmen und los … »Weißt du, woher White City seinen Kunststoff bezieht?«

Crome runzelt die Stirn. »Es soll irgendwo eine Zuckerrohrplantage und eine Raffinerie geben, ebenfalls unter einer Kuppel. Weit weg von hier. Sie wurde erbaut, weil die Stadt für solche gigantischen Felder zu klein ist.«

Ich kralle die Finger ins Kissen. »Du weißt davon?«

»Es ist nur ein Gerücht, das sich hartnäckig unter den Soldaten hält. Die Bürger glauben, White City würde sich an ehemaligen Erdölvorkommen bedienen, die an einem geheimen Ort gelagert sind. Unter uns wird jedoch erzählt, dass Warrior, die sich etwas zu Schulden kommen lassen, dorthin versetzt werden, um die Arbeiter auf den Feldern zu bewachen. Es soll kein angenehmer Ort sein, und die Ausbilder machen schon den Anwärtern Angst mit dieser Geschichte. Sie erzählen regelrechte Schauermärchen, obwohl uns eigentlich klar ist, dass die Felder nicht wirklich existieren. Oder weißt du etwas darüber?«

Ich nicke. »Es gibt diese Felder. Aus Versehen habe ich ein Gespräch belauscht. Senator Murano wusste nicht, dass ich im Nebenraum war, als er sich mit Senator Freeman per Videokonferenz unterhielt. Damals erfuhr ich, dass unser Kunststoff aus Zuckerrohr hergestellt wird. Die Erdölvorkommen sind bereits lange verbraucht.«

Er schüttelt den Kopf. »Und wegen dieser Information haben sie dich verhaftet?«

»Nein, nicht deswegen, sondern weil ich gehört habe, was auf diesen Feldern tatsächlich passiert.« Schweigen breitet sich aus. Soll ich es ihm wirklich erzählen? So lange habe ich dieses Wissen für mich behalten, dass ich die Worte kaum über die Lippen bringe.

Sanft legt Crome die Hand auf meine Schulter. »Was passiert dort, Miraja?«

Ich atme durch und sehe ihm tief in die Augen. »Dorthin schaffen sie die Rebellen und Sklaven, die angeblich die Todesspritze bekommen haben. Weil es zu wenige Arbeiter gibt, werden sogar Unschuldige in einem Schnellverfahren verurteilt und auf die Plantagen geflogen. Der Senat will die Kosten drücken, indem alle Produktionsschritte an einem Ort bleiben – von der Bewirtschaftung der Zuckerrohrfelder bis zur Endproduktion der Polymere. Doch unter den rauen Bedingungen möchte niemand arbeiten; die Felder liegen nicht unter einer Kuppel, sondern im Freien. Senator Murano sprach davon, dass die Häftlinge nie lange durchhalten und ihnen deshalb die Leute ausgehen. Wahrscheinlich sterben sie an Verstrahlung und Erschöpfung. Dort müssen schreckliche Zustände herrschen.«

»Shit, dann gibt es sie wirklich.« Crome schweigt eine Weile und starrt an mir vorbei, bevor er mich fragt: »Wo liegen diese Plantagen?«

»Weit weg.«

»Kennst du die Koordinaten?«

Ich schüttle den Kopf, obwohl sich die Zahlen in mein Gehirn geätzt haben. Den genauen Standort werde ich vorerst für mich behalten. Sobald Crome ihn weiß, bin ich für ihn nicht mehr nützlich.

»Du kennst sie, ich seh es dir an der Nasenspitze a…«

Als plötzlich der Screener wieder angeht, zucke ich zusammen. Der Moderator hat eine Ankündigung nur für die Warrior zu machen: »Es tut mir leid, Ihnen das mitteilen zu müssen, aber heute werden Sie sich vorerst zum letzten Mal vergnügen. Der Senat hat eben beschlossen, die Shows auf unbestimmte Zeit einzustellen.«

»Was?«, stoßen Crome und ich unisono hervor.

Wie erstarrt hocke ich neben ihm und kralle die Finger in seinen Unterarm. Wenn es keine Show mehr gibt, werde ich Crome nicht mehr treffen und nur noch in meiner Zelle hausen. Oder noch schlimmer … »Was, wenn sie keine Sklaven mehr brauchen und mich auf die Felder schicken?«

Er legt einen Arm um mich und zieht mich an sich. »Das werde ich nicht zulassen«, sagt er ernst.

Wie will er das denn schaffen? Ich stütze mich an seiner Brust ab, um ihm ins Gesicht zu sehen. »Wieso tust du das? Ich bin nur eine Sklavin und nichts wert. Du könntest jede haben.«

»Für mich bist du mehr wert als alle Frauen in White City zusammen.«

»Warum?«

»Weil du die einzige bist, die ich begehre«, raunt er und raubt mir mit einem tiefen Kuss den Atem.

Kapitel 4 – Neue Hoffnung

War das eine Liebeserklärung? Sieht er in mir seine Ava?
Wohin ich in der grauen Zelle auch schaue, erblicke ich Cromes Augen. Das Grün seiner Iriden glüht beinahe und verfolgt mich in meinen wirren Träumen. Genau wie sein verlangender Blick, seine leicht geöffneten Lippen, das freche Lächeln, wann immer er mich anschaut. Wir haben noch ein wenig gekuschelt, und ich kann das Gefühl seiner Umarmung nicht vergessen. Seine Zurückhaltung, während er stark erregt war … Vielleicht habe ich mir das alles eingebildet, weil ich möchte, dass er mich begehrt, damit er mich beschützt.

Nein, seine Zärtlichkeiten habe ich mir nicht eingebildet, das war real! Doch er begehrt mich sicher nur, weil ich Ava so ähnlich bin.

Ist es schändlich, wenn ich seine Zuneigung ausnutze? Könnte ich ihn dazu bringen, mich richtig zu lieben und nicht bloß körperlich zu begehren? Und falls ich es tatsächlich schaffen sollte, ihn an mich zu binden – könnte ich seine Liebe überhaupt erwidern, falls es ein gemeinsames Leben für uns geben sollte? Ich kann mich ja nicht mal richtig auf seine Zärtlichkeiten einlassen, ohne danach zusammenzubrechen. Blaire hat ein Stück meines Herzens zerstört. Ich will es nie mehr für einen Mann öffnen, der es vielleicht ganz kaputtmacht. Trotzdem vermisse ich Crome. Wie einen … Freund. Ich weiß nicht, wann wieder eine Show stattfindet und wir uns sehen werden.

Die Stunden ziehen sich dahin, vergehen endlos langsam. Wenn ich nicht drei Mahlzeiten in meine Zelle geschoben bekäme, wüsste ich nicht, ob es Tag oder Nacht ist. Ich schlafe wenig und bin dann wieder ewig lang wach. Die Tage wollen nicht verstreichen, ich liege nur da und starre die Decke an. Das Essen nehme ich auch bloß zu mir, weil Crome das möchte. Das klingt beinahe, als wäre ich ihm hörig, doch das bin ich nicht. Ich habe lediglich ein neues Ziel: Flucht. Und dafür werde ich all meine Kräfte brauchen.

Eine Woche ist bereits vergangen, ohne dass sich etwas getan hätte. Ich versuche mich mit den schönen Erinnerungen an Crome abzulenken, um in der Enge der Zelle nicht verrückt zu werden. Ich habe begonnen, Liegestützen und andere Übungen zu machen, um meinen eingerosteten Körper zu trainieren. Ich ahne, dass sich meine Zukunft ändern wird. Crome hat etwas vor, ich habe es in seinen Augen gesehen. Nur was?

Kurz bevor die Wachen kamen, um mich ins Gefängnis zurückzubringen, wollte er, dass ich meinen Daumenabdruck auf seiner glänzenden Klinge verewige, einen fettigen Abdruck auf dem polierten Metall hinterlasse. Was will er damit? Das gibt mir nach wie vor das größte Rätsel auf.

Das Türscharnier quietscht, die Wache stellt das Essenstablett auf den Boden, doch ich beachte den Mann kaum.

»Als Sonderservice gibt es heute sogar eine Serviette für dich, Sklavin«, sagt der Wärter.

Schieb dir die blöde Serviette doch sonst wohin, möchte ich antworten, beiße mir aber auf die Zunge und warte, bis der Kerl abgeschlossen hat.

Dann erst dämmert es mir: Seit wann redet der Typ mit mir, wenn er mir das Essen bringt? Normalerweise muss ich mir nur dumme Sprüche anhören, wenn ich raus darf, zur Show. Hat Crome ihn bestochen, damit er nett zu mir ist? In dem Fall werde ich die Serviette benutzen.

Als ich das Tablett aufs Bett stelle und die zusammengerollte Serviette ausbreite, merke ich sofort, dass das kein richtiges Papier ist. Es fühlt sich wie dicke Kunststofffolie an. Es ist ePaper, elektronisches Papier, auf dem man Nachrichten notieren kann! Um die Oberfläche zu aktivieren, muss ich meinen Daumen auf ein kleines Feld rechts unten drücken. Dafür brauchte Crome meinen Fingerabdruck!

Möglichst entspannt stelle ich das Tablett hinter mich an die Wand und drehe der Kamera den Rücken zu. Ich bin aufgeregt, was Crome mir geschrieben hat und fühle mich plötzlich wie ein kleines Mädchen, das heimlich unter der Bettdecke Liebesbriefe liest.

»Miraja …«, erscheint in schwarzen Lettern an der Oberfläche. »Während du meine Botschaft liest, überschreibt ein anderes Programm bereits wieder die Daten, sodass du meine Nachricht bloß ein Mal lesen kannst. Das ist zur Sicherheit. Auch kannst nur du den Text aktivieren.«

Die Botschaft zerstört sich selbst, das ist genial! Danach ist das Papier wieder blank.

Hastig lese ich weiter. »Es hat sich etwas ergeben, das ich dir unbedingt mitteilen muss. Sensationelle Neuigkeiten. Ich konnte mein Mädchen nicht retten, aber vielleicht schaffe ich es bei dir. Halte durch, wir werden uns bald sehen. Dein Dämon.«

Mein Dämon … Mein Herz überschlägt sich vor Freude. Das ist ja beinahe romantisch! Und er möchte mich tatsächlich hier herausholen? Träume ich auch nicht?

Mit zitternden Händen drücke ich die Nachricht an meine Brust. Darf ich hoffen? Wäre es möglich? Wie will er es anstellen? Fragen über Fragen.

Aber er ist richtig gemein, mir solch eine Nachricht zu schicken und dann nicht zu verraten, was er für Neuigkeiten hat. Jetzt werde ich nicht vor Langeweile, sondern vor Neugierde sterben! Und wie und wann will er mich sehen? Crome schafft es mal wieder, mich vollkommen durcheinander zu bringen.

Kapitel 5 – Spezialbesuch

»Du hast Besuch!«, ruft der Aufseher in meine Zelle und winkt mich zu sich. Besuch?

Ich springe von der Pritsche und folge ihm. Zwei weitere Tage sind vergangen, seit Crome mir geschrieben hat. Ist er endlich gekommen? Ich drehe bald durch! Am liebsten möchte ich rennen, springen oder auf andere Weise mein Zuviel an Energie rauslassen.

Nachdem wir an unzähligen Türen, die alle gleich aussehen, vorbeigegangen sind, weist mich der Wärter an, einen hellen Raum zu betreten. »Ihr habt drei Stunden«, sagt er und schließt hinter mir ab.

Das Zimmer ist viel größer als meine Zelle und besitzt ein richtiges Bett. Ein vergittertes Fenster gewährt einen Blick nach draußen auf die Stadt. Davor steht *er*. Lächelnd dreht er sich zu mir um.

»Wer sind Sie? Haben Sie den Warrior gesehen, der sich mit mir treffen wollte? Sein Name ist Crome«, sage ich grinsend, weil er fantastisch aussieht. Er trägt eine Jeans, die ihm tief auf den Hüften sitzt, dazu ein weißes T-Shirt. Er wirkt so normal, kein bisschen wie ein Krieger, wäre seine riesige Statur nicht. Jeder Muskel zeichnet sich durch den eng anliegenden Stoff ab.

»Crome?« Er fährt sich durch sein feuerrotes Haar und bringt es noch mehr durcheinander. »Nie gehört.«

Ich laufe auf ihn zu und lande in seinen Armen. Er hält mich fest, und ich schmiege mich an seine Brust. Hm, wie er duftet. Balsamisch, männlich.

»Ich habe dich vermisst«, flüstert er in mein Ohr.

»Ich dich auch«, erwidere ich leise. »Werden wir hier abgehört?«

»Nein. Hat mich viel gekostet, den Raum zu bekommen. Zum Glück arbeitet mein ehemaliger Ausbilder in der Verwaltung.«

Ich presse die Hände auf seine Brust und rücke ein Stück von ihm ab. Plötzlich fühle ich mich schlecht, weil er sich meinetwegen in Unkosten stürzt.

Grinsend zieht er mich wieder an sich. »Schau mich doch nicht so schuldbewusst an, Kätzchen, du bist jeden Cent wert.«

»Hast du Ava auch immer Kätzchen genannt?«, frage ich spontan.

Sein Lächeln schwindet. »Ja.«

Muss er so armselig gucken? Er macht mir ein schlechtes Gewissen. Außerdem sieht er müde aus. Dunkle Schatten liegen unter seinen Augen, sein Gesicht wirkt schmaler – aber vielleicht bilde ich mir das ein. »Du darfst mich ruhig so nennen, macht mir nichts aus«, sage ich schnell. Falls er es schafft, mich hier herauszuholen, darf er mich nennen, wie er will.

Er legt den Kopf schief. Worüber denkt er nach? Ob er mich durchschaut? Es macht mir schon ein wenig Magenschmerzen, dass ich seine Zuneigung ausnutze.

»Was gibt es Neues?«, frage ich. »Du hast mich gefoltert, weißt du das?« Erst jetzt fällt mir auf, dass außer dem Bett nichts im Raum steht. »Was ist das hier?«

»Ein spezielles Besucherzimmer, eigentlich nicht für Sklaven, sondern für die normalen Häftlinge.«

Okay, ich verstehe, was er mit »speziell« meint. Das bedeutet wohl, ich muss wieder meine Verführungsküste spielen lassen. Ich spüre ja, wie sehr Crome mich möchte, und falls ich ihm nicht gebe, was er will, wird er mich womöglich vergessen.

»Setzen wir uns?« Mit erhobenen Brauen schaut er zum Bett. Auf seiner Stirn glitzert Schweiß. Was ist mit ihm?

»Bist du krank?«, möchte ich wissen und hocke mich neben ihm auf die Matratze. Warrior werden doch niemals krank.

Er schüttelt den Kopf. »Bin nur ein bisschen schwach auf den Beinen. Nichts Dramatisches, ich habe bloß die Injektionen abgesetzt.«

»Das verstehe ich nicht.«

Er nimmt mich in den Arm und senkt die Stimme. »Jax hat mir erzählt, dass die Aufbauinjektionen einen Stoff enthalten, der abhängig macht.«

»Du hast ihn noch mal gesehen?«

»Ja, unter der Stadt.«

»Wieso machen die Injektionen abhängig?«

»Damit wir sie regelmäßig nehmen. Da ist ein Mittel drin, das uns geil macht, damit wir die Scheu vor den Kameras verlieren und das Volk unterhalten.«

»Das ist pervers«, wispere ich und drücke seine Hand. »Total krank!«

Seine Lider verengen sich. »Ich will nichts mehr nehmen, das mich auf irgendeiner Weise vom Regime abhängig macht. Es ist hart, auf die Injektionen zu verzichten, ich vermisse diesen Rausch, doch ich werde das durchziehen.«

Ich erinnere mich zu gut an die Wirkung. Ich habe mich wie im Himmel gefühlt. »Du hast also eine Art Drogenentzug hinter dir.« Ich sehe ihm an, dass er gekämpft hat und es herunterspielt. »Das war riskant, ohne ärztliche Aufsicht.«

»Hätte ich ins Krankenhaus spazieren sollen?«, fragt er schmunzelnd.

Er hat recht, das Regime hätte es erfahren.

Hat er den Entzug vielleicht auch ein Stück weit für mich auf sich genommen? Damit er nicht über mich herfällt? Ich habe ja bemerkt, wie sehr er sich beim letzten Mal zurückgehalten hat.

Verdammt, ich will ihn jetzt nicht verlieren, muss am Ball bleiben. Meine Chancen standen nie besser, hier wegzukommen, und wenn es Samantha geschafft hat … Ich möchte mir mein dünnes Hemd über den Kopf ziehen, als er meine Hand festhält. »Du musst das nicht tun, wenn du nicht willst.«

Ich verharre einen Moment, die Finger in den Stoff gekrallt. Ich würde mich gerne an Crome kuscheln und mit ihm reden, mehr nicht, doch ich traue mich nicht, ihm das zu sagen. Nachher verlässt er mich und will mich nie wieder sehen.

»Ist schon okay.« Ich schlucke hart. »Ich will es. Aber zuerst möchte ich alle Infos. Ich halte es kaum noch aus vor Neugierde. Woher hast du die Idee mit dem ePaper?«

»Auf diese Weise haben Ava und ich uns manchmal Nachrichten geschrieben.«

Wieder Ava, immer nur sie. In meiner Brust wird es eng. Bin ich etwa eifersüchtig? Auf eine Tote?

Er zieht mich nach hinten aufs Bett, sodass wir auf dem Rücken liegen und uns im Arm halten. »Da draußen ist die Hölle los, Jax und die Ärztin werden gesucht, überall hängen Fahndungsplakate aus. Es herrscht Ausnahmezustand. Sie haben Jax zum Hochverräter abgestempelt, zu einem Sympathisanten der Rebellen. Der Senat verbreitet außerdem das Gerücht, die Rebellen hätten Andrew, den Sohn von Senator Pearson, entführt, aber nichts davon ist wahr.«

»Das weißt du auch von Jax?«

»Ja. Stell dir vor, Andrew ist der Anführer der Rebellen. Kannst du das glauben? Der Sohn eines Senators!«

»Wow«, hauche ich. Das erfüllt mich mit weiterer Hoffnung. Es haben sich wohl schon mehr gegen das Regime gestellt, als gedacht. »Ist dir Jax einfach so über den Weg gelaufen?«

»Nein, ich habe auf ihn gewartet. Du weiß ja, dass es unter der Stadt ein Wasserrohr gibt, das in die Outlands führt. Der Senat hat jede Woche ein wenig Wasser gespendet, um die Outsider ruhigzustellen, doch nun wurde die Lieferung eingefroren. Ich habe am Rohr Wache gehalten. Der Posten war echt schwer zu bekommen, aber ich hatte die Hoffnung, dass dort jemand von den Rebellen auftaucht.«

»Jax.«

Er nickt. »Ja, und was er mir alles erzählt hat, hat mich fast umgehauen.«

»Nun mach es nicht so spannend!« Mein Herz setzt gleich aus.

Cromes Augen werden groß und er senkt die Stimme, als würde er befürchten, doch abgehört zu werden. »Die Rebellen sind längst draußen. Dort gibt es eine richtige Stadt, sie nennt sich Resur. Viele Menschen leben dort, richtige Menschen, keine Mutanten.«

»Aber …« Das klingt unglaublich. »Was ist mit der Verstrahlung?«

Er nimmt meine Hand und drückt sie an seine Brust. »Sie ist nur noch gering. Ein Leben in den Outlands ist wieder möglich!«

Oh mein Gott … Ich kann Crome bloß anstarren. Wir sind unter dieser Kuppel gefangen, während die Menschen da draußen frei sind. Das macht mich fassungslos. »Der Senat belügt uns.«

»Ja, in einer Tour.« Tief atmet er durch. »Eine Halle flog in die Luft, angeblich waren dort Lebensmittel gelagert. Der Senat behauptet, das waren die Rebellen. Waren sie auch, aber ich hab mir den Ort angesehen. Was dort verstreut lag, waren keine Lebensmittel. Das sah nach Jets und anderen Fluggeräten aus.«

»Eine Luftwaffe?«

»Scheint so. Offensichtlich wollten sie Resur angreifen. Die Menschen dort draußen hätten wohl keine Chance gehabt. Jax sagt, sie sind nicht so fortschrittlich wie wir.«

Zum Glück liege ich, denn all diese Neuigkeiten hauen auch mich fast um. Jax und Samantha müssen sich nicht in der Kanalisation verstecken. Sie haben ein neues Leben begonnen.

»Jax hat mir einen Deal vorgeschlagen: Ich werde ihm helfen, dann wird er mir helfen, damit ich zu den Rebellen überlaufen kann. Mit ihrer Hilfe werde ich dich befreien, irgendwie. Du bist wertvoll für sie, hast Insider-Informationen und weißt, wo sich der Senator aufhält …« Aus Crome sprudelt es nur so heraus, seine Augen leuchten.

Ich habe lediglich einen Satz im Kopf, der ununterbrochen widerhallt: Ich werde dich befreien.

Oh Gott, er will es wirklich tun! Schnell wische ich eine Träne aus meinem Augenwinkel und versuche ihm weiter zuzuhören.

»Ich schmuggel Medikamente für sie durchs Rohr und habe einen Kontaktmann. Er heißt Mark und ist Arzt und Programmierer.«

Das sind so viele Informationen auf einmal. Ich kann das kaum verarbeiten. Freiheit, Schmuggel … Er setzt sein Leben aufs Spiel.

»Hast du jemanden eingeweiht?«, frage ich mit zitternder Stimme.

»Nein, das ist viel zu heikel. Ich traue keinem. Wer weiß, wer mit dem Regime gemeinsame Sache macht, so wie Blaire. Er wurde beauftragt, das Wasser zu vergiften. Ich soll weitere Anschläge verhindern.«

Das wird immer heftiger! Doch ich mache mir Sorgen. »Du willst also erst nach draußen, um mich dann zu befreien?« Wieso sollte er zurückkommen, wenn er erst in dieser neuen Stadt ist? Ist seine Liebe wirklich so groß? Plötzlich habe ich Angst, ihn zu verlieren. »Jax hat eine Sondergenehmigung bekommen, um Samantha mit zu sich nach Hause zu nehmen. Würde das bei uns nicht auch gehen?«

»Keine Chance, hab schon gefragt, aber der Senat stimmt auf keinen Fall zu.«

Kein Wunder … »Welche Möglichkeit bleibt noch? Was, wenn niemand von den Rebellen dir helfen möchte? Das ist verdammt riskant. Wer setzt schon für eine Sklavin sein Leben aufs Spiel?«

Intensiv mustert er mich, als wolle er sagen: Ich. »Tatsächlich habe ich einen anderen Plan, den ich vorziehen werde.«

Ich versteife mich. »Welchen?«

»Eine Entführung.«

»Du willst mich aus dem Gefängnis entführen?«, frage ich leise und schaue mich um, als ob wir beobachtet werden. Aber wir sind allein.

»Nein, ich werde deine Freilassung erpressen, indem ich Senator Muranos Tochter kidnappe. Und sobald du draußen bist, tauchen wir unter.«

Was? »Du möchtest Veronica entführen?« Ich war der Bodyguard der jungen Frau. Sie war mir sympathisch, vielleicht, weil sie in meinem Alter ist und ganz anders als ihr Vater, eher ein Wildfang, mit dem Herzen am rechten Fleck. Ich möchte nicht, dass ihr etwas passiert. Ich habe sie mit meinem Leben beschützt!

Crome zieht mich auf seinen Körper und ich bette den Kopf auf seiner Brust. »Keine Angst, ich würde ihr nicht wehtun.«

»Das geht doch niemals gut«, wispere ich. Veronica wird bestens bewacht.

»Du hast Insider-Informationen, die mir helfen könnten. Du kennst ihren Tagesablauf.«

Ich sehe ihm an, wie ernst ihm diese Aktion ist. Er könnte ohne mich in die Outlands gehen, doch er will mich mitnehmen. Weil er mich wirklich liebt oder glaubt, mich zu lieben, weil ich seiner Ava sehr ähnlich bin? Oder weil ich weiß, wo die Felder liegen? Ach, ich bin so durcheinander. Ich weiß nur, dass ich glücklich bin, ihn an meiner Seite zu haben. »Okay, ich werde dir sagen, was ich weiß.«

»Braves Kätzchen.« Er krault meinen Nacken, und ein sanftes Kribbeln breitet sich in meinem Körper aus. »Aber lass uns später darüber reden. Ich brauch dich jetzt.«

Nun wird es wohl ernst.

»Ich muss schließlich testen, ob ich noch kann.«

Abrupt hebe ich den Kopf. »Hat Jax dir erzählt, dass ihr jetzt … keinen mehr hoch bekommt?« Tatsächlich wundere ich mich, warum er nicht längst hart ist.

Er dreht den Kopf weg und kratzt sich am Haaransatz. »Er hat mir leider gar nichts gesagt, dazu reichte die Zeit auch nicht.«

Mein Herz erwärmt sich für diesen großen, starken Krieger, der offenbar Angst hat, seine Standfestigkeit verloren zu haben. Schmunzelnd setze ich mich auf und rutsche tiefer, sodass ich seine Hose öffnen kann. »Lass mal sehen.« Sobald ich ihn durch den Stoff des Slips berühre, schwillt er an. »Ich glaube, da funktioniert noch alles.«

»Sicher?« Er grinst frech, dann hebt er mich von sich herunter, um sich seine Schuhe sowie die Jeans abzustreifen. »Ich hab echt Panik deswegen.«

»Wie lange hast du denn die Injektionen genommen?« Ich streichle über seine langen Beine und bewundere die Oberschenkel, in denen viel Kraft steckt. Seine zarten Härchen schimmern im grellen Licht wie dunkle Bronze.

»Ein paar Jahre. Seit ich in der Einheit bin und an den Shows teilnehmen muss.« Sein Penis zuckt, als ich mit dem Finger die Verästelungen der Adern nachfahre. Noch ist er nicht ganz hart.

Ich möchte nicht daran denken, wie oft er mit einer anderen Frau geschlafen hat. Ich will ihn auch nicht fragen. Vergangenheit ist Vergangenheit, ich lebe mit ihm im Hier und Jetzt. Ich bin mir sicher, dass er niemals eine Sklavin gequält hat, und das muss mir reichen.

Mit Argusaugen beobachtet er, die Arme hinter dem Kopf verschränkt, wie ich meine Hände unter sein Shirt gleiten lasse und es nach oben schiebe. Sein Bauchnabel kommt zum Vorschein und die harten Muskeln. Wie ein V laufen sie an seinem Unterleib zusammen. Als ich einen Kuss in seine Leiste hauche, zuckt sein Penis erneut.

Speichel sammelt sich in meinem Mund, mein Inneres pulsiert sanft. Ich möchte von ihm kosten. Es gefällt mir, wenn er unter mir liegt und ich seinen Körper erkunden darf. Ich fahre mit meiner Nase über seine Haut, atme seinen Geruch nach Duschgel und Mann ein und küsse jeden Zentimeter. Seine Haut ist viel weicher und zarter als meine. Kaum vorstellbar bei einem Krieger. Hier und da kommt eine winzige Narbe zum Vorschein, die ich mit der Zunge kitzle, oder ich fahre die Schnörkel seiner Tattoos nach.

Schließlich arbeite ich mich immer näher zu seiner Körpermitte vor, küsse seine Hoden und den steil aufgerichteten Schaft. Mittlerweile quellen die ersten Lusttropfen aus der Spitze. Ich nehme sie mit der Zunge auf und lasse den salzigen Geschmack darauf zergehen. Dann widme ich mich wieder seinen Hoden.

Crome öffnet die Beine, sodass ich besseren Zugang habe. Ich hebe den weichen Hautsack an und küsse die Stelle darunter, wo er besonders intensiv nach Mann duftet.

Seine Oberschenkel zittern, er atmet schwer. Die Augen hat er geschlossen, den Kopf zur Seite gedreht. Schnell rutsche ich nach oben, um seine leicht geöffneten Lippen zu küssen. Da packt er meinen Kopf und drückt seine Zunge in mich.

»Deine Berührungen machen mich wahnsinnig.« Seine Stimme klingt dunkel und rau.

Er braucht es hart, ich fühle es, aber wie soll ich ihm das geben, wenn ich nicht bereit bin, mit ihm zu schlafen?

Ich mache mich von ihm los und fasse an seinen steifen Schaft. Als ich ihn zusammendrücke, hört sich sein Stöhnen wie ein Knurren an.

Mein Herz rast, während ich beobachte, wie er seine Hände ständig zu Fäusten ballt. Er ist sehr erregt, auf dem Sprung wie ein wildes Tier. Ein Warrior ist kein normaler Mann. Diese Krieger besitzen von allem mehr: mehr Kraft, mehr Leidenschaft.

Ich höre nur noch das Rauschen meines Blutes in den Ohren, während ich mich wieder nach unten bewege und meine Lippen um seinen Schaft lege. Dann sauge ich vorsichtig an ihm und stupse die Zunge in den kleinen Schlitz an der Eichel.

»Kätzchen, du bringst mich um.« Er nimmt meinen Kopf in beide Hände und gibt das Tempo vor, hebt ihn hoch und drückt ihn herunter. Auf diese Weise dominiert er mich, ohne dass ich unter ihm liege, ohne Angst zu haben.

Ich versuche ihn so tief wie möglich aufzunehmen und mit meinen Lippen einen engen Ring zu formen. Zusätzlich lasse ich meine Finger an seinen Hoden spielen.

Crome spreizt die Beine noch mehr, gibt sich mir hin. Ich massiere die

Stelle unterhalb seiner Hoden und drücke einen Finger an seinen After. Ob ihm das gefällt? Riley war ganz wild darauf, wenn ich ihn auch dort geleckt habe.

»Miraja …« Er stöhnt tief und kehlig, bevor sich seine Finger in mein Haar krallen. Es tut nicht weh und macht mir keine Angst. Er hält sich einfach nur an mir fest, während er weiterhin meinem Kopf diktiert, wie schnell er sich auf und ab bewegen soll.

Am liebsten möchte ich mich selbst berühren, denn zwischen meinen Schenkeln glüht alles vor Verlangen.

Als er plötzlich »Ich komme« sagt und in meinem Mund noch härter wird, nehme ich ihn tief auf und lasse meine Zunge um ihn kreisen. In diesem intimen Moment gehört dieser stahlharte Mann nur mir. Sein warmer Saft schießt in meine Kehle, und es will gar nicht mehr aufhören, bis Crome mich keuchend loslässt.

Schwer atmend liegt er auf dem Bett, die Augen geschlossen, und grinst selig. »Das war hammergeil.«

Ich lächle zurück und lecke die letzten Spuren von meinen Lippen. »So ein Glück, es ist noch alles okay bei dir.«

»Mehr als okay.« Er richtet sich auf, um mir einen zarten Zungenkuss zu geben. »Ich schmecke mich«, raunt er. »Aber jetzt will ich auch von dir kosten.«

Langsam drückt er mich zurück, zieht sich das Shirt über den Kopf und wischt sich damit über das Gesicht. Er ist noch geschwächt vom Entzug, sonst würde er nicht so erschöpft aussehen. Das macht mir jedoch ein wenig Mut, denn er ist nicht im vollen Besitz seiner Kräfte.

Verdammt, Miraja, hast du immer noch Angst vor ihm? Das ist Crome! Er will dich hier rausholen!

Mein Herz hämmert bis in meinen Hals. Wird er mit mir schlafen?

Tief durchatmen, er wird mir nicht wehtun.

Ich schließe die Augen, doch sofort sehe ich Blaire vor mir, daher reiße ich die Lider auf, um Crome zu beobachten. Er betrachtet mich von oben bis unten und streicht durch den Stoff des dünnen Kleidchens über meine Brust.

Ich zittere vor Lust und Aufregung gleichermaßen. Crome legt sich jedoch nicht auf mich, sondern kniet sich neben meine Beine. Dann küsst er sie, angefangen von den Zehen bis zu den Oberschenkeln. Lange Zeit verwöhnt er mich auf diese Weise und zwingt mich nicht, mein Kleid auszuziehen. In dem bisschen Stoff fühle ich mich sicherer.

Er leckt über die Narbe am Oberschenkel, wo mich die Kugel durchbohrt hat, und drückt seine Lippen auf meinen Venushügel. Ich spüre seinen warmen Atem, und meine Schamlippen kribbeln. Er lässt die Zunge darübergleiten und stupst sie ständig dazwischen, bis ich mich traue, meine Beine zu öffnen. Sofort leckt er über meine Klitoris und tiefer, er lutscht und schmatzt, als würde er von mir essen. Dabei spreizt er immer wieder sanft meine Beine, weil ich sie schließen möchte, obwohl ich es vor Lust kaum aushalte. Da ist diese Ungewissheit, ob er mir nicht doch plötzlich wehtun wird.

»Lass dich fallen, Kätzchen«, raunt er und sieht mich mit glühendem Blick an. »Ich mach, dass es schön für dich ist.«

Leicht nicke ich ihm zu, obwohl ich heftig zittere. Crome hält sich nur zwischen meinen Beinen auf und kriecht nicht über mich. Keine Gefahr.

Ich wühle mit den Fingern durch sein Haar und schaffe es, das Spiel seiner Zunge zu genießen. Sie ist außerordentlich geschickt, teilt meine kleinen Schamlippen und flattert über meinen Kitzler.

Meine Nippel ziehen sich hart zusammen, mein Unterleib brennt vor Begierde. Als Crome einen Finger in mich schiebt, zucke ich dennoch zusammen. Er verharrt und schaut mich fragend an, doch ich nicke ihm mutig zu. Auch wenn ich mich ein wenig fürchte, genieße ich seine Berührungen zu sehr, als dass ich unser Spiel abbrechen möchte.

Er befriedigt mich mit dem Zeigefinger, während sein Daumen zwischen meine Schamlippen fährt und meine Klitoris reibt. Dazu das Spiel seiner Zunge … Es dauert nicht lange, da fühle ich, wie sich meine Scheidenmuskeln um seinen Finger krampfen. Er nimmt einen zweiten hinzu und füllt mich mehr aus. Sanft krümmt er sie und trifft einen Punkt in mir, der mich meinem Orgasmus rasant entgegentreibt. Ich muss meine Brüste berühren und streicheln, da meine harten Nippel sonst zu sehr schmerzen. Ich drücke sie durch den Stoff zusammen. Dieser sanfte Schmerz schießt zwischen meine Beine und bringt jede Zelle fast zur Explosion.

»Ja, komm für mich, Kätzchen«, raunt er, während er mich härter fingert. »Lass dich fallen.«

Das berauschende Gefühl nimmt zu, mein Kitzler hämmert gegen seine Zunge, und ich will, dass er mich noch fester reibt. Daher hebe ich ihm mein Becken entgegen und öffne mich bereitwillig weiter für ihn. Als er seine Lippen um meinen Kitzler legt und an ihm saugt, komme ich. Mein Lustschrei ist wie eine Befreiung. Tränen laufen über mein Gesicht, während ich den intensiven Orgasmus genieße, der meinen Körper durchschüttelt. Ich kann nicht genug von Cromes Zunge und seinen Fingern haben, die sich in mir krümmen, um mir höchsten Genuss zu bereiten. Ich bestehe nur noch aus diesem Gefühl, alles andere ist unwichtig und vergessen.

»Alles okay, Kätzchen?«, fragt er, als ich wieder im Hier und Jetzt angekommen bin. Er liegt neben mir und zieht mich an seine Brust.

Atemlos nicke ich und lächle ihn an. Niemals hätte ich gedacht, dass dieser Krieger, der auf den ersten Blick einen so furchteinflößenden Eindruck macht, derart liebevoll sein kann. »Es scheint, dass nicht nur bei dir, sondern auch bei mir noch alles funktioniert«, sage ich überglücklich und kuschle mich an ihn.

Kapitel 6 – Einige Wochen später

Ich vermisse Crome wahnsinnig und kann diese bedrückende Zelle kaum noch ertragen! Es kommt mir vor, als würden die Wände jede Stunde ein paar Zentimeter näher rücken. Sie nehmen mir die Luft zum Atmen, bringen mein Herz zum Rasen. Zum Glück hat der Senat angekündigt, dass es bald neue Shows geben wird. Er hat wohl bemerkt, dass die Missgunst steigt, wenn dem Volk zu viel verwehrt wird. Auch die Warrior sind mürrisch. Crome sagt, die Stimmung sei auf dem Tiefpunkt angelangt.

Bisher haben wir uns nur alle ein bis zwei Wochen im Besucherraum treffen können. Dazwischen schmuggelt er seine »Briefe« herein. Ich lese sie jedes Mal mit Freude und präge mir jedes Wort ein. Sie sind ein wenig anzüglich geworden. Crome beschreibt immer genauer, wie er mich bei den nächsten Treffen verwöhnen wird.

Noch habe ich nicht mit ihm geschlafen, ihn stets hingehalten und ihm auf andere Art Genuss verschafft. Mir wird immer dringender bewusst: Wenn ich ihn nicht verlieren möchte, muss ich es wirklich bald tun. Männern ist Sex unglaublich wichtig. Ich weiß, wie es mit Riley war. Er hat mir auf diese Weise seine Zuneigung gezeigt. Wir haben es so oft gemacht wie wir konnten. Es war schön, ich habe es geliebt, konnte nicht genug davon bekommen. Ich glaube, mit Crome könnte es irgendwann genauso schön werden. Eigentlich ist es schon fast genauso schön, wenn dieser letzte Rest Angst nicht wäre. Langsam habe ich wieder Spaß an körperlicher Liebe. Ja, ich könnte mir vorstellen, meine Furcht zu überwinden und bald mit Crome zu schlafen, weil ich es tatsächlich möchte. Allerdings liegen Sorgen wie ein Schatten über unserer »Beziehung«, Cromes Plan verzögert sich. In seiner wenigen Freizeit hat er die Wohnung von Senator Murano überwacht, doch Veronica war nicht zu sehen. Nach mühsamen Recherchen hat er herausgefunden, dass sie sich nicht in White City aufhält, sondern in New World City. Und da die Shuttleflüge wegen angeblichen Satellitenausfalls vorübergehend auf Eis gelegt sind, wissen wir nicht, wann sie zurückkommt. Es kann noch Wochen dauern.

Crome ist auch im Untergrund sehr aktiv und schiebt Sonderschichten – beziehungsweise zwingt ihnen der Senat diese auf. Da unten ist aber niemand mehr außer Jax, der sich als Einziger nach White City zurückwagt. Der Arzt Mark Lamont, ein ehemaliger Kollege und Freund von Samantha, besorgt Dinge, die dringend in Resur benötigt werden, zum Beispiel brauchen sie ein Teil für eine Wasseraufbereitungsanlage. Jax schleust alles nach draußen, sofern es nicht durch das Wasserrohr passt. Crome könnte jederzeit mit ihm gehen …

Ich liebe es, Pläne mit ihm zu schmieden. Vor allem, wenn es darum geht, das Regime zu stürzen. Ob es ihm gelingen wird, Veronica zu entführen, um meine Freilassung zu erpressen? Wir haben zahlreiche Möglichkeiten durchgespielt, dennoch ist es verdammt riskant. Ich bin so aufgeregt wie ewig nicht mehr. Hoffentlich kehrt Veronica bald zurück.

Des Weiteren reden wir ständig darüber, was wir machen werden, wenn wir in Resur ankommen. Ich will meinen Traum verwirklichen und mich um Kinder kümmern, vielleicht wird eine Erzieherin gebraucht oder eine Lehrerin, und wenn ich nur als Sportlehrerin tauge – egal. Ich habe so viel vor! Außerdem möchte ich gerne eine eigene Familie gründen. Nicht gleich, aber irgendwann … Hier in White City sind die Wartelisten lang und nur wenige ausgesuchte Frauen dürfen sich diesen Traum erfüllen. In Resur wird mich niemand daran hindern, meine Träume zu verwirklichen.

Crome lauscht meinen Ideen immer ein wenig angespannt. Hofft er, dass ich mich den Kämpfern anschließe? Angeblich soll Jax über hundert Resurer trainieren. Mein Kämpferherz hat Crome auf jeden Fall geweckt. Zuerst werde ich mich an seiner Seite in die Schlacht stürzen, danach will ich mein Familienleben.

Ich habe ihm den Standort der Plantagen immer noch nicht verraten, weil ständig die Angst an mir nagt, dass er mich hier zurücklässt. Er hat vor, mit Hilfe der Outsider die Kunststofffabriken einzunehmen, um Druck auf White City auszuüben. Es ist ein riskantes Unternehmen, wie alles, was wir planen, doch ich wäre dabei. Kämpfen ist besser, als Däumchen zu drehen.

Als ich ihn einmal gefragt habe, was ihn bedrückt, hat er geantwortet: »Sei nicht enttäuscht, falls sich deine Zukunftspläne nicht erfüllen. Meistens möchte man das, was man nicht haben kann.«

Was sind seine Wünsche? Was kann er nicht haben? Er verrät es nicht. Spürt er, dass ihm mein Herz nicht ganz gehört? Macht ihm das Sorgen? Ich werde ihn nicht verlassen, auf keinen Fall. Er hat schon viel für mich auf sich genommen und er ist mir so sehr ans Herz gewachsen, wie es mir möglich ist. Einen besseren Partner könnte ich mir auch nicht vorstellen. Ich fühle mich wohl mit ihm, liebe es, wenn wir kuscheln, lachen und Spaß haben. Er hat mir sogar seinen richtigen Namen gestanden, denn jeder Warrior hat einen bürgerlichen Namen: Craig Deville. Deville! Das klingt wie Devil – Teufel. Ich habe Tränen gelacht, weil der Name perfekt zu ihm passt. Ich sollte ihn von nun an Devil nennen, nicht Crome.

Und was ist das für ein zischendes Geräusch, das meine Gedanken stört?

Hastig setze ich mich auf. Aus einer Düse neben der Tür entweicht ein grünliches Gas. Oh Gott, sie wollen mich umbringen! Früher hätte mir das nichts ausgemacht, doch jetzt kann ich nur an Crome denken, an die schönen Stunden mit ihm und die Hoffnung auf Freiheit, für die es sich lohnt zu leben.

Die Gefangenen in den anderen Zellen schreien. Ob ihnen dasselbe widerfährt?

Panisch greife ich mein Kissen, presse es auf mein Gesicht und springe auf die Pritsche. Das Gas steigt unaufhaltsam höher, erreicht meine Knie, meine Oberschenkel … bis es die ganze Zelle ausfüllt.

Hektisch atme ich in den Stoff. Ich kann das Gas riechen, es duftet fast wie Weihnachtsplätzchen.

Tränen fluten meine Augen, mein Herz krampft sich zusammen. Ich sehe mich mit meinen Eltern vor dem bunt geschmückten Plastikbaum, das Strahlen in ihren Gesichtern, weil ich mich über ihre Geschenke gefreut habe. Alles vorbei … Es wird kein Weihnachten mehr geben, nie mehr. Auch kein Crome, keine Freiheit.

Mir wird schwindelig, die grauen Wände drehen sich. Wenigstens habe ich keine Schmerzen, ja, mir ist plötzlich alles egal und ich fühle mich, als würde ich auf Watte stehen. Glucksend setze ich mich hin, lege das Kissen zur Seite und inhaliere tief den würzigen Duft. Grüne Augen fliegen durch die Zelle. Cromes Augen. Sie zwinkern mir zu. Ich liebe seine Augen. Und sind das nicht seine Lippen, die auf mich zukommen? Ich beuge mich vor, um sie zu küssen. Doch da geht quietschend die Tür auf und ein Monster betritt die Zelle. Es sieht aus wie eine Fliege auf zwei Beinen, lustig. Könnte auch ein Wärter mit Gasmaske sein. Er packt mich am Arm und zerrt mich hinaus.

»Bin ich tot?«, frage ich lallend, während er mich in den Gang schubst. Dort treffe ich auf ein Dutzend andere Sklavinnen.

»Noch nicht, aber bald, du Schlampe«, erwidert er grinsend und treibt uns Frauen weiter.

Sie schauen sich lächelnd um. Was passiert mit uns? Warum fühle ich mich so herrlich gleichgültig? An diesen Zustand könnte ich mich gewöhnen. Ich freue mich auf die Show, denn dann werde ich Crome sehen. Er tut mir nichts, ich werde nicht sterben. Er ist ein guter Krieger, einer mit Herz. Ich bin zu allen Schandtaten bereit. Ja, heute soll es passieren. Mir egal, dass ganz White City zuschaut.

Es geht nicht zu den Duschräumen, sondern wir eilen einen völlig anderen Gang entlang. Also dürfen wir unsere netten Kleidchen anlassen. Keine Show? Wo bringen die Wärter uns hin? In den Gefängnishof? Den habe ich nicht mehr gesehen, seit ich eine Serva geworden bin. Grelle Strahler beleuchten den Platz, denn es ist Nacht. Hm, alles sehr seltsam. Haben wir Ausgang? Egal, ich freue mich.

Da stehen zwei Kleinbusse, in die wir steigen sollen. Oh wie nett, wir dürfen einen Ausflug machen! Leider haben die Fahrzeuge keine Fenster, das ist gemein! Außerdem werden wir regelrecht hineingepfercht. Es ist so eng, dass ich mich kaum bewegen kann. Auch egal.

Zum Glück dauert die Fahrt nicht lang. Im Stadtzentrum steigen wir aus, genau vor dem riesigen Turm mit der kugelrunden Spitze. Dort erreicht die Kuppel den höchsten Punkt. Rote und weiße Lichter blinken überall auf dem Turm. Er sieht hübsch aus im Dunkeln. Machen wir einen Rundflug? Von dort oben starten doch immer die Shuttles.

»Hält der rauschartige Zustand an, bis wir die Plantagen erreichen?«, fragt ein Wärter einen anderen, während wir uns vor der Eingangstür der Turmes versammeln. »Der Flug dauert fast eine halbe Stunde und ich bin allein mit den ganzen Weibern.«

»Sie werden lammfromm sein, ansonsten verpasst du ihnen einen Elektroschock. Stell dich nicht so an, Francis«, sagt der andere Mann. Es ist der grauhaarige Kerl, mein Wärter. Er trägt jetzt keine Gasmaske mehr und betätigt mittels Daumenscan den Liftschalter am Turm. Wir müssen keine Treppen steigen, welch ein Service! Ich freue mich auf den Nachtflug, doch das Wort »Plantage« bereitet mir Magenschmerzen.

Plantage, Zuckerrohr, Kunststoff … Muranos Gespräch.

Da heult eine Sirene in meinem Gehirn los und rüttelt mich wach. Wir werden zu den Zuckerrohrfeldern geflogen! Ich sehe Crome nie wieder, ich werde dort sterben!

Mein Hals schnürt sich zu, ich bekomme kaum Luft. Hätte ich ihm bloß genug vertraut und ihm die Koordinaten der Plantagen verraten – vielleicht würde er mich retten kommen. Er liebt mich, ganz bestimmt! Er wird durchdrehen, wenn ich weg bin, er hat doch schon Ava verloren!

Plötzlich ist die Euphorie verflogen, sie hat sich in Panik verwandelt. Adrenalin rauscht durch meine Adern und verdrängt auch die Melancholie. Ich habe nur einen Gedanken: Ich muss von hier weg!

Die Wachen haben uns nicht gefesselt, doch sie sind bewaffnet. Wir sind zehn Frauen und zehn Wächter. Ich habe keine Chance und werde nicht weit kommen. Um den Turm erstreckt sich ein freier Platz, dort kann ich mich nirgendwo verstecken. Zudem ist alles hell beleuchtet. Suchscheinwerfer, die auf den Bussen angebracht sind, erhellen jeden Winkel.

Ein Klingelton kündigt den Aufzug an. Die Lifttür öffnet sich und der vorderste Wachmann winkt uns heran. Die Kabine ist groß genug, um die Hälfte von uns aufzunehmen.

Die ersten fünf Frauen und Wärter treten ein, darunter ist auch die Sklavin mit dem Leberfleck, die ich einmal im Duschraum etwas gefragt habe. Ich bewege mich nicht von der Stelle, während ich versuche, möglichst apathisch zu wirken und ins Leere zu starren, wobei mein Herz rast und jeder Muskel zittert. Sie werden merken, dass ich ihnen etwas vorspiele! Mühsam kann ich das Zähneklappern unterdrücken.

Die Tür schließt sich, jetzt sind nur noch fünf Wachen übrig. Ich stehe als Letzte in der Reihe, aber das hilft mir auch nichts. Der Mann neben mir hält den Lauf seines Gewehres auf mich.

Als es plötzlich knallt, zucke ich zusammen. Haben sie jemanden erschossen?

Die Frau neben mir schreit los, ein Wachmann rammt ihr das Handstück seiner Waffe gegen die Stirn, sodass sie verstummt. Sie blutet nicht und presst sich lediglich die Hand an die Schläfe.

Ein neuer Knall, Splitter fliegen auf die Straße.

Die Wachen drängen uns vor der Lifttür zusammen, während ein Scheinwerfer nach dem anderen zerplatzt. Jemand schießt darauf!

Wahllos eröffnen die Wärter das Feuer und zielen in die Richtung, aus der die Schüsse kommen. Es ist jedoch niemand zu sehen. Die Umgebung und der große Platz liegen im Finstern, aber unter der Kuppel der Stadt wird es nie ganz dunkel, sodass ich Schatten und Umrisse erkenne. Da läuft jemand! Mündungsfeuer blitzt auf.

Als die Schüsse endlich verstummen, fordert ein Wachmann über Funk Verstärkung an, während zwei andere in die Richtung laufen, aus der sie den Täter vermuten. Nun stehen nur noch drei Männer bei uns.

Ich habe mich zu den Frauen auf den Boden gekauert. Der Aufzug ist noch nicht zurückgekommen, wir sitzen vor dem Turm wie auf einem Präsentierteller.

Da fliegt dem Wärter neben mir die Pistole aus der Hand. Jemand hat auf ihn geschossen, ich glaube, ihm fehlt ein Finger! Blut ist uns Frauen ins Gesicht gespritzt, kreischend krabbeln sie auseinander.

Für den Bruchteil einer Sekunde starre ich die Waffe an, bevor ich sie an mich reiße.

Neben mir sackt ein zweiter Mann zusammen, ein Blutfleck bildet sich auf seinem Oberschenkel.

Ich nutze das Chaos, um hinter dem Turm zu verschwinden. Dann laufe ich über den freien Platz auf das nächstbeste Gebäude zu, höre, wie Kugeln an mir vorbeizischen und die Männer aufschreien. Ich schaue nicht zurück, sondern renne um mein Leben.

Plötzlich steht eine der Wachen vor mir, die zuvor in Richtung des Täters gelaufen sind. Auch er hat eine Beinwunde, allerdings hat er noch genug Kraft, um auf mich zu zielen.

Ohne zu zögern schieße ich ihm in die Brust. Die Wucht des Einschlages wirft ihn um, doch da er eine Schutzweste trägt, ist ihm nichts passiert. Schon zielt er wieder auf mich, da fliegt seine Waffe aus der Hand, Blut spritzt.

Ich laufe weiter zwischen die Häuser, renne eine düstere Gasse entlang. Nur weg, weg …

Mein Herz rast, der Hall der Schüsse dröhnt in meinen Ohren. Meine Oberschenkel brennen, ebenso meine Lungen. Ich bin es nicht mehr gewohnt, zu rennen. Daher ignoriere ich das Seitenstechen und laufe weiter, bis ich jemanden meinen Namen rufen höre. »Miraja, hierher!«

Ich schaue über die Schulter. Eine in Grau und Schwarz gekleidete Person verfolgt mich. Es ist ein Hüne. In der Hand hält er ein Gewehr, seine Schutzweste hängt voller Waffen. Er ist vermummt, doch unter einer Straßenlaterne hebt er kurz die Sturmhaube an. Grüne Augen leuchten mir entgegen. Diese intensive Farbe würde ich überall erkennen. »Crome!«

Er winkt mir. »Hier entlang!«

Meine Erleichterung ist grenzenlos. Er ist hier! Doch wer liefert sich weiterhin mit den Aufsehern einen Schusswechsel? Irgendjemand lenkt die Wachen ab.

Ich folge ihm in die nächste Gasse, da befiehlt er mir: »Lass die Waffe fallen, sie haben Sender und können geortet werden.«

Ich schleudere sie auf die andere Straßenseite, und Crome drückt mir eine seiner Pistolen in die Hand, als wäre ich keine Sklavin, sondern sein Waffenbruder.

Etwas macht »klick« in mir, der letzte Rest Misstrauen hat sich in Luft aufgelöst.

Woher hat er gewusst, dass ich auf die Plantagen geflogen werden sollte? Ich werde ihn später fragen, denn ich bekomme kaum Luft. Außerdem haben wir keine Zeit zum Reden. Wir laufen weiter und weiter.

In der Ferne höre ich Sirenen. Die Verstärkung rückt an. Wahrscheinlich wird es hier gleich vor Soldaten wimmeln. Wo sollen wir uns verstecken?

Crome läuft in eine öffentliche Toilette und reißt sich die Maske vom Gesicht. »Was willst du hier?« Wir sind gefangen!

»Wir verschwinden.« Er hantiert an einer Tür, die sich nur mit einem Zahlencode öffnen lässt. Sie springt auf, und Crome schickt mich eine Treppe hinunter, während er die Tür hinter uns sichert. Ich kann nichts sehen und taste mich am Geländer entlang. Es geht in den Untergrund!

Es ist stockdunkel und riecht nach Moder und Kloake. »Verdammt«, fluche ich außer Atem, weil das Geländer plötzlich zu Ende ist. Ich stolpere und verknackse mir den Fuß. »Kann nicht mehr«, wispere ich, am Ende meiner Kräfte angelangt. In meiner Lunge wütet ein Feuer, jeder Atemzug pustet Nadeln in meine Seiten.

Crome berührt meine Schulter. »Ich trage dich gleich.« Er hört sich kaum atemlos an.

Hier unten ist es kühl, sodass ich die Hitze fühle, die sein Körper verströmt. Er steht dicht bei mir, und plötzlich leuchtet ein Gitternetz vor mir auf. Ein kleiner Computer an seinem Handgelenk projiziert die Linien in die Luft.

»Was ist das?«

Sein Gesicht leuchtet geisterhaft, seine Augen reflektieren das matte Licht. Wie unheimlich. »Das ist mein Handycom. Jeder Warrior hat so ein Gerät. Damit können wir sehen, ob sich jemand von uns in der Nähe befindet.«

Viele grüne Punkte verteilen sich großflächig auf dem Gitternetz, das von dickeren Linien durchzogen ist. Das sind dann wohl die Soldaten und die eingezeichneten Kanäle. »Wo bist du?«, möchte ich wissen.

»Von der Bildfläche verschwunden, daher kann ich nur ahnen, wo wir uns befinden, um den anderen auszuweichen. Jax hat mir vorhin meinen Senderchip entfernt. Niemand kann mich mehr orten, trotzdem müssen wir vorsichtig sein. Sie sind überall.« Er schaltet den Computer aus, und erneut hüllt völlige Schwärze mich ein.

»Wo saß der Chip?«

»In meinem Nacken. Jax hatte einen Laserstift dabei, er hat es echt drauf, das Ding zu bedienen.« Ich höre ein Schmunzeln in seiner Stimme. Er bewundert seinen Waffenbruder.

»Hat er dir … uns gerade geholfen?« Ich habe so viele Fragen.

»Ja. Wir treffen uns in zwanzig Minuten an einer ausgemachten Stelle hier unten, er nimmt einen anderen Abgang.« Crome zieht mich an sich, ich lege die Arme um seinen Hals und werde hochgehoben. Seine Hände drücken sich an meinen nackten Po und ich schlinge die Beine um ihn, woraufhin ich den rauen Stoff seiner Kleidung an meinen Innenschenkeln spüre. Das Hemdchen ist hochgerutscht, doch das ist mir egal. Hier sieht mich niemand, und Crome kennt ohnehin fast jeden Winkel meines Körpers. Ich bin einfach nur glücklich, fühle mich geborgen und habe keine Angst im Dunkeln, weil er bei mir ist und wir endlich diesem grausamen Ort entfliehen.

»Danke«, wispere ich in sein Ohr.

»Noch sind wir nicht draußen.«

Mit einer Hand halte ich mich an seinem Nacken fest und hoffe, dass ihm die winzige Wunde, die ich erfühlen kann, nicht zu weh tut, die andere krampft sich um den Griff der Pistole. Sollte uns jemand von hinten angreifen wollen, werde ich ihn erschießen.

Crome rennt mit mir durch die Dunkelheit, als würde ich nichts wiegen. Lautlos und zielsicher. Er sieht genau, wohin er muss. Seine Katzenaugen machen das möglich. Die Warrior haben nicht nur menschliche Gene. »Trotzdem sag ich schon mal Danke. Danke, dass du Wort gehalten hast.« Er flieht mit mir, er hat mich gerettet. Ohne ihn wäre ich jetzt verloren.

»Ich lass doch mein Kätzchen nicht zurück.« Er drückt mir einen schnellen Kuss auf den Hals, und dafür umarme ich ihn noch fester. Mein Herz rast jetzt aus anderen Gründen, in meiner Brust wird es warm und in meinem Magen prickelt es, als hätte ich Alkohol getrunken. Ich fühle mich wie im Rausch und möchte nie wieder von Crome getrennt sein.

Oh Gott, ich glaube, ich habe mich in ihn verliebt.

Ja … ja, ich liebe ihn!

Ich bin so überrascht über diese Erkenntnis, dass ich kaum noch klar denken kann. Das habe ich nicht für möglich gehalten.

Selig grinse ich in die Dunkelheit, bereit, jeden zu erschießen, der meinen neuen Gefühlen in die Quere kommt. Ich möchte nach Resur, um mit meinem Warrior ein neues Leben zu beginnen. Doch zuerst müssen wir dorthin kommen, er hat recht. Ich muss meine Gefühle noch für mich behalten, muss mich bereitmachen, falls wir angegriffen werden. »Woher hast du gewusst, dass sie mich auf die Plantagen deportieren?«

»Mein ehemaliger Ausbilder, der in der Gefängnisverwaltung arbeitet und dem ich ein großzügiges Trinkgeld gegeben habe, damit wir das Besucherzimmer erhalten, hat es mir verraten.«

Die meisten Warrior scheinen zusammenzuhalten. Deshalb haben Jax und Crome die Wärter nicht getötet, sondern sie nur entwaffnet.

»Die Koordinaten …«, sage ich mit zitternder Stimme in sein Ohr. Er soll sie endlich wissen, ich hätte sie ihm gleich sagen sollen! »35 Grad nördliche Breite …«

»Später, Kätzchen«, unterbricht er mich. »Wir sind nicht mehr allein.«

Ich halte die Luft an und lausche in die Finsternis, während Crome mich herunterlässt. Ich höre nichts, außer das Tropfen von Wasser. Der Boden unter meinen nackten Füßen ist feucht und ich habe Angst, auf etwas Ekliges zu treten. Doch da vernehme ich es auch, ein leises Klopfen, immer derselbe Takt: ein Mal kurz und drei Mal lang.

Als Crome schließlich sagt: »Das ist Jax«, stoße ich erleichtert die Luft aus. Crome erwidert das Signal, und kurz darauf drückt er wieder auf sein Handycom.

Im schwachen Licht erkenne ich den Umriss einer großen Person, die auf uns zukommt, und ich unterdrücke einen Schrei. Himmel, dass diese Kerle sich immer so anschleichen müssen! Jax hat kurzes schwarzes Haar und viel hellere Augen als Crome. Außerdem ist er ein paar Zentimeter größer. Sein Gesicht und die nackten Oberarme sind dunkler als unsere, wahrscheinlich von der Sonne gebräunt. Behängt ist er mit zahlreichen Waffen, in der Hand hält er ein großes Gewehr.

Die Warrior sind geborene Krieger, vom Regime nur zu einem Zweck gezüchtet. Ich kann mir ein wenig Häme nicht verkneifen, weil sich diese Kampfmaschinen nun gegen ihre Schöpfer auflehnen.

Jax nickt mir zu und klopft Crome auf die Schulter, bevor er ihm einen Rucksack überreicht. Daraus holt Crome eine Hose, Schuhe und ein Shirt. »Zieh das an.«

Sprachlos nehme ich die Sachen entgegen und schlüpfe hastig hinein. Zum ersten Mal seit Monaten darf ich richtige Kleidung tragen, und sie passt mir sogar. Bis auf die Sneaker, die sind bestimmt zwei Nummern zu groß, aber besser so, als andersrum. Ich bin froh, den ekligen Boden nicht mehr unter den Füßen spüren zu müssen.

Wenn wir hier heil herauskommen, werde ich Crome so was von danken! Ich hoffe, wir erreichen bald den Tunnel. Crome weiß nicht, wo er ist, Jax hat es ihm bis jetzt nicht verraten.

»Folgt mir«, sagt Jax, »ist nicht mehr weit.«

Das Licht geht aus und Crome nimmt mich an die Hand. Die anderen Sklavinnen kommen mir in den Sinn. Ob sie gerade zu der Plantage geflogen werden? Mein Magen schnürt sich zusammen. Hätten wir sie irgendwie retten können?

»Wenn Sam wüsste, dass ich dir geholfen habe, bringt sie mich um, zumal ich das Teil für die Wasseraufbereitungsanlage endlich von unserem Mittelsmann bekommen habe«, höre ich Jax sagen. »Wenn was schiefgegangen wäre …«

»Ich stehe tief in deiner Schuld, Bruder«, unterbricht ihn Crome. »Und ich werde dich bei Sam bestimmt nicht verpfeifen.«

Das matte Licht des Gitternetzes flammt erneut auf, aber nur für den Bruchteil einer Sekunde. »Verdammt«, zischt Jax. »In der Nähe des Tunnels steht eine Patrouille.«

»Wer ist es?«

Abermals betätigt Jax das Handycom, tippt einen dieser grünen Punkte an und ein Name erscheint: »Nitro. Noch nie gehört.«

»Ist frisch dabei, er ist als Ersatz für dich in der Einheit«, erklärt Crome und lässt meine Hand los. »Es weiß ja noch keiner, dass ich übergelaufen bin. Lass mich nur machen.« Ich sehe, wie er losgeht, dann wird es wieder dunkel.

»Hey, Nitro, hast du dich verlaufen, oder warum bist du so weit weg von unserer Einheit?«, ruft er.

Jax zieht mich mit sich, und ich versuche so leise wie möglich aufzutreten, in der Hoffnung, nirgendwo dagegenzulaufen.

»Crome?«, höre ich den anderen Warrior fragen. »Wo kommst du her? Ich hab gerade die Umgebung gecheckt und hatte dich nicht auf dem Radar.« Ich höre ein Klicken. Hat Nitro seine Waffe entsichert?

»Shit«, murmelt Jax neben mir – schon spüre ich seine Anwesenheit nicht mehr, höre nur noch Flüche, Gerangel, Schläge. Keine Schüsse. Die würden auch sofort alle Soldaten herlocken.

Wie erstarrt stehe ich im Dunkeln, zu Tode geängstigt, und höre durch das Klopfen meines Pulses kaum, was passiert. Was, wenn Nitro die beiden tötet? Dann bin ich verloren, ich würde nie mehr hier herausfinden!

Nein, so ein junger Soldat hat niemals eine Chance gegen zwei ausgewachsene Profis!

Als ich Licht am Ende des Ganges aufflackern sehe, gehe ich langsam darauf zu, obwohl meine Knie weich wie Gummi sind. Ein großer blonder Mann liegt auf dem Boden, Jax hockt daneben und reibt sich das Kinn, während Crome – eine kleine Taschenlampe zwischen den Zähnen – dem Kerl die Hände auf den Rücken fesselt. Er wehrt sich nicht, nur seine Augen bewegen sich. Crome hat ihn mit seiner Druckpunkttechnik gelähmt!

»Der Kleine hat Mumm, das muss ich ihm lassen«, sagt Jax grinsend und zieht dem Soldaten seine Sturmhaube über den Kopf, aber so, dass er nichts sieht. »Wir nehmen ihn mit.« Er holt einen silberfarbenen Stab aus der Brusttasche, ich glaube, es ist ein Wundlaser. Damit fügt er Nitro einen Schnitt am Nacken zu, presst ein kleines blutiges Ding heraus und steht auf. »Verschweiße du seine Wunde, ich werde den Chip in einen Bohrschacht werfen, dann ist die Einheit 'ne Weile abgelenkt.« Die anderen werden denken, der junge Soldat sei in den Schacht gefallen! Sie werden mit der Bergung eine Zeitlang beschäftigt sein, bevor sie bloß den Sender finden.

Während Jax davonläuft, versorgt Crome die Wunde und reißt Nitro nach oben auf die Beine. Er kann kaum stehen.

»Alles klar?«, fragt mich Crome nuschelnd, weil er immer noch die Taschenlampe im Mund hat.

Ich nehme sie ihm ab. »Alles klar.«

Jax kommt zurück und winkt uns zu sich. »Jetzt aber nichts wie weg.« Er zieht an einer Wand, und ein rechteckiges Betonstück öffnet sich wie eine Tür. Sie lag direkt vor unseren Augen und wir haben sie nicht bemerkt!

Geduckt gehen wir durch den Tunnel, der mit Balken abgestützt ist. Crome und Jax tragen Nitro an Armen und Beinen, ich eile mit der Taschenlampe voran.

»Du hast gekämpft wie ein Mädchen, Nitro«, sagt Jax. »Warum wurdest du der Einheit zugewiesen, obwohl deine Ausbildung noch nicht abgeschlossen ist? Was hast du ausgefressen, dass sie dich verheizen wollen?

»Wird noch ’ne Weile dauern, bis er sprechen kann«, erklärt Crome grinsend. »Ich glaube, der Senat hat so einige Jungspunde in Rekordzeit befördert, weil sie jeden Mann brauchen, um nach euch zu suchen.«

»Arme Schweine«, antwortet Jax. Es sollte wohl spöttisch klingen, dennoch schwang Mitleid in seiner Stimme mit. Schließlich können die Jungs nichts für ihre Lage.

Während die beiden feixen, habe ich nur den Tunnel im Blick und hoffe, bald den Ausgang zu erreichen. Ich werde immer schneller, weil ich nur noch aus der Stadt möchte, um endlich ganz frei zu sein. Als ich plötzlich gegen Gestrüpp laufe, unterdrücke ich einen Schrei.

»Drück es einfach zur Seite«, sagt Jax.

Ich werfe mich regelrecht gegen die Wand aus Ästen und stolpere in eine Mondlandschaft. Grau und öde, mit Büschen und riesigen Kakteen, die im mattweißen Licht gespenstisch wirken. So sieht also die Nacht in den Outlands aus. Doch als ich in den Himmel blicke, verschlägt es mir den Atem.

»Oh mein Gott, ist das schön!« Zum ersten Mal sehe ich live den Nachthimmel. Keine Kuppel trennt mich vom Universum, Milliarden Sterne glitzern am Firmament. Und mittendrin hängt groß und rund der Mond. Er lächelt mich an, als hätte er ein Gesicht, und ich lächle zurück, während mir Tränen über die Wangen laufen.

»Wow«, sagt Crome hinter mir und legt eine Hand auf meine Schulter. »Das ist beeindruckend.«

»Es wird noch besser, wartet mal euren ersten Sonnenaufgang ab.« Jax zerrt den blonden Warrior an mir vorbei und deutet auf die Ruinen mehrerer Hochhäuser. »Wir müssen dort lang, da wartet die Monorail auf uns und bringt uns in die Stadt.«

Monorail … Noch nie gehört, aber ich will das Ding sehen. Ich will alles sehen! Endlich frei, mit Crome an meiner Seite – ich kann es immer noch nicht glauben.

»Komm, Kätzchen.« Lächelnd streckt er mir die Hand hin. »Schauen wir uns die Outsider mal an.«

Unsere Finger verschränken sich, und ich stelle mich auf Zehenspitzen, um ihn zu küssen. Er zieht mich kurz an sich, danach eilen wir Jax hinterher, der sich den jungen Mann über die Schulter geworfen hat, als würde er nichts wiegen.

Kapitel 7 – Alles neu

Bitte keine Gefängnisse mehr! Mein Herz rast, Schweiß drängt aus allen Poren und ich glaube zu ersticken. Anstatt uns Resur anzusehen, sitzen wir im Keller einer riesigen Pyramide aus Glas und Beton. Früher war das gigantische Hochhaus einmal ein Hotel, heute beherbergt es einen Großteil der Outsider.

Zwar befinden wir uns in keiner Zelle, sondern in einem Verhörraum mit einem großen Tisch und Stühlen, trotzdem bahnt sich ein Panikanfall an.

»Du musst nicht bleiben, du kannst doch gehen.« Crome, der neben mir sitzt, nimmt meine Hand. »Da du kein Warrior bist, hast du nichts zu befürchten. Die Ärztin wird gleich hier sein, bitte geh mit ihr.«

Ich möchte Crome nicht allein lassen. Obwohl ich diesen Raum hasse, fühle ich mich an seiner Seite am besten aufgehoben. Eigentlich lächerlich, schließlich war ich einmal Bodyguard, aber es ist ungewohnt, plötzlich wieder draußen zu sein. Ganz draußen. Wenn man so lange eingesperrt war, machen einem schon die normalsten Dinge Angst, und hier gibt es zusätzlich so viel Neues. Allein mit dieser Monorail zu fahren, die schneller geht als jedes Fahrzeug, das ich kenne, hat mich überfordert. Oder die vielen Menschen in der Ankunftshalle! Und dabei war es noch ruhig, denn die Sonne ist noch nicht einmal aufgegangen. Aber Jax versammelt fast jeden Morgen alle Resurer, die kämpfen lernen möchten, in der Haupthalle, da es tagsüber unerträglich heiß wird. Schließlich befinden wir uns mitten in der Wüste.

Als sich die Tür öffnet, atme ich auf. Es sind Jax und Samantha. Ich erkenne sie sofort. Sie trägt weiße Kleidung und eine Armbinde, auf der ein rotes Kreuz gestickt ist. Ihre langen Haare hat sie zu einem Knoten hochgesteckt, in der Hand hält sie eine Arzttasche.

Lächelnd kommt sie auf mich zu. »Miraja, schön, dass du es geschafft hast.«

Ich stehe auf, um sie zu umarmen. »Hi, Samantha.« Sofort fühle ich mich besser. Sie ist eine Verbündete im Geiste, eine Seelengefährtin. Sie war mein Vorbild. »Ich bin so froh, hier zu sein.« Ich muss nur aus diesem verdammten Keller raus.

Samantha begrüßt auch Crome und fragt uns, ob wir verwundet sind.

»Uns geht es soweit gut, aber bitte nimm Miraja mit, sie verträgt die Luft hier unten nicht.« Crome zwinkert mir zu, und ich kann ihm nicht böse sein. Er hat ja recht, ich darf mich nicht verkriechen, muss mich meinen neuen Aufgaben stellen. Und da ich kein Feigling bin, nicke ich.

Da geht die Tür erneut auf und ein Mann, den ich auf Mitte vierzig schätze, betritt den Raum. Er sieht noch ein wenig müde aus, wirkt aber gepflegt und trägt einen Anzug.

Jax stellt ihn uns als Bürgermeister Forster vor. Er schüttelt erst mir, dann Crome die Hand.

»Ich freue mich, Sie persönlich kennenzulernen, Crome«, sagt er. »Sie haben uns immer wieder mit Wasser versorgt und Medikamente über das Rohr herausgeschmuggelt. Wir Bürger von Resur wissen das zu schätzen.«

Er sagt nicht: Wir Bürger danken Ihnen.

Kann man einem Mann danken, der das Leben einiger Outsider auf dem Gewissen hat? Trotzdem hoffe ich so sehr, dass er Crome gleich freilässt, stattdessen sagt er: »Wir haben ein Problem. Ich bekam eben einen verschlüsselten Funkspruch von Mr. Lamont.«

»Er meint Mark, das ist der Kontaktmann, von dem ich dir erzählt habe«, flüstert Crome mir zu. Er hat mir einiges über Samanthas Exfreund berichtet, der heimlich den Rebellen hilft. Ob er auch eines Tages nach Resur fliehen wird? Was hält ihn in White City?

Abermals öffnet sich die Tür und ein junger Mann in meinem Alter tritt ein. Er hat blondes Haar und fast so grüne Augen wie Crome. Er ist in Begleitung einer Frau mit dunklem Haar, das sie zu einem Zopf geflochten trägt. Beide haben einen Overall an, eine Art Kampfmontur.

Langsam wird es mir zu voll hier unten. Mein Atem geht immer schwerer und ich lasse mich zurück auf den Sitz plumpsen.

Jax stellt sie uns als Julius Petri und Sonja Anaya vor. Der junge Mann ist also Andrew, der Sohn von Senator Pearson und ehemalige Rebellenführer!

»Gut, dann sind ja jetzt alle da und ich muss mich nicht wiederholen.« Der Bürgermeister bittet Julius und Sonja, sich ebenfalls an den Tisch zu setzen. »Schlechte Neuigkeiten. Die Show morgen wurde erneut ausgesetzt, wir können das Video nicht einspielen.«

»Verdammt!« Jax schlägt die Faust auf den Tisch. »Wenigstens funktioniert jetzt die Wasseraufbereitungsanlage, sonst sähen wir alt aus.«

Da Crome nicht mehr das Rohr bewacht, wird kein neues Frischwasser Resur erreichen. Das Wasser in den Outlands ist zum Trinken noch zu verseucht, und die einzige saubere Quelle liegt unter White City. Doch Jax hat es geschafft, das fehlende Teil der Anlage herauszuschmuggeln. Das erleichtert mich ungemein. Zwar bin ich nicht verwöhnt, was Wasser betrifft, aber krank werden möchte ich von dem verseuchten Zeug nicht. Es sollen schon viele Resurer daran gestorben sein.

»Welches Video?«, fragt Crome, und auch ich bin neugierig.

»Mark hatte vor, Aufzeichnungen einzuspielen, die dem Volk von White City zeigen, was wirklich in den Outlands passiert und wie sie vom Regime verarscht werden«, erklärt Julius. »Die Warrior sollen ebenfalls aufgerüttelt werden, damit sie nicht länger gegen uns kämpfen.«

Die Show wurde garantiert abgesagt, weil Crome und ich geflohen sind. Deswegen fühle ich mich schuldig. Die Outsider haben so lange gekämpft und jetzt treten sie wieder auf der Stelle. Ich senke den Kopf und zupfe an meinen Fingern. Könnte ich bloß etwas tun, um ihnen zu helfen.

Nun spricht die junge Frau namens Sonja: »Wir wünschen uns, dass Resur und White City Frieden schließen, ohne gewaltsam eingreifen zu müssen. Für den Notfall trainiert Jax jedoch Männer der Stadtwache und andere Freiwillige. Wir müssen auf alles vorbereitet sein, zumal sich der Senat sicher nicht ohne Weiteres bereiterklären wird, mit uns Handel zu führen. Wir könnten Bisonfleisch und pflanzliche Medizin anbieten und hätten dafür gerne chemische Medikamente und moderne Krankenhausausrüstung. Daran mangelt es uns am meisten.«

»Können wir denn jetzt gar nichts tun?«, fragt der Bürgermeister. Tiefe Falten haben sich auf seiner Stirn gebildet.

»Ich hätte eine Idee«, sagt Crome plötzlich.

Ich glaube, ich weiß, was für ein Ass er im Ärmel hat, so, wie er mich anlächelt. Mein Puls beschleunigt sich.

»Wir drehen den Spieß einfach um. White City hat Resur über Jahrzehnte sauberes Trinkwasser vorenthalten. Machen wir es genauso, trennen wir sie von einer wichtigen Rohstoffzufuhr, ohne die nichts mehr funktioniert.«

Jax hebt die Brauen. »Und was soll das sein?«

»Zuckerrohr«, erwidert Crome grinsend. »Daraus stellen sie Polyethylen und andere Dinge her. Ohne Kunststoff würde die Wirtschaft zusammenbrechen.«

»White City hat doch Erdöl gelagert«, sagt Samantha. »Das habe ich zumindest gehört.«

Crome schüttelt den Kopf. »Es gibt kein Erdöl mehr, nicht in White City. Und wo sollten sie es lagern? Unter der Stadt ist der See mit dem Frischwasser, und eine so große Lagerhalle, bis auf die eine, die in die Luft geflogen ist, gibt es dort nicht.«

Jax schüttelt den Kopf. »Du willst sagen, diese Plantagen existieren wirklich? Ich dachte, sie wären ein Mythos!«

»Es gibt sie. Miraja kennt den genauen Standort.« Crome drückt kurz meine Hand. »Doch da ist noch mehr. Ich habe recherchiert und herausgefunden, was alles aus Zuckerrohr hergestellt wird: Alkohol, Ethanol und Sprit für die Shuttles. Außerdem Zucker, Wachs, Faserplatten und Zellulose für Papier und Kleidung. Die Überreste werden als Brennstoff für die Raffinerien und andere Fabriken genutzt und damit werden die wenigen Nutztiere in White City zugefüttert.«

»Das wusste ich nicht.« Sam schüttelt den Kopf. »Unglaublich.«

»Das wusste niemand, nicht einmal ich.« Julius wirkt genauso überrascht. »Aber eigentlich logisch. Wir haben uns nie gefragt, wie White City alle Waren produzieren kann, weil wir uns immer auf das Wort des Senats verlassen haben.« Er schnaubt. »Kein Öl. Unfassbar. Woher hast du die Informationen, Crome?«

»Ich hab mich auf die Lauer gelegt und beobachtet, was sie aus den Shuttles geladen haben. Die Träger glauben, die Warentransporter kämen aus einer anderen Stadt, selbst die haben keine Ahnung. Da viele Produkte fertig angeliefert werden, nehme ich an, dass es dort draußen mehr als eine Fabrik geben muss.«

»Wir werden also viele Männer brauchen, um die Plantagen anzugreifen«, sagt Julius. »Aber ich sehe das als unsere letzte Chance, White City in die Knie zu zwingen. Was meint ihr?«

Bürgermeister Forster spricht in das allgemeine, zustimmende Gemurmel: »Wenn wir das möglichst unblutig über die Bühne bringen könnten, stimme ich einem Angriff zu. Samantha, gäbe es eine Möglichkeit, die Wachen zu betäuben?«

»Ich könnte ein Gas herstellen oder Betäubungspfeile. Ich bezweifle nur, dass ich an alle notwendigen Chemikalien herankomme.«

Es erstaunt mich, wie sehr Samantha und Jax bei solch wichtigen Entscheidungen einbezogen werden und wie vertraut sich alle sind. Sie waren einst Resurs Feinde. Das gibt mir Hoffnung. Alles könnte sich ändern.

»Wir befinden uns im Krieg, und der fordert immer Opfer«, murmelt Jax, wofür er von Samantha einen düsteren Blick erntet. Ich sehe ihr an, wie sehr sie diesen Warrior liebt und sich um ihn sorgt.

Der Bürgermeister reibt sich über die Schläfen. »Wenn wir die Fabriken einnehmen, hätten wir ein gewaltiges Druckmittel. Ich habe nur Angst, zu viele Männer zu verlieren. Wir sind keine Krieger.«

»Aber ich«, wirft Jax ein, »und ich kann mir vorstellen, dass Crome uns helfen würde.«

»Liebend gern, Bruder.«

»Und die Männer machen gute Fortschritte«, erzählt Jax weiter. »Ich glaube, dass viele von ihnen bald so weit sind, um dieser Aufgabe gewachsen zu sein. Crome und ich könnten die Vorhut bilden, den Rest übernimmt die Stadtwache.«

Er redet, als wäre alles schon beschlossene Sache und ein Kinderspiel dazu. Für einen Warrior vielleicht, nicht für die anderen.

Bürgermeister Forster wendet sich an Crome. »Was ist eigentlich Ihr Motiv? Was haben Sie gegen das Regime?«

»Sie haben einen Menschen auf dem Gewissen, den ich einmal sehr … geliebt habe«, antwortet er zögerlich, ohne mich anzusehen. Ob er noch oft an Ava denkt?

Forster nickt. »Nun gut, dann werden wir die Plantagen angreifen. Die autarken Städte sind nicht so selbstständig, wie sie allen Glauben machen. Ohne diese Produkte wird bald nichts mehr funktionieren. Wir hätten das perfekte Druckmittel, um unsere Interessen durchzusetzen.« Mit einem zufriedenen Lächeln wendet er sich an mich. »Wo liegen diese Plantagen?«

»Ich …« Oh nein, ich sollte nichts sagen, ich habe ebenfalls einen Trumpf, den ich nun ausspielen kann! »Ich kenne die genauen Koordinaten, doch ich gebe sie erst preis, wenn Crome ein freier Mann ist.«

Crome reißt die Augen auf, sagt aber nichts. Dafür huscht ein Lächeln über seine Lippen.

Der Bürgermeister nickt. Gut, wir werden das besprechen.«

Samantha lehnt sich zu mir und flüstert: »Meine Schicht ist noch nicht ganz zu Ende und ich habe einen Herzinfarktpatienten, um den ich mich kümmern muss. Magst du mit auf die Krankenstation kommen?«

Da Crome und die anderen ohnehin einiges zu bereden haben, beschließe ich, mit ihr zu gehen. Irgendwie bin ich froh, dem Gefängnistrakt entfliehen zu können.

Jax kann auch nur noch kurz bleiben, dann muss er das Training beginnen. Ich hoffe, Crome darf bald raus, schließlich hat er den Resurern seit Wochen geholfen.

Wir verabschieden uns von der Gruppe, obwohl es mir schwerfällt, mich von Crome zu lösen. Ich lasse mir nichts anmerken und verlasse mit Samantha den Raum. Anschließend fahren wir mit einem gläsernen Aufzug in den fünften Stock dieses seltsamen Gebäudes. Die schrägen Wände der Pyramide scheinen auf mich fallen zu wollen. Sogar der Aufzug fährt schräg! Alles ist anders in Resur. Ich fühle mich hier nicht wirklich wohl. Noch nicht. Ich will mich hier wohlfühlen, denn das ist mein neues Zuhause.

Durch das Glas des Liftes blicke ich auf die Empfangshalle. Dort stehen orientalisch aussehende Häuser – eine Stadt in der Stadt. Mittlerweile wuselt es vor Menschen, die Geschäfte werden eröffnet, Marktstände aufgebaut. Es ist düster im Inneren, da es hier keine Fenster gibt, nur in den Zimmern, die an den Außenmauern liegen.

Samantha führt mich in den Krankenflügel. Diese Etage erinnert mich tatsächlich an ein Krankenhaus, nur weniger modern. Die meisten Patienten liegen in gewöhnlichen Betten, die sich nicht verstellen lassen.

Während wir in ein helles Zimmer mit einem großen Panoramafenster gehen, erzählt mir Sam, dass sie es gar nicht leiden kann, wenn Jax nach White City zurückkehrt. »Ich habe ständig Angst um ihn.« Sie ist vom Überfall der Plantagen wenig begeistert.

»Ich kann dich verstehen.« Ich beiße mir in die Wange, um nicht zu berichten, dass Jax uns geholfen hat. *Mir* geholfen hat. Er hätte erschossen werden können. Oh Gott, dann wäre der Mann meinetwegen gestorben. Ich habe gesehen, wie sich die beiden anschauen. Sie lieben sich sehr.

Ich stehe am schrägen Fenster und blicke nach draußen. Die Sonne ist aufgegangen, lange Schatten kriechen über die Ruinen. Die Resurer haben um die Pyramide herum längst aufgeräumt, aber ein Großteil der alten Stadt liegt noch in Schutt und Asche.

Samantha stellt sich neben mich. »Du musst dir unbedingt einmal den Sonnenaufgang ansehen. Der ist gigantisch.«

Lächelnd drehe ich mich zu ihr. »So etwas hat Jax schon erwähnt.«

Sie lächelt zurück. »Er hat mir eben einen Laser mitgebracht, mit dem ich unsere Zahlen entfernen kann.« Samantha hält einen silberfarbenen Stift in die Höhe, der einem Wundlaser ähnelt. »Wenn du willst, bist du die Erste.«

»Unbedingt.« Die Entfernung dieses Tattoos ist der perfekte erste Schritt, um mein neues Leben zu beginnen.

»Setz dich, bitte.« Sie deutet auf einen Stuhl neben dem Fenster. »Es wird mehr wehtun als das Stechen. Und du wirst bestimmt drei Sitzungen brauchen, bis sich die Farbe ganz abgebaut hat.«

»Das ist okay.« Diese Schmerzen werde ich auch noch ertragen. Keiner wird mir jemals mehr wehtun können als Blaire.

Samantha schiebt den linken Ärmel meines T-Shirts bis zu meiner Schulter hoch, desinfiziert die Haut an meinem Oberarm und setzt sich neben mich.

Ein letztes Mal blicke ich auf die schwarze Vier und den Barcode darunter, dann schaue ich erneut aus dem Fenster. Es ist ungewohnt, den Himmel zu sehen. »Denkst du, sie lassen Crome frei?«

»Ich glaube, er hat gute Chancen. Er hat uns in den letzten Wochen sehr geholfen. Bürgermeister Forster weiß das zu schätzen.«

Erleichtert atme ich auf und spüre die pulsierenden Stiche auf meiner Haut kaum, während der Laser die Farbpartikel in winzigste Teile aufspaltet, damit der Körper die Pigmente abbauen kann. Eigentlich fühlt es sich wie leichte Peitschenhiebe an. Es ist zu ertragen.

Als Samantha plötzlich fragt: »Behandelt Crome dich gut?«, steigen Tränen in meine Augen. Hastig blinzle ich sie weg, da reicht sie mir ein Papiertuch.

Ihr Blick wirkt ernst. »Wenn er dir wehgetan hat, beauftrage ich Jax, ihn zu bestrafen.«

Das bringt mich zum Lachen. »Nein, er ist wunderbar. Er hat mich gerettet, ich verdanke ihm einfach alles, aber ich habe ihm gegenüber ein schlechtes Gewissen.«

Samantha streicht sich eine Strähne hinters Ohr, bevor sie erneut den Laser auf meine Haut richtet. »Warum?«

»Ich habe seine Liebe ausgenutzt, damit er mich rettet.«

»Dann fühlst du nichts für ihn?«, fragt sie leise.

»Im Gegenteil. Zuerst dachte ich, ich würde nie wieder etwas empfinden.« Ich schlucke und werfe einen kurzen Blick zu ihr. Ich brauche ihr nichts zu erklären, sie weiß, was Blaire mir angetan hat. »Aber schon bald spürte ich eine gewisse Leidenschaft und habe gehofft, dass ich seine Gefühle eines Tages erwidern kann.«

»Leidenschaft ist eine gute Basis, aus der eine richtige Beziehung erwachsen kann. Doch so, wie du mich gerade anstrahlst und deine Wangen glühen, bin ich sicher, dass du dich längst bis über beide Ohren in ihn verliebt hast.«

Schmunzelnd senke ich den Kopf. »Ja, ich liebe ihn. Und wie ich ihn liebe! Ich möchte ihn nie wieder missen.«

Samantha grinst. »Das freut mich sehr für euch. Dann sage ich Anne, sie soll eine Unterkunft suchen, die groß genug für euch beide ist.«

»Wer ist Anne?«

»Ein Resur-Urgestein, sozusagen. Sie teilt Neuankömmlingen die Wohnungen zu und weiß immer, wo etwas frei ist. Ich befürchte nur, dass ihr keinen Platz in der Pyramide finden werdet, sondern ein Haus außerhalb bekommt.«

»Ein Haus außerhalb hört sich wunderbar an.« Die Pyramide ist zwar riesig, aber es leben zu viele Menschen in ihr. Sie ist hoffnungslos überfüllt.

Während Samantha mein Tattoo entfernt, reden wir über alles Mögliche. Es tut gut, sich wieder mit einer Frau zu unterhalten. Zudem sind wir auf der gleichen Wellenlänge. Ich mag sie.

»Wann hat Crome zum letzten Mal seine Aufbauinjektion genommen?«, möchte sie wissen.

Ich zucke mit den Schultern. »Ewig nicht mehr.«

Ihre Augen werden groß. »Aber …«

»Ja, er hat den Entzug allein durchgestanden«, sage ich lächelnd.

Seufzend schüttelt sie den Kopf. »Unschöne Sache, ich hab gedacht, Jax würde sterben.«

Mein Atem stockt. »So schlimm?«

Sie legt den Kopf leicht schief und mustert mich. »Er hat dir nichts darüber erzählt, oder?«

»Nein. Aber ich habe ihm angesehen, dass es ihn ziemlich mitgenommen hat.«

»Typisch Warrior. Jax hatte so hohes Fieber und musste sich ständig übergeben, dass ich dachte, er schafft es nicht.«

Oh Gott, Crome musste das allein durchstehen. »Danke, jetzt hat sich mein schlechtes Gewissen verdoppelt«, sage ich zerknirscht.

Lächelnd zwinkert sie mir zu. »Du musst sie nehmen, wie sie sind, wir werden sie nicht ändern können.«

»Ich möchte Crome gar nicht ändern. Er ist perfekt, wie er ist.« Gerade vermisse ich ihn sehr und male mir aus, wie es ist, mit ihm zusammenzuwohnen. In Zukunft möchte ich mich um ihn kümmern, für ihn backen und ihn bekochen. Eigentlich würde ich eine verdammt gute Ehefrau abgeben. Ich habe mich früher auch gerne um Riley gekümmert. Die Erinnerungen liegen allerdings in unendlicher Ferne, als wäre mein früheres Leben nur ein Traum.

»So, fertig.« Samantha trägt eine kühlende Paste auf meine Haut und wickelt einen Verband darum. »Jetzt muss ich noch nach meinem Patienten und dem Neuzugang sehen.«

»Er heißt Nitro«, erkläre ich ihr und bedanke mich, froh, bald das Andenken an eine grausame Zeit loszuhaben. »Wird er den Entzug im Gefängnis durchstehen müssen?« Ich habe wenig Mitleid mit ihm, immerhin wollte er uns aufhalten. Andererseits hat er auch nur seinen Job getan.

»Das weiß ich noch nicht, kommt darauf an, wie er sich aufführt. Julius hat ein Programm entwickelt, einen Notfallplan, sozusagen, was wir mit Neuankömmlingen aus White City machen, die nicht auf unserer Seite stehen. Zuerst müssen sie sich das Aufklärungsvideo ansehen, dann werden Gespräche geführt. Kommt wohl immer auf den Einzelnen an. Bisher hatten wir keine Gefangenen.« Sie steht auf, um den Laser in ihrer Tasche zu verstauen. »So, und jetzt rufe ich Anne an, damit du euer neues Heim schon mal kennenlernst. Du willst dich bestimmt ausruhen.«

Ich fühle mich ein wenig erschöpft, schließlich war ich die ganze Nacht auf den Beinen, doch ich bin zu aufgedreht, um zu schlafen. Zuerst muss ich wissen, ob Crome freigelassen wird, dann kann ich mich auf alles andere freuen.

Kapitel 8 – Ein neues Heim

Anne ist eine liebenswerte Frau von etwa vierzig Jahren mit blondem Haar und einem kurvigen Körper. Und im Gegensatz zu dem Monstergefährt, in dem wir sitzen, ein Winzling. Ihre Füße erreichen kaum das Gaspedal. Sie hat mich vor der Pyramide mit einem schachtelähnlichen Geländewagen abgeholt, der definitiv aus der Zeit vor der Bombe stammt. Die Fenster sind alle geöffnet und der warme Fahrtwind wirbelt meine Haare durcheinander. Meine Augen brennen, meine Nase juckt, und ab und zu muss ich husten. Es ist sehr staubig in Resur, daran muss ich mich auch noch gewöhnen.

»Das Baby hab ich selbst umgebaut«, erklärt Anne und streichelt das Lenkrad, wobei ihre warmen braunen Augen leuchten. »Fährt mit Benzin und hat einen Elektromotor. Die durchgehende Frontsitzbank ist auch meine Konstruktion.«

»Ihr habt Benzin?« Das erstaunt mich.

»*Wir*, Süße, du bist jetzt eine von uns.« Sie gibt ordentlich Gas und jagt den Wagen über die Straßen. Der Asphalt ist an vielen Stellen eingerissen oder hat Schlaglöcher, aber das stört weder Anne noch das Auto. Es rumpelt einfach darüber hinweg. »Riesige Erdölvorkommen lagern in alten Salzstöcken unter der Erde. Wir brauchen uns nur zu bedienen. Ein paar Meilen außerhalb der Stadt haben wir auch eine Raffinerie. Langsam läuft wieder alles und wir sind nicht so hilflos, wie viele glauben. Und dank der Warrior haben wir auch endlich sauberes Wasser. Nur wichtige Medikamente gehen uns ab. Antibiotika und so.«

Während sie erzählt, kralle ich die Finger ins Polster und hoffe, mein neues Zuhause lebendig zu erreichen.

Anne scheint meine Angst zu bemerken, denn sie nimmt den Fuß vom Gas. »Tut mir leid, Süße, ich muss mich noch daran gewöhnen, dass ihr Kuppelmenschen keine Autos habt, bloß Fahrräder, hab ich gehört.«

»Hm«, mache ich und schlucke die aufsteigende Übelkeit hinunter. »Nur höherrangige Bürger besitzen größere Fahrzeuge, oder das Gefängnis, die gehen jedoch nicht besonders schnell.« Wir fahren um die gewaltige Pyramide herum, und ich bin beschäftigt, die zahlreichen Eindrücke in mich aufzunehmen. Viele neue Häuser wurden errichtet. Hütten oder zweistöckige Gebäude. Alles ein bisschen kunterbunt und individuell, aber die Gebäude haben ihren eigenen Charme.

»Material haben wir ja genug von den zerstörten Hotels«, erklärt mir Anne und fragt mich ohne Luft zu holen: »Hast du dich eigentlich schon angemeldet? Deinen Beruf gemeldet, und so?«

Ich lächle. Anne ist sehr neugierig. »Ja, Samantha hat das mit mir erledigt, bevor du mich abgeholt hast. Ich war in meinem früheren Leben Bodyguard, aber hier würde ich gerne etwas mit Kindern machen.«

»Das ist gut, es gibt so viele Streuner. Sie lungern in den Ruinen herum und versuchen irgendwie zu überleben.«

Sofort halte ich die Augen nach verwahrlost aussehenden Kindern offen, doch es gibt viele Kinder hier, die in kleinen Gruppen durch die Straßen laufen. »Finden sie in Resur keine Hilfe?«

»Wir würden sie schon nicht verhungern lassen, aber viele trauen sich nicht in die Stadt. Arme kleine Dinger.«

Mein Herz verkrampft sich. »Was ist denn mit den Eltern?«

»Die meisten sind am verseuchten Wasser oder an Krankheiten gestorben. Eine einfache Verletzung kann schon ausreichen, um dein Leben zu beenden. Außerdem gibt es Giftspinnen und Klapperschlangen, zum Glück leben die eher in der Wüste oder in den Ruinen.«

Ich erschaudere. Giftspinnen und Klapperschlangen. Allein die Namen sind zum Fürchten. »Es gibt so viele Kinder hier«, sage ich mehr zu mir und staune über die lachenden Geschöpfe, die miteinander Ballspielen oder über aufgemalte Kästchen springen.

»Sicher mehr als in den Kuppelstädten. Ich habe gehört, eure Männer werden sterilisiert?«

»Ja, im Alter von zwölf Jahren werden ihnen die Samenleiter durchtrennt. Die Operation ist bei Männern relativ unkompliziert. Nur ausgesuchte Paare dürfen Nachwuchs bekommen. Die Wartelisten sind lang.«

Anne hebt die Brauen. »Dann sind eure Warrior auch unfruchtbar?«

Ich nicke. »Alle Männer.« Ob Crome und ich mal eigene Kinder haben können? Samantha ist eine erfahrene Chirurgin. Sie könnte uns bestimmt helfen. Aber so weit möchte ich nicht denken, denn es macht mir auch ein wenig Angst, dass die medizinische Versorgung hier nicht so gut ist. Eins nach dem anderen.

»Dann kann wenigstens nichts passieren. Verhütung ist hier auch so ein Thema«, sagt Anne frei heraus. »Von so einem Warrior hätte ich mich gerne mal …« Sie muss scharf abbremsen und schimpft, weil zwei junge Männer einen Stahlträger über die Straße schleppen. »Hey, Bob, Mike, macht eure hübschen Augen auf!«

Nachdem wir weiterfahren können, grinst sie mich an. »Ach, Schätzchen, ich weiß, ich bin unmöglich. Hör einfach nicht auf das, was ich daherplappere.« Etwas leiser setzt sie hinzu: »Außerdem sind von den knackigen Jungs eh nicht genug für alle da.«

Auf der Rückseite der Pyramide ist es noch schattig. Dort gibt es eine große Freifläche, auf der sich bestimmt hundert Leute versammelt haben. Sie joggen um das Areal herum, andere kämpfen mit Stöcken gegeneinander. Ich glaube, Jax' schwarzen Schopf zu erkennen. Da die Warrior größer als die anderen sind, fallen sie auf.

Langsam fährt Anne an dem Feld vorbei. »Hier komme ich fast jeden Morgen her, um dem Schnuckel beim Training zuzusehen. Jax ist einfach eine Augenweide! Der Kerl macht noch eine richtige Armee aus unserer Stadtwache.«

Ich verrenke mir fast den Hals, doch Cromes feuerrotes Haar erblicke ich nicht.

»Wir sind gleich da, es ist das hellblaue Haus da vorne.« Anne deutet auf eine weitere Siedlung am Fuße der Pyramide, die sich neben der großen Freifläche anschließt. Dort steuert sie auf ein einstöckiges kleines Haus zu, das als einziges schon Fenster besitzt. Jedes hat eine andere Größe und die Haustür ist knallrot – was mich schon wieder an Crome erinnert. Es sieht nett aus, und hier draußen fühle ich mich freier als in dem Hauptgebäude.

»Hat die Pyramide keinen Hinterausgang? Wir hätten doch zu Fuß gehen können?«, frage ich, während wir aussteigen. Ich folge Anne um den Wagen herum.

»Hat sie, Süße, aber leider hatte ich keinen kräftigen Mann zur Hand, der all das Zeug mitgeschleppt hätte.« Sie öffnet die hintere Luke des Fahrzeugs, woraufhin ich viele Kisten und Kanister entdecke. »Wasseranschluss dauert noch ein paar Tage, genau wie Strom, solange müsst ihr euch damit behelfen.« Sie zieht zwei der schweren Kanister heraus, und ich nehme sie ihr sofort ab, um sie vor das Haus zu stellen.

Anne geht mit einem Karton in der Hand an mir vorbei und dreht den Knauf. Die Tür öffnet sich. Hier braucht man keinen Daumenscan.

Wir betreten einen Raum, der zwar klein ist, aber hell. Der Boden ist aus Holz, die Hinterwand besteht fast nur aus Glas und lässt viel Licht herein. Draußen befindet sich eine Veranda.

Wow, das sieht schön aus. Es gibt eine winzige Küchenzeile, auf der Anne den Karton abstellt. Über der Spüle hängen eine Pfanne, ein Topf und eine Schöpfkelle. Ansonsten stehen in dem Zimmer nur ein Tisch und vier Stühle.

»Um die restliche Einrichtung müsst ihr euch selbst kümmern«, erklärt sie mir. »Doch da werdet ihr sicher in den Ruinen fündig, waren ja fast alles Hotels früher. Passt nur auf die Klapperschlangen auf, die verstecken sich gerne in den verfallenen Gebäuden.« Sie deutet auf die Glaswand. »Hinter dem Haus kannst du dir einen Garten anlegen. Soweit es geht, baut jeder sein eigenes Gemüse an. Manche halten sich auch Kaninchen oder andere Tiere.«

Ich habe keine Ahnung von Gartenbau oder Tierzucht, aber das kann ich alles lernen.

Anne öffnet den Karton. »Fürs Erste hast du Salz, Gewürze, Mehl zum Backen und meine Lieblingsrezepte.«

Sie ist wirklich ein Goldstück.

»Außerdem hab ich dir noch frische Eier dazugetan. Die sind von meinem Nachbarn Fred, der gibt mir immer welche ab.« Sie packt viele Dosen und Tüten aus, woraufhin es wunderbar duftet, danach schleppen wir noch zehn weitere Kisten hinein. In einer befinden sich Handtücher, Decken und Bettlaken. Die bringen wir ins angrenzende Schlafzimmer. Dort steht ein einsames Doppelbett mitten im Raum.

»Könnt euch natürlich auch ein anderes suchen«, sagt Anne und stellt ihren Karton auf die Matratze.

Mir schnürt es die Kehle zu. Mit so viel Gastfreundschaft und Hilfe hätte ich nicht gerechnet. Schnell luge ich ins angrenzende Minibad, in der eine gusseiserne Wanne auf Füßen steht. Sonst sehe ich nur ein Waschbecken und eine Toilette. Es ist alles da, wenn auch wenig luxuriös, aber das ist mehr, als ich jemals erwartet hätte. »Danke, Anne, ich weiß gar nicht, wie ich mich revanchieren soll.«

»Du kannst mir mal deinen Krieger ausleihen.« Sie zwinkert mir zu und zieht mehrere zusammengefaltete Papiere aus der hinteren Hosentasche. »Ach, fast hätte ich vergessen, dir diese Gutscheine zu geben. Die bekommt jeder, der neu in der Stadt ist. Davon kannst du dir fürs Erste was kaufen.«

»Danke, das … ich …« Alle sind so nett hier. Das bin ich nicht mehr gewohnt. Ich muss mir glatt ein Tränchen wegwischen.

Anne klopft mir kumpelhaft auf den Rücken. »Ich muss leider los, noch ein paar Häuser besichtigen, ob die zuteilungsreif sind. Mach's gut, Süße, wir sehen uns!«

Und schon ist sie zur Tür raus. Ich höre den Wagen wegfahren, dann bin ich allein in dem Haus.

Alle haben viel zu tun. Sam arbeitet auf der Krankenstation, Jax scheint auch gut beschäftigt zu sein: Nachts treibt er sich oft in White City herum, frühmorgens trainiert er die Resurer. Die beiden haben hier ihre Aufgaben. Hoffentlich habe ich auch bald eine Beschäftigung, die mir Spaß macht, damit ich mein altes Leben vergessen kann. Nur Crome kann und möchte ich nicht vergessen. Ich fühle eine stetig wachsende innere Unruhe, weil ich immer noch nicht weiß, was aus ihm wird. Am besten, ich fange schon mal an den Boden zu fegen. Ob es hier irgendwo einen Besen gibt?

Als ich plötzlich ein Geräusch im Nebenzimmer höre, in das ich bisher noch gar nicht gesehen habe, halte ich die Luft an. Ist hier noch jemand? Was, wenn sich ein wildes Tier im Haus eingenistet hat? Ich habe keine Waffe!

Schnell reiße ich die Kartons auf, die Anne auf dem Küchentisch abgestellt hat. In einem finde ich tatsächlich ein Messer. Das nehme ich an mich.

Langsam öffne ich die Tür. Der Raum ist kaum größer als eine Abstellkammer und düster, da nur ein kleines Fenster das Tageslicht hereinlässt. Davor steht ein etwa elf Jahre altes Mädchen mit langem schwarzen Haar. Verzweifelt versucht sie, das Fenster zu öffnen. Offenbar hat sich etwas verklemmt. Als sie mich erblickt, greift sie zu einer Armbrust, die vor ihr auf den Dielen liegt. Ich kann den Bogen als Waffe identifizieren, weil ich alles über Waffen aus der Zeit vor der Bombe aufgesaugt habe. Es ist eine kleine Sportarmbrust.

»Keine Bewegung, oder dich durchbohrt ein Pfeil!« Das Gesicht der Kleinen ist schmutzig, weshalb ihre blauen Augen hervorstechen. Ihre Wangen sind leicht eingefallen. Sie ist viel zu dünn.

Ich lasse das Messer sinken und trete ich einen Schritt zurück. »Hab keine Angst, ich tu dir nichts.« Das Mädchen trägt eine zerschlissene Jeans und ein langärmliges Oberteil. Es sieht aus, als wäre es aus verschiedenen Lumpen zusammengenäht worden.

»Ich hab keine Angst vor dir!« Ihre Brauen schieben sich zusammen. »Du solltest dich eher vor mir fürchten!« Der Bolzen zeigt auf mich, der Bogen ist gespannt. Offensichtlich hat das Mädchen hier übernachtet. An der Wand steht ein Rucksack, aus dem der Zipfel einer Decke schaut.

Abwartend bleibe ich an der Tür stehen. »Möchtest du einen Kakao? Ich glaube, ich habe welchen in einer der Kisten. Ich bin nämlich eben hier eingezogen.«

»Ich weiß«, sagt sie. »Ich habe Anne gehört.«

»Du kennst sie?«

»Jeder kennt sie.«

Ich schmunzle. Warum wundert mich das nicht? »Und wie heißt du?«

Darauf antwortet die Kleine nicht, sie lässt jedoch die Hand sinken, sodass der Pfeil nicht mehr auf mich zeigt.

»Ich kann dir auch Rühreier machen, wenn du magst.« Mir tut das Mädchen leid. Sie scheint niemanden zu haben. »Ich geh schon mal in die Küche und richte alles her.« Vorsichtig bewege ich mich rückwärts, bis ich sie nicht mehr sehe, und begebe mich zum Herd. Ich hab keine Ahnung, wie das Ding funktioniert, daher drehe ich einfach am Schalter, doch es tut sich nichts. »Mist.«

»Du bist nicht von hier, oder?« Das Mädchen streckt den Kopf aus dem Zimmer.

»Nein. Weißt du, warum der Herd nicht geht?«

Sie rollt mit den Augen. »Hast du das Gas aufgedreht?«

»Gas?«

Theatralisch seufzend geht sie zu mir und öffnet eine Tür neben dem Ofen. Dort steht eine dickbauchige Flasche aus Metall. Es zischt leise, als sie an einem Rad dreht. Danach schaltet sie den Herd ein, es klickt und sofort leuchtet ein Kranz aus blauen Flammen darauf.

Ich weiche zurück. Feuer!

Grinsend schüttelt sie den Kopf. »Du tust grad so, als hättest du noch nie einen Gasherd bedient.«

»Hab ich auch nicht.« In White City hatte ich einen Induktionsherd.

»Und dann willst du mir Eier machen?« Sie lächelt frech. »Ts.«

Ich nehme die Pfanne von der Wand und stelle sie auf das Feuer. Irgendwie werde ich auf dem Ding doch ein Essen zubereiten können. Wie war das, als ich zuvor dachte, Crome zu bekochen? Ich habe total vergessen, dass ich in Resur nicht einfach ein Fertiggericht in den Magnetronic schieben kann oder Backfertigmischungen in die Form schütten.

»Ich heiße Kialada«, sagt das Mädchen beiläufig, als sie drei Eier in die Pfanne schlägt. »Aber du kannst mich Kia nennen.«

»Ich bin Miraja«, sage ich schmunzelnd. »Und du kannst mich Mira nennen.«

Wenige Minuten später sitzen wir am Tisch. Während Kia gekocht hat, habe ich gedeckt. Anne hat wirklich alles Nötige in die Kartons gepackt, sogar selbstgebackene Kekse. Dafür liebe ich sie jetzt schon. Die Rühreier duften außerdem so lecker, dass mir das Wasser im Mund zusammenläuft. Ich habe uns noch Kakaopulver in jeweils zwei Wassergläser gerührt und finde, wir haben ein richtiges Festmahl, zumindest nach dem Gefängnisfraß ist das ein Festessen. Für Kia sicher auch. Sie schlingt die Eier geradezu hinein, nimmt sich zwischendurch Kekse und spült sie mit Kakao hinunter. Alles an ihr ist zierlich und wirkt zerbrechlich. Sie hat das Gesicht einer Porzellanpuppe.

Vorsichtig frage ich: »Wo sind deine Eltern?«

»Tot«, erwidert sie knapp, ohne mich anzusehen. Dafür deutet sie auf meinen Teller. »Isst du das noch?«

»Kannst du gerne haben.« Mir ist der Appetit vergangen, denn das Mädchen scheint bisher kein schönes Leben geführt zu haben. Ich schiebe ihr meine Portion hin, von der noch ein paar Bissen übrig sind. Auch diese wird hastig verspeist.

»Magst du mir erzählen, woran sie gestorben sind?«

Sie zuckt mit den Schultern. »An meine Mutter kann ich mich kaum erinnern, sie ist gestorben, da war ich noch ganz klein. Hatte irgendein Fieber. Dad hat mich aufgezogen, doch der wurde vor einem Jahr …« Plötzlich lässt sie die Gabel fallen und starrt durch die Fensterfront, die in den Garten zeigt. Aus den Augenwinkeln nehme ich einen großen Schatten wahr. Es ist Crome! Lässig steht er auf der Veranda, die Hände in den Hosentaschen, und grinst mich an.

Kia hingegen springt auf, schnappt sich ihren Rucksack, krallt sich noch eine Handvoll Kekse und läuft zur Haustür hinaus.

»Du kannst jederzeit vorbeischauen!«, rufe ich ihr nach, bevor ich die Tür zum Garten aufmache und Crome anstarre. »Hi!«

»Hi.« Er rührt sich nicht vom Fleck, als würde er auf eine Einladung warten.

Wie immer sieht er teuflisch gut aus. Sein rotes Haar leuchtet in der Morgensonne, die sich über die Pyramide erhoben hat. Vom Garten aus kann ich das riesige Gebäude oberhalb des Lattenzaunes sehen, der unser Grundstück von den Nachbarhäusern abtrennt. Crome hat keine Waffen dabei, trägt nur seine Warrior-Kleidung.

»Und ich dachte, die Frauen lieben mich«, sagt er schmunzelnd mit einem Blick zur Haustür, bevor er mich an sich zieht.

Feste umarme ich ihn und genieße seine Nähe. »Nimm es ihr nicht übel, ich musste mich auch erst an sie herantasten. Ich bin mir sicher, dass sie zurückkommt.«

Er schiebt die Finger unter mein Haar und krault meine Kopfhaut, während er an meinem Nacken schnuppert. »Du hast also schon eine Bekanntschaft gemacht. Wer ist die Kleine?«

Mmm, ich liebe es, wenn er mich hält und streichelt. »Sie heißt Kia und hat keine Eltern mehr. Sie hatte sich im Haus versteckt. Vermutlich hat sie hier übernachtet.« Ich rücke ein wenig von ihm ab, um ihn zu mustern. Ich kann mich kaum an ihm sattsehen.

Sanft fahre ich über sein Gesicht und spüre die Bartstoppeln unter meinen Fingern. Er ist tatsächlich da. »Haben sie dich freigelassen?« Ich traue ihm zu, dass er ausgebrochen ist.

Er nickt. »Es gab ein Schnellverfahren, weil ich ihnen ja schon seit Wochen geholfen habe. Jax hat zusätzlich ein gutes Wort für mich eingelegt und für meine Vertrauensseligkeit gebürgt.«

»Das sind fantastische Neuigkeiten!« Ich kann kaum glauben, dass das so einfach ging. Jetzt muss alles gut werden. »Komm doch endlich rein, das ist unser neues Zuhause.«

Ich lasse ihn los, und er zögert kurz, als würde er sich nicht trauen, es zu betreten. »Schön«, murmelt er, während er über die Schwelle tritt.

»Na ja, wir müssen es noch einrichten. Ich habe schon Tipps bekommen, wo Möbel aufzutreiben sind.« Ich male mir sofort aus, wie es hier erst aussieht, wenn alles fertig ist. »Aber sag, was habt ihr besprochen? Wie geht es weiter?«

Wir setzen uns an den Tisch und ich schenke ihm ein Glas Wasser ein. Dazu stelle ich ihm die Kekse hin.

»Jax wird einen Wettkampf vorbereiten, um zu testen, welcher seiner Männer geeignet ist, auf die Plantagen mitzukommen. Er möchte mindestens fünfzig mitnehmen. Falls es sich herausstellt, dass es zu wenige sind, werden wir erst mal alles ausspionieren und die Lage checken.«

»Wie kommt ihr hin?« Crome fährt also mit. Ich habe nichts anderes erwartet.

»Mit Autos. Sie brauchen nur noch deine Koordinaten.«

»Werde ich ihnen gleich geben.« Ich habe ohnehin nichts vor für heute, außer vielleicht schlafen. Langsam spüre ich die anstrengende Nacht.

Crome zieht ein kleines Gerät aus seiner Westentasche, das wie ein merkwürdiges Telefon mit Antenne aussieht. »Das ist ein Funkgerät, damit kann ich zum Bürgermeister und zu Jax Kontakt aufnehmen. Du kannst die Lage gleich durchgeben.« Er zeigt mir, wie ich es bediene, dann bin ich mit Bürgermeister Forster verbunden. Alles geht ganz schnell, ich gebe die Zahlen durch, er dankt mir und wünscht uns einen schönen Einstand. Danach höre ich nur ein Rauschen.

Crome schaltet das Gerät ab und steckt es wieder ein.

»Wie bist du eigentlich hergekommen?«

»Zu Fuß durch die Pyramide und über das Feld. Eine Frau namens Anne hat mir den Weg gezeigt.«

»Sie hat mich auch hergebracht.« Ich streiche über meinen Oberarm, weil die frische Wunde juckt, da entdeckt Crome den Verband.

»Was hast du da?« Er beugt sich zu mir und schiebt meinen Ärmel nach oben.

»Samantha hat meine Zahl und den Strichcode entfernt.«

Wie beiläufig streichelt er über meinen Arm. Die zärtliche Berührung setzt mich unter Strom. »Sie hat mir eben auch noch Blut abgenommen.«

»Wieso?«

»Reine Routinemaßnahme.« Er steht auf und schaut zur Veranda hinaus. »Ich brauch auch eine Veränderung. Hilfst du mir?«

»Klar.« Was hat er vor?

Er öffnet die Kisten und wühlt darin herum. »Ist hier ein Rasierer? Ich würde mir gerne die Haare schneiden.«

Ich mache die Schachtel auf, in der ich zuvor das Messer entdeckt habe, und hole eine Schere heraus. »Du musst wohl damit Vorlieb nehmen. Wir haben noch keinen Strom oder fließendes Wasser.«

Seine Augen werden groß und seine Mundwinkel kräuseln sich. »Das ist ja hier wie im Mittelalter. Vorbei der Luxus.«

»Schlimm?«

Er drängt mich gegen die Tischkante, sodass ich fast auf der Platte sitze, und küsst mich. »Nichts wiegt mehr als die Freiheit, oder?«

»Nichts?«, frage ich süffisant, während ich seine weichen Lippen und das Spiel seiner Zunge genieße.

»Außer du.«

Obwohl ich jetzt etwas anderes viel lieber möchte, nehme ich ihm die Schere ab und klappere damit herum. »Auf uns. Und auf die Freiheit!«

♥♥♥

Crome hat sich in unserem »Garten« auf einen Stuhl gesetzt. Er trägt nur einen knappen Slip, was mich total ablenkt, denn ich muss ständig auf seinen Körper starren. Beinahe hätte ich ihm ins Ohr gepiekst.

Okay, Konzentration. Ich habe keine Ahnung, wie man mit einer Schere eine anständige Frisur zaubert, daher schiebe ich meine Finger an seiner Kopfhaut entlang und schneide alles ab, was sich über meiner Hand befindet. Was gar nicht mal so schlecht aussieht. Das Rot ist bereits einen Zentimeter herausgewachsen, und nach dem Kürzen sind nur noch die Spitzen eingefärbt. An den Seiten schneide ich noch mehr weg, sodass die Haare oben länger sind. Heraus kommt eine sehr sexy Männerfrisur, wie ich finde. Mit braunem Haar sieht Crome völlig anders aus. Nicht mehr wie ein Dämon, aber immer noch teuflisch attraktiv. Er hat einen Teil seines Warrior-Daseins abgelegt. Das ist sein wahres Ich.

Er betrachtet sich im Spiegelbild des Fensterglases und fährt sich über den Kopf. »Du solltest einen Friseursalon aufmachen.« Er grinst so frech und schaut dabei äußerst verführerisch aus, wie er in seiner Unterhose im Garten sitzt, dass ich ihn am liebsten vernaschen möchte. Ich! Ist das denn möglich?!

»Du bist voller Haare«, sage ich leise und versuche, die abgeschnittenen Spitzen von seiner Haut zu pusten. Da er leicht schwitzt, kleben die Haare überall fest: auf seinen breiten Schultern, seiner sanft gewölbten Brust, dem flachen Bauch. Je höher die Sonne steigt, desto heißer wird es. An das Wüstenklima werde ich mich erst gewöhnen müssen. Die Strahlen stechen wie Nadeln auf meiner weißen Haut.

Crome steht auf, um aus dem Haus einen Kanister zu holen. Er hält ihn sich über den Kopf und schüttet das Wasser über seinen Körper. Ich lasse meine Hände über seine Haut gleiten, um ihn abzuwaschen. Ich kann nicht widerstehen, muss ihn überall berühren. Dabei streife ich seinen durchnässten Slip und reibe kurz über die beginnende Erektion.

Hastig stellt er den Kanister zur Seite und sieht mich mit entrücktem Blick an. »War 'ne lange Nacht, oder?«

»Hm.« Meine Kehle ist trocken, so aufgeregt bin ich. Ich kenne diesen Blick und weiß genau, was er vorhat. Und ich will es so sehr wie noch nie.

Er nimmt meine Hand, und gemeinsam gehen wir ins Haus. Dort zieht er den Slip aus, hebt mich auf die Arme und trägt mich ins Schlafzimmer. Er wirft mich aufs Bett, seine Augen funkeln.

»Das sollten wir gleich mal einweihen, oder?« Er mustert mich intensiv, während er vor dem Bett steht und sich über die Erektion streicht.

Wie in Trance nicke ich, wobei ich mich hastig ausziehe. Mein Puls überschlägt sich. Jetzt ist es so weit, ich weiß es.

Ständig muss ich zwischen seine Beine schielen. Crome ist so hart, dass sich die Eichel bereits aus der Vorhaut geschält hat.

Ich will ihn so sehr, ich muss ihn in mir spüren.

Das letzte Kleidungsstück kicke ich von meinem Fuß und strecke mich auf dem Rücken aus. Als er wie ein Raubtier auf das Bett kriecht, bekomme ich doch ein wenig Furcht und setze mich auf.

Crome hockt sich neben mich und zieht mich auf sich, sodass ich auf seinem Schoß sitze. Er stützt die Arme hinter dem Rücken ab und küsst meinen Mund, den Hals und meine Brüste. Hart saugt er an meinen Nippeln, seine Erektion drückt gegen meine Mitte. Immer wilder wird sein Verhalten, immer härter seine Küsse. Während ich mich auf seiner Länge reibe, vergräbt er die Finger in meinem Haar.

»Ich brauch dich, Kätzchen.« Seine Zunge stößt in meinen Mund, penetriert ihn regelrecht. Zum Glück hat sich Blaire nie für meinem Mund interessiert. Er gehört allein Crome. Und ich sitze oben, ich habe die Kontrolle.

Ich hebe mein Becken und murmele an seine Lippen: »Ich dich auch«, während ich die Muskeln an seinen Schultern und Oberarmen knete.

Er knurrt leise an meinem Ohr und fährt mit einer Hand zwischen unsere Körper. Dann schiebt er einen Finger in mich.

Das köstliche Gefühl, als er meinen Kitzler streift, schießt tief in meinen Unterleib.

Er lutscht meinen Saft von seinem Finger und taucht ihn ein zweites Mal in mich, um kurz danach die Feuchtigkeit um meine Brustwarzen zu verteilen.

»Du schmeckst so gut.« Er leckt mich ab und beißt mich, aber nur mit den Lippen. Er wird mir nicht wehtun – trotzdem versteife ich mich. Bloß minimal, aber ihm ist meine Anspannung nicht entgangen.

Er verharrt und reißt die Augen auf.

Keinesfalls möchte ich die Stimmung ruinieren, denn ich will es auch –

und wie! Keiner wird mir das jetzt nehmen, schon gar nicht die Dämonen meiner Vergangenheit. Crome ist das Beste, das mir je widerfahren ist, und ich will endlich, dass er bei mir der Mann sein darf, der er ist.

Sofort kralle ich die Finger in sein Haar, um ihn zu küssen. Dabei reibe ich meinen Unterleib an ihm. Doch er löst sich schwer atmend von mir und streckt sich auf dem Rücken aus.

»Nimm mich«, befiehlt er mit rauer Stimme, und ich kann ihm nicht widerstehen.

Ich hocke mich auf seinen harten Schaft und reibe mich an ihm, während ich über seine Brust fahre. Er ist ein Bild von einem Mann, stark und doch voller Rücksicht. Und er will mich ganz, hat so lange darauf gewartet.

Meine Hand zittert, als ich seine Erektion umschließe. Steil ragt sie nach oben wie ein Bolzen. Was sehe ich darin? Eine gefährliche Waffe oder ein Lustorgan? Leid und Gewalt liegen so nah beieinander, das habe ich in den letzten Monaten zu oft erfahren. Aber jetzt wird alles gut. Ich will endlich wieder die Frau sein, die ich früher war, die Frau, die Spaß am Sex hatte.

Ich drücke die pralle Kuppe an meinen Eingang und senke mich vorsichtig auf sie. Sie dringt in mich ein, Zentimeter für Zentimeter, dehnt mich und füllt mich aus.

Cromes Hüften zucken und er murmelt einen Fluch, doch er hält sich weiterhin zurück, obwohl er bestimmt zustoßen will. Sein Blick ist lustverhangen, die Hände hat er in meine Oberschenkel gekrallt. Ich möchte mich behutsam vorantasten, weil ich Angst vor Schmerzen habe, doch als er ganz in mir ist und ich nur pures Verlangen fühle, ich um ihn herum poche und eins mit ihm bin, beginne ich einen langsamen Ritt.

»Ist das geil.« Er packt mich an der Taille und hebt mich hoch, dann lässt er mich herunter, den Blick immer auf unsere Körpermitten gerichtet. Wir sind miteinander verbunden, und ich spüre, wie sich mein Inneres eng um seinen Penis schmiegt. Mit jedem Auf und Ab stößt er schneller und härter in mich. Wie sehr ich dieses Gefühl vermisst habe. Ich empfinde nur pure Lust und bin mehr als feucht für ihn.

»Ja, besorg's mir, Süße«, raunt er, als ich beginne, die Führung zu übernehmen.

Ich stütze mich hinter meinem Rücken an seinen Oberschenkeln ab, spreize die Beine und bewege mich schnell auf und ab. Bei jedem Mal lasse ich ihn tiefer in mich, dabei lässt Crome den Daumen über meinen Kitzler kreisen.

Es ist befreiend, endlich wieder entspannenden Sex zu haben. So befreiend, dass ich meinen Höhepunkt nicht mehr zurückhalten kann und will. In mir braut sich ein regelrechter Sturm zusammen, mein Kitzler pocht gegen Cromes Finger, mein Inneres möchte ihn am liebsten verschlingen. Losgelöst werfe ich den Kopf in den Nacken und gebe mich dem Rausch hin. Mehrmals krampft sich mein Schoß um ihn, als wolle er Crome melken. Er packt mich an meinem Gesäß und drückt sich tief in mich. Ich spüre, wie er sich an meiner inneren Pforte ergießt und mich mit seiner Wärme füllt. Mit einer Hand fasst er an meine Brust, meinen Bauch, meinen Oberschenkel, als wolle er mich überall berühren. Schließlich lässt er mich los und ich sinke auf ihn. Mein Ohr liegt an seiner Brust, sein Herz rattert dagegen.

Während er meinen Nacken krault und wir die Nachwehen unserer Vereinigung auskosten, bin ich so glücklich wie niemals zuvor. Ich kann Sex wieder genießen, und ich will nur ihn, für den Rest meines Lebens. Weil er der Einzige ist, dem ich vertraue.

Kapitel 9 – Morgengrauen

Als ich erwache, ist das Bett neben mir leer. Mein Herz zieht sich zusammen. Ich hätte mich gefreut, neben Crome aufzuwachen. Der gestrige Tag ging noch richtig schön zu Ende. Nach unserem heißen Sex sind wir eingeschlafen und haben am Abend den Basar in der Pyramide besucht. Dort habe ich uns mit den Gutscheinen Anziehsachen gekauft – was bei seiner Größe nicht einfach war – und gesehen, was es in Resur für ein Zahlungsmittel gibt. Hier funktioniert nichts mit Daumenscan, sondern sie verwenden ehemaliges Spielgeld eines Casinos. Plastikmünzen und Chips. Bald muss ich mir auch eine Arbeit suchen, mit der ich Geld verdienen kann.

Ich strecke mich und schaue aus dem kleinen Fenster. Die Sonne versteckt sich noch hinter der Pyramide, aber der Himmel ist strahlend blau. Es muss früher Morgen sein.

Als ich aus der Küche ein Rumpeln höre, streife ich mir schnell ein Shirt über und schlüpfe in eine lockere Stoffhose. »Crome? Bist du das?«

»Ja!«, ruft er durch die Tür.

Erleichtert öffne ich und staune nicht schlecht, weil in unserem Haus überall Kommoden, Schränkchen, Stehlampen, Sessel und andere Möbel stehen. Crome selbst stützt sich mittendrin an einem Beistelltisch ab und wischt sich mit dem Handrücken über die Stirn. Sein Haar sowie die Kleidung sind staubig. Er trägt seine Lieblingsjeans, die ihm tief auf den Hüften sitzen und in der ich ihn schon ein paar Mal im Besucherraum des Gefängnisses gesehen habe. Er hatte sie wohl in seinem Rucksack dabei. Dazu ein ärmelloses Oberteil, das wir auf dem Basar erstanden haben.

»Wo hast du die ganzen Möbel her? Und wie hast du das alles hergeschafft?«

»Tja, das staunst du, was?« Sein Grinsen reicht fast bis hinter die Ohren. »Ich konnte nicht schlafen und bin noch vor Morgengrauen los, um in den Ruinen nach brauchbaren Sachen zu suchen. Ich musste ziemlich weit rausfahren, weil in der Nähe schon alles abgegrast war.«

Ich bestaune eine schmiedeeiserne Sitzbank, die sich wunderbar auf der Veranda machen würde. »Womit bist du gefahren?

»Anne hat mir ihr Auto und einen Anhänger geliehen. Sie hat mir ihren Schlüssel gestern auf dem Bazar zugesteckt und mir erklärt wo sie wohnt und dass ich ihren Wagen ausleihen dürfte.«

»Davon habe ich nichts mitbekommen.« Mein Magen verkrampft sich. Bin ich eifersüchtig? Auf eine Frau, die doppelt so alt ist wie ich? Ob Crome auf reifere Frauen steht?

Er kratzt sich am Kopf. »Du warst gerade in der Umkleide, als sie vorbeikam. Da habe ich beschlossen, dass ich dich überraschen möchte.«

»Das ist dir gelungen.« Meine Eifersucht ist unbegründet, immerhin hat er all das nur für mich besorgt. Für uns. »Ich finde die Sachen sehr schön. Danke dir.« Lächelnd umarme ich ihn und drücke ihm einen Kuss auf die staubige Wange. »Wie war es da draußen? Hast du andere Menschen gesehen?«

»Nur wenige Rumtreiber, die sich vor mir versteckt haben, und ein paar Tiere. Eine Hundert-Kilo-Katze und 'ne Menge Schlangen. Es gibt nirgendwo Trinkwasser, das macht die Stadtgrenze nicht gerade attraktiv. Aber ich habe noch viele interessante Sachen entdeckt. Vielleicht fahren wir das nächste Mal gemeinsam raus, um sie uns anzugucken?«

Wie habe ich an seiner Liebe zweifeln können? Mein Herz springt vor Freude. »Gern, aber nur, wenn du mich vor den Schlangen und der Riesenkatze beschützt.«

»Hmm …« Er tippt sich ans Kinn und schaut schmunzelnd zur Decke. »Okay, wird gemacht.«

»Lust auf Frühstück? Kia hat mir gezeigt, wie der Herd funktioniert. Ich habe noch ein paar Eier da, und später möchte ich mich im Brotbacken versuchen. Anne hat mir ein paar Rezepte gegeben.«

Er lässt sich auf den Stuhl plumpsen und fährt sich über den Bauch. »Ich habe einen Riesenhunger.«

♥♥♥

Eine Stunde später ist Crome damit beschäftigt, die Möbel dorthin zu stellen, wo ich sie gerne haben möchte. Er hat sogar ein schmales Bett aufgetrieben, das ins winzige Extrazimmer kommt, in dem Kia übernachtet hat. »Für den Fall, dass sie uns besuchen möchte«, sagt er.

Ich glaube, er kann Kinder gut leiden. Mein Herz schlägt noch fester für ihn.

»Hast du sie heute schon gesehen?«, will er wissen.

Ich schüttele den Kopf, während ich meinen allerersten selbstgebackenen Outlanderkuchen aus dem Ofen hole und zum Abkühlen ans offene Fenster stelle. Noch ist es draußen kühler als im Haus. Meine Kreation nenne ich Schüsselkuchen, weil ich ihn in einer Blechschale zubereitet habe. Er duftet lecker nach Teig und Kakao, denn ich habe Schokoladenpulver beigemischt. Ich weiß nicht, wie er schmecken wird, aber allein der Geruch lässt mir das Wasser im Mund zusammenlaufen. Leider ist er noch so heiß.

»Dein Kuchen riecht hervorragend«, sagt Crome betont laut. Er nickt zum Fenster und formt mit den Lippen das Wort »Kia«. Offensichtlich hat er sie mit seinen Supersinnen wahrgenommen, denn ich sehe sie nicht.

Schnell rühre ich einen Kakao an und stelle ihn neben den Kuchen auf das Fensterbrett. »Ja, er wird bestimmt exorbitant schmecken. Ich stelle die heiße Schokolade am besten daneben, damit sie auch abkühlen kann.«

Grinsend setze ich mich zu Crome an den Tisch, und wir starren die Tasse an. Prompt erscheint eine kleine Hand, um das Getränk zu entführen.

Wir lächeln uns an. Sein Blick wirkt beinahe sehnsüchtig.

»Werden wir auch mal Kinder haben? Was meinst du? Samantha ist eine hervorragende Ärztin, sie könnte uns bestimmt helfen.«

Er zuckt mit den Schultern und ein Schatten huscht über sein Gesicht. Plötzlich wirkt er eher gequält. Mist, es war wohl zu früh, das Thema anzusprechen. Wir sollten uns erst hier einleben und unserer Beziehung Zeit zum Wachsen geben.

»Ich schau mal, was Kia macht«, flüstere ich und schleiche zum Fenster. Langsam beuge ich mich über den Rahmen. Das Mädchen sitzt an die Wand gelehnt unter der Fensterbank und schlürft das Getränk. Neben ihr liegen der Rucksack und ihre Armbrust.

»Du darfst gerne bei uns am Tisch sitzen«, sage ich leise, um sie nicht zu erschrecken. »Außerdem möchte ich Brot backen. Vielleicht willst du mir wieder helfen?«

»Ist der Warrior noch da?«, fragt sie, ohne aufzusehen.

»Ja.«

»Dann komm ich nicht rein.« Ihre Stimme klingt eiskalt. »Sonst könnte es passieren, dass ich ihn töte.«

Ich bezweifle, dass ihr das gelingen wird, sage aber nichts. Viele Menschen hier fürchten die Krieger. Kein Wunder, schließlich waren sie jahrzehntelang ihre Feinde und sind es noch.

»Du brauchst keine Angst vor ihm haben, Kia.« Crome mag Kinder, ganz bestimmt, und besonders dieses Mädchen. Hätte er sonst für sie ein Bett besorgt?

»Ich habe keine Angst«, erwidert sie kühl, steht auf und dreht sich zu mir um. Dabei schaut sie an mir vorbei auf Crome, die Lider leicht zusammengekniffen. »Ich hasse ihn. Er hat meinen Vater getötet.«

Das war wie ein Schlag in den Magen. »Bist du sicher, dass er es war?«

Ihre Augen füllen sich mit Tränen. »Er oder ein anderer. Was macht das für einen Unterschied?« Sie schnappt sich ihre Sachen und läuft weg.

Mit wild pochendem Herzen drehe ich mich zu Crome um. Er hat natürlich alles gehört, sein Blick ist auf den Boden gerichtet, die Arme hat er vor der Brust verschränkt. »Sie hat recht. Vielleicht habe ich ihren Vater getötet.«

Kann ich etwas sagen, um ihn aufzumuntern? »Der Senat hat euch von klein auf eingetrichtert, dass diese Menschen gefährliche Mutanten sind. Du wusstest es nicht besser.«

»Das ändert nichts an der Tatsache, dass ich Unschuldige getötet habe.« Seufzend fährt er sich durchs Haar und steht auf. Ohne mich anzusehen, holt er seinen Rucksack aus dem Schlafzimmer und packt weitere Dinge ein.

»Wo gehst du hin?« Ich wünschte, ich könnte ihm etwas von seiner Last abnehmen.

»Ich muss Annes Auto zurückbringen und danach werde ich mit Jax die Resurer trainieren.«

Das ist gut, dann kommt er vielleicht auf andere Gedanken. »Wieso nimmst du das alles mit?«

»Ich werde nicht zurückkehren.«

Jetzt klingt er genauso kühl wie Kia, und das erschreckt mich. Ich hoffe nicht, dass er seine Worte so meint, wie sie sich in meinen Ohren anhören. Auf einmal wird mir schlecht. »Wollt ihr schon zu den Plantagen aufbrechen?«, frage ich vorsichtig. »Wieso hast du nichts gesagt? Ich komme auf jeden Fall mit.«

Er schüttelt den Kopf. »Wir brechen erst in ein paar Tagen auf.« An der Haustür bleibt er stehen und legt die Hand auf den Knauf. Er dreht sich nicht zu mir um, als er mit dunkler Stimme sagt: »Besser, du suchst dir einen anderen Mann.«

Ich muss mich am Stuhl festhalten, weil mir schwindlig wird. »Was hast du denn? Ist es wegen Kia? Du weißt, dass ich dich nicht verachte.«

»Das hat nichts mit ihr zu tun.«

»Mit mir?« Habe ich etwas falsch gemacht? »Wieso erklärst du es mir nicht einfach?«

»Als ob das so einfach wäre«, murmelt er.

Will er tatsächlich Schluss machen? Plötzlich wandelt sich mein Entsetzen in Wut. »Ach so ist das, für Sex war ich gut genug! Wolltest du wissen, ob ich genauso toll im Bett bin wie Ava? Genüge ich deinen Ansprüchen nicht mehr? Oder hast du mich nur für deine Rache am Regime gebraucht?« Meine Übelkeit nimmt zu. Er hat jetzt die Koordinaten, hat alles, was er wollte. Hat er geschaut, wie lange er braucht, um die verschlossene Sklavin zu knacken?

Es tut mir weh, an so etwas auch nur zu denken und ihm solche Vorwürfe zu machen, immerhin habe ich ihn ursprünglich auch benutzt, um meine Freiheit zu erkaufen und hatte ähnliche Absichten. Doch ich will die Wahrheit aus ihm herauskitzeln und wünsche mir so sehr, dass er andere Gründe hat. Schließlich hat er mir stets das Gefühl gegeben, mich zu lieben.

Als er »Ja, nur deswegen« antwortet, hoffe ich für den Bruchteil einer Sekunde mich verhört zu haben. Alles dreht sich vor meinen Augen und ich muss mich setzen. Meine Knie sind butterweich.

»Das nehme ich dir nicht ab«, wispere ich und wische mit dem Handrücken die Tränen von meiner Wange. »Du liebst mich.«

Er antwortet nicht.

»H-hast du mitbekommen, dass ich dich zu Beginn nur ausgenutzt habe, um zu fliehen? Bist du deshalb böse auf mich? Das tut mir wirklich leid, doch du musst mich verstehen, ich …« Oh Gott, ich hasse es, hier wie ein Häuflein Elend zu sitzen und um Gnade zu winseln, aber ich brauche ihn so sehr. Er gibt mir Halt, er kann nicht einfach gehen! »Jetzt ist aber alles ganz anders. Ich … habe mich in dich verliebt.«

Er zuckt zusammen, als hätte ich ihn geschlagen. »Finde dich einfach damit ab. Besser, du vergisst mich jetzt, bevor es zu schwer für dich wird.« Mit diesen harten Worten verlässt er mich, ohne auch nur einmal zurückzublicken. Sie tun mehr weh als alle Verletzungen, die mir Blaire jemals zugefügt hat.

Träume ich? Der Tag hat doch perfekt angefangen? Vielleicht liege ich noch im Bett?

Ich höre, wie er mit Annes Wagen wegfährt. Ob er aus anderen Gründen zu ihr fährt? Er hat mir schnell das Haus eingerichtet, um sein schlechtes Gewissen zu erleichtern, und jetzt geht er zu einer anderen Frau?

»Fick dich, du Mistkerl«, sage ich erstickt. Hätte ich nur auf mich gehört und ihn nicht in mein Herz gelassen. Ich hätte hellhörig werden müssen, denn Crome war einfach zu perfekt. Niemand ist perfekt.

Dieser Schmerz hinter meinem Brustbein zerreißt mich fast. Das ist Liebe. Das *war* Liebe. Crome hat mein Herz geheilt, um es kurz darauf wieder zu zerbrechen.

♥♥♥

Verdammt, ich vermisse den Kerl, obwohl ich immer noch ein bisschen sauer auf ihn bin, weil er mich grundlos abgefertigt hat. Ich hatte jetzt lange Zeit, über sein Verhalten nachzudenken, und bin zu dem Entschluss gekommen, dass es nicht unbedingt an mir liegt. Er wollte mit mir zur Stadtgrenze fahren und mich vor den Raubtieren schützen. Wir haben gefrühstückt und herumgealbert. Das hätte er nicht getan, wenn er geplant hätte, mich sitzenzulassen. Erst der Vorfall mit Kia hat alles aus dem Lot gebracht. Nur warum genau? Ich habe das Gefühl vor Neugier zu platzen.

Kia ist auch nicht mehr aufgetaucht, um mich abzulenken, und ansonsten kommt hier keine Menschenseele vorbei. Die anderen Häuser in dieser Straße befinden sich noch im Rohzustand. Also habe ich allein Brot gebacken und begonnen, die Möbel zu reinigen, aber im Haus erinnert mich alles an *ihn*. Ich muss hier raus, oder ich drehe durch.

Durch die geöffnete Verandatür höre ich Stimmen der Männer, die Jax ausbildet, daher beschließe ich, ihnen zuzusehen. Oder besser: Vielleicht darf ich mitmachen. Körperliche Anstrengung wird mir guttun.

Also schlüpfe ich schnell in ein Bustier und eine Jogginghose, die ich ebenfalls auf dem Basar erstanden habe. Dazu trage ich die Schuhe, die Crome mir besorgt hat. Bessere habe ich noch nicht gefunden, deshalb habe ich sie mit Watte ausgestopft.

Nachdem ich die Verandatür hinter mir zugezogen habe, schlüpfe ich durch eine Lücke im Gartenzaun und laufe über das freie Feld zu den Männern und Frauen, die hinter der Pyramide trainieren. Es sind bestimmt hundert. Noch ist es nicht zu heiß und der Platz liegt teilweise im Schatten, trotzdem sind alle klitschnass geschwitzt. Jax drillt sie, als wären sie Soldaten. Immer wieder müssen sie mehrere Runden um den großen Platz laufen, danach Liegestütze oder andere Übungen machen. Er trägt nur seine Armeehose und die Einsatzstiefel, und für einen Moment stockt mir der Atem. Sein Körper ist mit Narben übersät. Ob die von der Granate sind, die vor ihm und seinem Bruder explodiert ist? Wie hat er das überlebt?

Plötzlich erscheint Crome und geht grinsend mit zwei Stöcken auf ihn zu. »Partytime.«

Er trägt auch nicht mehr am Leib. Ich erkenne die Tattoos an seinem Rücken, die wie Schwingen aussehen. Er ist ein teuflischer Engel, ein Dämon. Trotzdem vermisse ich ihn, verdammt.

Ich bleibe hinter einer Säule stehen, die offensichtlich ein Überbleibsel der Hotelanlage ist, um das Geschehen zu beobachten. Noch haben sie mich nicht bemerkt.

Jax fängt einen Stock auf, den Crome ihm zuwirft, und beide gehen in Angriffsstellung.

»Schaut zu und lernt«, sagt Jax zu den Leuten.

Alle haben sich um die zwei versammelt. Ich komme näher, da ich sonst nichts mehr erkenne.

»Der Stock ist euer verlängerter Arm. Mit ihm könnt ihr den Gegner auf Abstand halten und ihn verletzen.« Er holt aus und schlägt auf Crome ein. Der pariert den Angriff und teilt seinerseits kräftige Hiebe aus. Sämtliche Muskeln sind angespannt, und er tänzelt vor Jax hin und her.

»Immer in Bewegung bleiben, den Feind verwirren und einschüchtern.« Crome stößt einen Kampfschrei aus, woraufhin mehrere Leute zusammenzucken, und trifft Jax am Arm.

Der wischt sich einen Schweißtropfen aus dem Auge. »Nicht schlecht, Bruder.«

Die beiden Krieger wirken wie aus einer anderen Welt, während sie mit den Stöcken aufeinander einschlagen. Die Abfolgen sind so schnell, dass meine Augen kaum hinterherkommen.

Zum ersten Mal erblicke ich den Warrior, den Crome immer versucht hat, vor mir zu verstecken, offenbar, um mir keine Angst zu machen. Hat er sich deshalb von mir getrennt? Weil er sich nicht länger verstellen kann? Lag es womöglich doch nicht an Kia? Anstatt mich vor seiner Kraft und den schnellen Reflexen zu fürchten, bewundere ich ihn nur mehr.

Als die Vorführung zu Ende ist, klopft ihm Jax auf die Schulter und fragt die Umstehenden: »Wer traut sich als Erster?«, während Crome zu einer Gruppe Frauen marschiert, die ihn umzingeln, als wäre er ein Held. Er beginnt, ihnen Selbstverteidigungstricks beizubringen, und ich wünschte, ich wäre dabei. Er hilft diesen Frauen ungemein und schenkt ihnen mehr Sicherheit, aber ihre Blicke gefallen mir nicht. Ständig grinsen sie ihn dämlich an. Er lächelt zurück, und ich habe das Gefühl, dass er seine Muskeln absichtlich spielen lässt, um sie zu beeindrucken.

Schnurstracks gehe ich zu Jax und frage ihn, ob ich mit ihnen trainieren darf.

»Klar«, antwortet er und wehrt die Stockangriffe eines jungen Mannes ab, ohne ihn anzusehen. »Dreh erst mal ein paar Runden, um dich aufzuwärmen.«

»Okay.« Schon schließe ich mich den anderen Läufern an, wobei ich die meisten von ihnen einhole. Ich fühle so viel Energie in mir, und je schneller ich laufe, desto besser geht es mir. Doch plötzlich packt mich jemand am

Arm und ich stoppe abrupt.

»Was suchst du hier?«

Crome! Seine Lider sind verengt, zwei tiefe Falten liegen zwischen seinen Brauen.

»Ich werde mich euch anschließen, um zu kämpfen«, antworte ich verschnupft, während ich mich aus seinem Griff befreie. Erst jetzt merke ich, wie atemlos ich bin. Tief hole ich Luft und starre an ihm vorbei auf Jax, der ein paar Meter weiter steht und uns beobachtet. Sicher hört er jedes Wort. Ob er weiß, was mit Crome los ist?

»Du hattest doch andere Pläne?« Seine düsteren Blicke gehen mir durch und durch. Was hat er nur gegen mich? Allerdings bemerke ich, wie er mich mustert. Ständig schaut er auf meinen nackten Bauch.

»Um Kinder kann ich mich später noch kümmern. Zuerst brauchen sie eine sichere Heimat.« Ich möchte mich von ihm abwenden, um weiter meine Runden zu laufen, aber meine Beine bewegen sich nicht vom Fleck. Mein Körper gehorcht mir nicht, er genießt die Nähe dieses Mannes zu sehr. »Oder hast du etwas dagegen, dass ich mit euch trainiere?«

»Nein«, erwidert er rau. »Ich möchte nur nicht, dass dir etwas passiert.«

»Dann bring mir deine Tricks bei.«

Seinem Gesichtsausdruck nach zu urteilen, möchte er Protest einlegen, als plötzlich Jax neben uns steht und mich angrinst. »Cromes Lähmungsgriffe sind legendär. Mann, hast du ein Glück, dass er sie dir beibringen möchte, wir waren immer alle ganz neidisch deswegen.«

»Was …« Entgeistert starrt Crome ihn an.

»Schon gut, Kumpel, ich hab die Meute auch allein im Griff. Ihr könnt meinen Trainingsraum benutzen, da liegen Matten und ihr seid ungestört. Ich weiß ja, dass du deine Geheimnisse ungern teilst.«

Während Jax mir zuzwinkert und ich ihm unheimlich dankbar für seine Hilfe bin, durchbohrt Crome ihn mit bösen Blicken.

Schnell erklärt uns Jax, wo wir den Raum finden. Er durfte sich im Keller der Pyramide ein kleines Fitnessstudio einrichten. Alte Trainingsgeräte gab es zuhauf, da das ehemalige Hotel ein riesiges Fitnessstudio besaß, das allerdings längst zu Wohnräumen umfunktioniert wurde.

Zwar bin ich nicht begeistert, erneut die unterste Etage zu betreten, doch ich habe die Gelegenheit, mit Crome allein zu sein. Vielleicht sagt er mir endlich, was seinen Sinneswandel ausgelöst hat.

♥♥♥

Zehn Minuten später werfen wir Trainingsmatten auf den Fußboden. Er zieht seine Stiefel aus, ich meine Schuhe. Barfuß stellen wir uns gegenüber auf.

»Wichtigste Regel«, erklärt er, »beobachte deinen Gegner. Bevor er dich angreift, erkennst du das an seinem Blick. Oft sieht er kurz zur Seite oder fasst sich ins Gesicht. Manchmal macht er auch einen Schritt zurück.«

Ich nicke, da stürzt er sich auf mich.

»Wie war das eben mit den Vorzeichen?«, frage ich matt, weil er auf mir liegt und mir sämtliche Luft aus den Lungen presst. Nicht mal meine Hände kann ich bewegen.

Er lächelt diabolisch. »Dann gibt es noch die erfahrenen Gegner, die sich nicht verraten. Hier musst du andere Geschütze auffahren.«

Ohne zu zögern ramme ich ihm die Stirn gegen die Nase, aber er ist wie immer zu schnell für mich und weicht aus, sodass ich nur sein Kinn streife. »Ich habe auch Tricks auf Lager«, sage ich ungehalten. Ich hasse es, trotz meiner Ausbildung so wehrlos zu sein.

»Kleinmädchentricks«, raunt er in mein Ohr und lässt mich abrupt los. Er springt auf und stellt sich wieder vor mich.

Ich zeige dir gleich noch ein paar wirklich fiese Kleinmädchentricks, möchte ich sagen, beiße mir jedoch auf die Zunge. Ich komme gegen ihn nicht an, das muss ich endlich begreifen. »Willst du wieder mit mir spielen, oder willst du mir etwas beibringen?«

»Na gut.« Er nickt. »Dann zeige ich dir was du machen kannst, wenn dein Gegner dich zu Boden wirft und es scheinbar keinen Ausweg mehr gibt.« Erneut stürzt er sich auf mich, doch diesmal bleibt er nicht auf mir liegen, sondern ich kann mich befreien. Ich glaube, er lässt mich bewusst die Oberhand gewinnen. Wir ringen miteinander, wobei ich genau merke, dass er mit Absicht meine Brüste streift oder mit den Fingern zwischen meinen Beinen hindurchfährt. Seine Berührungen turnen mich an.

Jetzt, da er mich nicht mehr will, möchte ich ihn umso mehr. Und am meisten vermisse ich seine Küsse.

Crome legt die Lippen an meinen Hals und murmelt: »Du kannst deinen Gegner beißen.« Viel zu zärtlich schnappt er zu, sodass mir sein Biss durch und durch geht. Außerdem kitzelt er mich und ich muss lachen.

»Weiß ich alles schon, erzähl mir was Neues.« Diese sexuellen Spannungen zwischen uns sind kaum auszuhalten. Ich höre seinen erregten Atem, spüre seinen harten Penis durch die Hose. Ich reibe mich an ihm und presse ihm meine Hüften entgegen, um mit ihm zu spielen.

Je länger wir miteinander ringen, desto verspielter werden wir. Crome dreht mich mühelos auf den Bauch, als wäre ich eine Puppe. Dann spreizt er meine Beine und fasst von hinten in meinen Schritt.

»Was tust du nun, hm?«, raunt er.

Noch vor wenigen Wochen hätte ich Todesängste ausgestanden, wenn ein Mann – ein Warrior! – mich auf diese Art bedrängt hätte, doch nun pocht mein Kitzler hart gegen seine Hand und mein Slip ist von meiner Lust durchtränkt.

»Was ich nun tue?« Provozierend hebe ich mein Gesäß und reibe mich an seinen Fingern. »Dich fragen, ob es dir Anne nicht so gut besorgt hat, wie du dachtest, oder warum bist du jetzt so erregt?« Mensch, Miraja, bist du immer noch eifersüchtig?

»Wovon redest du, bitte?«, fragt er amüsiert.

»Du hast doch was mit ihr.«

»Mit Anne?« Lachend dreht er mich herum, sodass ich auf dem Rücken liege. Sein Gesicht drückt Unglauben und Belustigung aus. »Sie ist 'ne flotte Mieze, aber nicht mein Typ.« Er setzt sich auf mich und hält meine Arme über dem Kopf zusammen, aber nicht lang, dann streichelt er darüber.

Mieze? Ich bin sein Kätzchen, nur ich. »Küss mich«, wispere ich, wobei ich mir über die Lippen lecke.

Crome atmet schwer, seine Brustmuskeln zucken. »Hör auf damit.«

»Dann lass mich doch los.«

Offenbar kann er das nicht. Sein Gesicht kommt immer näher. »Ich will deinen Träumen nicht im Weg stehen.«

Wovon redet er? »Das tust du nicht.«

»Das werde ich.«

Seine Lippen streifen beim Sprechen fast meinen Mund. Wie gerne möchte ich von ihm kosten. Ich strecke meine Zunge heraus, um die Konturen seiner Lippen nachzufahren.

Stöhnend schließt er die Augen, weicht jedoch nicht zurück. Seine Erektion presst sich gegen meine Mitte, und ich schlinge die Beine um ihn.

»Schlaf mit mir«, befehle ich sanft. »Fick mich, hier und jetzt.« Diese Methode hat schon einmal geklappt, um ihn an mich zu binden. Diesmal sage ich es aber, weil ich mich nach ihm verzehre. Es zerreißt mich fast vor Sehnsucht nach seiner Liebe, seinem Körper, seinem Duft.

Er kneift die Lider zusammen und stöhnt lauter. »Kätzchen, hör auf damit. Ich werde nicht mehr sanft sein können. Ich will dir keine Angst machen.«

Himmel, Crome, ich liebe dich so sehr! »Ich will dich, wie du bist. Ich fürchte mich nicht, weil ich weiß, dass du mir nichts außer Lust bereiten wirst.«

Knurrend schlägt er die Augen auf und reißt mir die Hose herunter, sodass ich mit entblößtem Unterkörper vor ihm liege. Dann folgt seine Hose.

Wie ein Dämon steht er vor mir, groß und kraftvoll, seine grünen Iriden scheinen zu glühen. Mit entrücktem Blick schaut er auf mich herab. Seine Kiefer mahlen, als ob er es sich weiterhin überlegt, mich nicht anzufassen. Dabei zuckt sein Geschlecht, ja, es bäumt sich regelrecht auf. Ich glaube, Crome würde sofort kommen, wenn ich ihn in den Mund nehmen würde.

Ich drehe mich herum, gehe auf alle viere und strecke ihm meinen Po entgegen. Über meine Schulter raune ich: »Nimm mich, wie du mich immer nehmen wolltest. Ich will es.«

»Kätzchen, du wirst es bereuen.« Er sinkt auf die Knie und packt mich an der Taille. »Du wirst mich hassen.«

Mein Herz rast. Ich habe tatsächlich ein wenig Angst, doch die Lust ist stärker. Ich vertraue darauf, dass er mir nicht wehtun wird. Das hat er noch nie. Außerdem soll er sich nicht mehr zurücknehmen, nicht meinetwegen. Vielleicht hemmt ihn das? Weil er seiner Leidenschaft keinen freien Lauf lassen kann? Dabei liebe ich es, wenn er wilder ist, solange er mich nicht einengt oder mir das Gefühl gibt, ausgeliefert zu sein.

Mit den Händen fährt er fest über meinen Körper, auf und ab, bevor ich plötzlich sein Gesicht an meiner intimsten Stelle fühle. Er spreizt meine Pobacken, vergräbt die Nase darin und leckt mich von vorn bis hinten aus.

»Du schmeckst so gut wie nichts anderes«, raunt er an mein Geschlecht. Es pulsiert so heftig wie mein Herz. Seine Zunge verschwindet in mir, kostet von mir und stößt schnell zu. Ich will nicht seine Zunge, sondern seinen Schwanz! Ich will Crome tief in mir fühlen.

Noch bevor ich den Gedanken zu Ende gedacht habe, drückt sich seine Eichel gegen meine Öffnung Sie gleitet nicht langsam in mich, sondern stößt zu. Tief versenkt sich Crome in mir, sodass ich aufschreie. Aber nicht vor Schmerzen, sondern weil er einen Punkt getroffen hat, der köstliche Stromstöße durch meinen Körper jagt.

»Ich habe dich gewarnt …« Seine Stimme klingt gequält, als würde er sich hassen, weil er mir wehtut, doch er hört nicht auf, in mich zu stoßen.

»Es ist fantastisch«, sage ich schwer atmend, »mach bloß weiter!«

»Verdammt, Kätzchen, wehe, du sagst das, weil …«

»Halt die Klappe und fick mich!« Ich will jetzt nicht reden, ich will nur genießen.

Er zieht sich zurück und wirft mich herum, sodass ich unter ihm auf dem Rücken liege. Er weiß, dass ich diese Stellung bisher gehasst habe, daher nicke ich ihm zu.

Weit spreizt er meine Schenkel, indem er mich an den Kniekehlen packt, doch er greift nach meinen Händen und legt sie auf meine Knie. »Ich will, dass du dich für mich offen hältst.«

Er wird mich nicht festhalten, ich soll mich ihm darbieten. Es ist ungewohnt, erhöht jedoch meine Erregung. Erneut habe ich die Kontrolle. Mein Herz zerschmilzt vor Zuneigung. Selbst in diesem Moment höchster Ekstase denkt er an mich.

Crome leckt mich erneut. Seine Zunge pflügt hart zwischen meinen Schamlippen hindurch und malträtiert lustvoll meinen Kitzler. Ich spüre schon fast den Höhepunkt herannahen, da stößt er seinen Penis in mich. Auf diese Weise wechselt er sich ab, lecken und ficken. Dabei knetet er meine Brüste und reibt mit dem Daumen über meine Klitoris. Seine Stöße werden langsamer, seine Bauchmuskeln spannen sich an. Mein Körper steht unter Strom, jede von Cromes Berührungen treibt mich schneller dem Gipfel entgegen.

Ich lege den Kopf in den Nacken und stöhne losgelöst, meine Brustspitzen ziehen sich hart zusammen und ich will nur noch das köstliche Pulsieren genießen, das durch mich hindurchschießt. Mein Kitzler kribbelt, meine Scheidenmuskeln krampfen sich um seinen Schwanz.

»Komm für mich, Kätzchen, zeig mir alles.«

Ich lasse meine Schenkel weit geöffnet, während der Orgasmus den Höhepunkt erreicht, und ziehe mit beiden Händen meine Schamlippen auseinander. Das habe ich noch nie getan. Ich schäme mich ein wenig, doch Cromes fassungsloser Gesichtsausdruck macht das wieder wett.

Er stöhnt kehlig, wobei er den Blick nie von meiner gespreizten Weiblichkeit nimmt, und drückt seinen Schaft zusammen. Dann beginnt er, sich zu massieren, und zieht sich zurück. »Alles auf deine Pussy«, murmelt er, während er sich ergießt. Warm und dick klatscht seine Flüssigkeit auf mich. Ich kann nur fasziniert zusehen. Das ist es also, was ihm gefällt? Er liebt es ein wenig rauer und schmutzig, aber für meinen Geschmack keineswegs pervers oder beängstigend.

Als der letzte Tropfen auf mich gefallen ist, starrt Crome mich mit großen Augen an.

Sanft lächle ich ihm zu. »Siehst du, ich hasse dich nicht. Es war wundervoll, und ich hatte keine Angst.«

Er murmelt etwas, das ich nicht verstehe, wischt mich mit seinem Slip sauber und entsorgt ihn im Abfalleimer, der neben der Tür steht. Hastig schlüpft er in seine Hose, nimmt die Stiefel in die Hand und verlässt fluchtartig den Raum, ohne mich noch einmal anzusehen.

»Mach's dir doch das nächste Mal selbst!«, rufe ich ihm wütend hinterher, weil ich aus ihm einfach nicht schlau werde und mein Plan nicht funktioniert hat. Doch mein Zorn verfliegt rasch, da ich spüre, dass er mich nach wie vor begehrt. Das gibt mir neue Hoffnung. Vielleicht kann ich ihn zurückerobern. Womöglich bestraft mich das Universum oder wer auch immer dafür, dass ich seine Zuneigung anfangs ausgenutzt habe. Jetzt will ich das aber wiedergutmachen. Ich möchte ihn zurückerobern und das Geheimnis seines Verhaltens ergründen, mit allen Mitteln. Mal sehen, wann er das nächste Mal schwach wird.

»Eins zu null für mich, mein Lieber«, murmele ich, bevor ich mich anziehe.

♥♥♥

Schon am Abend bin ich weniger euphorisch, weil ich nicht weiß, wo Crome steckt. Wie soll ich ihn da verführen? Ich bin durch Resur gelaufen, obwohl ich den Menschenmassen immer noch mit Skepsis begegne, danach habe ich sogar bei Anne vorbeigeschaut. Sie wohnt gleich in der Nähe des Pyramideneingangs in einer Art Reihenhaussiedlung, die genauso kunterbunt aussieht wie alle Häuser hier. Ich habe mich erneut für ihre Hilfe bedankt und sie hat mich auf einen Tee eingeladen. Dabei habe ich versucht, sie möglichst unauffällig über Crome auszufragen.

»Ich habe ihn nicht gesehen, Süße«, hat sie gesagt und verschwörerisch gelächelt. »Er kommt wieder zu dir zurück. Gib ihm Zeit. Das alles ist auch für ihn schwer.«

Vielleicht hat sie recht und ich muss mich nur gedulden.

Den Nachmittag habe ich damit verbracht, das Haus fertig einzurichten. Jedes Zimmer, jedes Möbelstück glänzt, alles ist supersauber.

Am Abend hat mich ein Gluckern in den Leitungen überrascht. Das

Wasser läuft! Aber man darf es noch nicht trinken, wie ich weiß, nicht, bevor das Okay vom Bürgermeister kommt. Erst müssen sie das neue Teil für die Wasseraufbereitungsanlage testen. Zum Waschen sei es jedoch geeignet. Ich bin froh, dass es so schnell geklappt hat mit dem Anschluss. Hoffentlich haben wir auch bald Strom.

Und was mache ich nun? Die Sonne ist hinter dem Horizont verschwunden und erinnert mich daran, dass ich allein in dem großen Bett liegen muss. Wo Crome wohl schläft?

Nachdem ich mich gewaschen und mir die Zähne geputzt habe, lege ich mich ins Bett und lausche den Geräuschen der Natur, die durch das offene Fenster dringen. Ich höre ein Zirpen. Ich glaube, das sind Insekten. Ich habe noch viel zu lernen, was die zahlreichen Tierarten betrifft, weil es in White City außer den Nutztieren, die wir essen, nur harmlose Fliegen und Spinnen gibt, die sich innerhalb der Kuppel ungestört vermehren können.

Ein Wispern geht durch die Nacht, Wind bläst ums Haus und verursacht unheimliche Geräusche. Ich erschaudere und ziehe das dünne Laken bis zu meiner Nasenspitze hoch, während ich in die Finsternis starre. In den Outlands ist es nachts stockdunkel, sofern der Mond nicht scheint. Hier gibt es keine Kuppel, die das Licht der Stadt reflektiert.

Crome hat Rumtreiber erwähnt. Was, wenn sie einbrechen? Sie können einfach ins Haus marschieren oder durchs Fenster klettern, und ich habe außer Küchenmessern nichts da, um mich zu wehren. Daher liegt die größte Klinge auch unter dem Kissen neben mir. Cromes Kissen.

Als es draußen laut knackt und ich mir einbilde, einen erstickten Schrei vernommen zu haben, sitze ich senkrecht im Bett. Mein Herz rast. Ich greife zum Messer und schleiche mich in den Wohnbereich. Sofort nehme ich Bewegungen im Garten wahr: zwei Gestalten, eine sehr große und eine kleine. Der Mond ist aufgegangen und erhellt den Garten schemenhaft. Außerdem ist die Tür zur Veranda bloß angelehnt. Ich hatte sie geschlossen, bestimmt!

»Gib sie her!«, höre ich eine wütende Mädchenstimme.

»Nicht, solange du mich töten willst, Kia.«

Das sind Crome und die Kleine! Erleichtert atme ich auf.

»Für dich immer noch Kialada, klar! Nur meine Freunde dürfen mich Kia nennen. Und jetzt her mit der Armbrust, ich hab sie von meinem Dad!«

»Ich verwahre sie bis morgen Früh, dann kannst du sie zurückhaben«, sagt er in leicht genervtem Tonfall. »Und jetzt schrei nicht so rum, du weckst sonst Miraja auf.«

Ich schleiche mich näher und hoffe, dass er mich im dunklen Haus nicht bemerkt. Daher bleibe ich lieber hinter einer Wand stehen und luge nur ab und zu in den Garten. Crome sitzt im Liegestuhl auf der Veranda. Ich sehe seinen breiten Rücken.

Kia steht neben ihm, die Hände in die Hüften gestemmt. »Zuerst nehmt ihr mir meinen Vater, jetzt meine Waffe! Wie gemein seid ihr Warrior eigentlich?«

Crome erwidert düster: »Du kannst mich gerne hassen, Kleine, aber jetzt lass mich schlafen.«

»Draußen?«

»Ich passe auf, dass Miraja nichts passiert. Hier gibt es Riesenkatzen.«

Sie schüttelt den Kopf. »Wieso schläfst du nicht drinnen? Habt ihr euch gestritten?«

»Das geht dich gar nichts an.« Er fährt sich durchs Haar und wirft seinen Rucksack auf das Kopfteil der Liege.

»Außerdem nennt man diese Katzen Pumas und Löwen, du Dämlack«, belehrt ihn Kia. »Die habt ihr wohl nicht unter eurer Kuppel, was?«

Er schlägt auf seinen Rucksack, als wäre er ein Kissen, das er für die Nacht zurechtmacht. »Du bist ganz schön frech.«

»Ich klär dich bloß auf. Du scheinst ja ziemlich dumm zu sein. Nach der Bombe konnten einige Tiere aus dem Zoo fliehen und haben sich über die Jahrzehnte vermehrt. Und es gibt nicht nur Löwen und Pumas, die uns gefährlich werden können. Wie willst du hier überleben, wenn du die Gefahren nicht kennst?«

Da muss ich ihr recht geben.

»Du bist entweder das mutigste Mädchen, das mir je untergekommen ist, oder verdammt lebensmüde.« Ich höre ihn tief seufzen. »Dir ist schon klar, dass ich dich mühelos zerquetschen kann wie dieses lästige Insekt?« Er schlägt sich auf den Oberarm und macht eine wegwischende Handbewegung.

»Die heißen Moskitos und saugen dein Blut aus«, antwortet sie überheblich. »Die werden dich hier draußen auffressen.«

»Wenn in Resur alle so anstrengend wären wie du, würde ich es glatt bereuen, hergekommen zu sein.« Crome klingt erschöpft. Was hat er den ganzen Tag gemacht?

»Von mir aus kannst du gerne wieder unter deiner Käseglocke verschwinden.«

Amüsiert beobachte ich den Schlagabtausch der beiden. Käseglocke – so habe ich die Kuppel auch manchmal genannt. Vorsichtig lege ich das Messer auf den Küchentisch. Da schaut Crome über seine Schulter.

Mist! Ich erstarre und bleibe stocksteif stehen. Hat er mich gesehen? Bestimmt, ihm entgeht nichts.

Trotzdem tut er so, als hätte er mich nicht bemerkt und legt sich seitlich auf die Liege, sodass ich erneut seinen Rücken zu Gesicht bekomme. Sein Rucksackkopfkissen sieht ziemlich ungemütlich aus, und für den Liegestuhl ist er viel zu groß. Auch wenn er offenbar nicht mit mir sprechen möchte, freue ich mich, dass er hier ist, um mich zu beschützen.

»Du kannst gerne drin schlafen, ich hab ein Bett für dich besorgt.« Umständlich dreht er sich auf den Rücken und gähnt.

Kia starrt durch die Scheibe, doch sie kann mich gewiss nicht erkennen. »Wirklich?«

»Wirklich und wahrhaftig«, murmelt er.

»Warum hast du das getan?« Nun klingt sie nicht mehr schnippisch.

»Weil Miraja dich mag.«

Sie deutet mit dem Finger auf ihn. »Nein, weil *du* sie magst. Daher hast du auch den Arbeitern geholfen, die Wasserleitung für diese Straße fertigzustellen. Ich habe dich beobachtet!«

Deshalb ist er so müde! Erneut hat er dafür gesorgt, dass ich mich wohlfühle und alles habe, was ich für ein angenehmes Leben brauche. In meiner Brust wird es warm. Komm doch bitte rein, Crome.

»Wenn du eh schon alles weißt, kannst du mich endlich in Ruhe lassen.« Er widerspricht Kias Worten nicht. Weil er weiß, dass ich zuhöre und er mich nicht verletzen möchte? Oder weil … Ach, hör auf, dich verrückt zu machen, Miraja!

»Warum gehst *du* nicht rein?«, will Kia wissen. »Dann hast du deine Ruhe vor mir.«

»Das ist kompliziert. Und jetzt gute Nacht.«

»Was ist denn daran bitte kompliziert? Also wenn du sicher draußen bleibst, lege ich mich gerne in ein kuscheliges Bett.« Kia öffnet die Verandatür und lugt ins Haus. »Miraja?«

»Ich bin hier, Liebes.« Ich strecke die Hand nach ihr aus und berühre sie an der Schulter. »Wir haben leider noch keinen Strom.«

»Darf ich wirklich im Haus schlafen?«

Ich ziehe sie zur Küchenzeile und entzünde eine Öllampe. »Sicher, ich freue mich. Es ist sonst so einsam hier«, sage ich betont laut, damit Crome es mitbekommt. Bei seinem Gehörsinn wird er ohnehin jedes Wort verstehen, egal ob die Türen offen oder geschlossen sind. Außerdem habe ich ein paar Fenster geöffnet, um die kühle Nachtluft hereinzulassen.

»Du kannst gerne ein Bad nehmen, wenn du möchtest. Wir haben jetzt Wasser, aber leider nur kaltes.«

»Weiß ich«, antwortet sie, nimmt mir die Lampe ab und marschiert an mir vorbei.

»Du kennst ja den Weg«, sage ich grinsend, obwohl sie längst im Badezimmer verschwunden ist. Ich bleibe noch eine Weile in der dunklen Küche stehen, um Crome zu beobachten. Er rührt sich nicht. Ob er schon schläft? Ich kann kaum atmen, wenn ich nicht mit ihm zusammen bin. Das Gefühl kenne ich noch von früher, aber niemals war es so stark wie bei ihm.

Da sehe ich ein Funkeln in seinem Gesicht. Er hat die Augen offen und starrt mich an!

»Ich danke dir«, flüstere ich. »Du kannst jederzeit neben mir im Bett schlafen. Ich vermisse dich.«

Als er nicht reagiert, schließe ich die Tür und zwinkere eine aufsteigende Träne weg. Dann folge ich Kia, um zu fragen, ob sie etwas braucht.

Kapitel 10 – Zu den Plantagen

Zwei Nächte hat er es draußen auf der ungemütlichen Liege und mit den Moskitos ausgehalten. Bevor ich aufgestanden bin, war er bereits verschwunden. Er hat zuerst mit Jax das Training abgehalten und danach habe ich ihn nicht mehr gesehen. Doch während des Trainings hat mich Jax wieder in Cromes Gruppe gesteckt. Das hat ihm nicht gepasst. Zähneknirschend hat er mir ein paar Kniffe beigebracht, aber vor den Augen der anderen. Ich würde so gerne diese Druckpunkttechnik erlernen, doch Crome meint, das ginge nicht von heute auf morgen.

Unzählige Male habe ich mir schon den Kopf zerbrochen, was mit ihm los ist. Er hat Gefühle für mich, will mir aber bei meinen Träumen nicht im Weg stehen. Hängt sein Verhalten mit seinen eigenen Träumen zusammen, die er mir bis jetzt nicht verraten hat? Wünscht er sich etwas, das stärker ist als unsere Liebe? Falls er mich noch liebt. Ach, ich weiß nichts mehr, nur, dass ich ihn vermisse.

In der dritten Nacht hat er sich ins Haus geschlichen und neben mich gelegt. Ich habe so getan, als würde ich schlafen, auch wenn es mir unglaublich schwergefallen ist. In der Früh war er wie immer weg, doch ein Kuchen hat gefehlt, was ich lächelnd zur Kenntnis genommen habe. Außerdem hat er Geld auf den Tisch gelegt, ein paar von diesen Chips, die hier als Zahlungsmittel gelten. Als Warrior wird er wie die Stadtwache vom Bürgermeister bezahlt.

Womit kann ich Geld verdienen? Darüber muss ich mir bald Gedanken machen. Ich könnte Handel treiben, vielleicht Kuchen oder Brot backen und gegen andere Sachen eintauschen. Handel ist hier gang und gäbe. Oder soll ich mich auch bei der Stadtwache bewerben? Mal sehen, diese Option bleibt mir immer noch. Ich würde schon gerne etwas mit Kindern machen. Vielleicht könnte ich ein Heim für obdachlose Kids wie Kia eröffnen.

♥♥♥

Heute ist ein aufregender Tag. Bei Sonnenuntergang geht es zu den Plantagen. Jax hat siebzig Männer und zehn Frauen ausgewählt, die kampferprobt genug sind, um mitkommen zu dürfen. Es sind doch mehr Personen geworden, als ursprünglich geplant.

Kia habe ich gebeten, solange auf unser Haus aufzupassen. Sie hat mich gefragt, was wir vorhaben, und war sofort einverstanden. Ich werde sie vermissen. Irgendwie habe ich mich an sie gewöhnt, auch wenn sie kommt und geht, wann es ihr passt. Aber zu den Mahlzeiten ist sie immer pünktlich.

Jax hat alle eingeteilt, und ich soll mit Crome fahren. Über vierzig Wagen lang wird die Kolonne sein, und wir müssen nachts reisen, da es tagsüber in der Wüste wegen der extremen Hitze kaum auszuhalten ist. Jax führt die

Kolonne an, Julius und Sonja befinden sich in der Mitte und wir bilden das Schlusslicht. Als Warrior können sie als Einzige im Dunklen sehen, denn nicht bei allen Autos funktionieren die Scheinwerfer, und vielleicht müssen wir auch ohne Licht fahren. Wir wissen nicht, was uns dort draußen alles erwarten wird.

Die Plantagen liegen hundert Meilen südöstlich von Resur am Colorado River in einem Tal, eingeschlossen von Bergen und Wüste. Wir haben vor, die Wachen gefangen zu nehmen und die Sklaven zu befreien. Dann werden so viele Leute wie nötig die Fabriken besetzen. Sollten Warrior aus White City kommen, werden wir die Fabriken sprengen und verschwinden.

Wir sitzen in Annes Wagen, der wegen seiner Größe wie für Crome gemacht zu sein scheint. Nach einer kurzen Einweisung von Anne hatte er das Fahrzeug im Griff. Schließlich müssen die Warrior während ihrer Ausbildung auf diversen Fahrsimulatoren trainieren, um für alle Eventualitäten gerüstet zu sein. Anne hat angedroht, uns eigenhändig zu erwürgen, sollten wir ihr Baby nicht zurückbringen. Schweren Herzens hat sie uns ihr Auto überlassen, da sie vom Bürgermeister darum gebeten wurde. Es gibt einfach zu wenige robuste Wagen in der Stadt.

Jax hat von Samantha mehrere Koffer mit medizinischer Ausrüstung dabei, darunter auch Gegenmittel bei Schlangenbissen. Klapperschlangen und Giftspinnen sind nicht die einzigen Gefahren, die in der Wüste lauern. Wir könnten in einen Sandsturm geraten oder uns verirren, falls Jax' marodes Navigationsgerät ausfällt.

Die anderen Fahrer transportieren Treibstoff und weitere Dinge, die wir für den Kampf brauchen, und auf unserer Ladefläche befinden sich Proviant und Wasserkanister. Auf der Rücksitzbank liegen Waffen, außerdem haben wir Platz, um mindestens vier weitere Personen aufnehmen zu können. Ich bete, dass auf den Plantagen nicht zu viele Sklaven arbeiten.

Der Himmel ist wie meistens wolkenfrei, und nachdem das letzte Licht der Sonne erloschen ist und sich die Nacht über uns senkt, beleuchtet der Mond unseren Weg. Es geht gut voran, und falls ich vor lauter aufgewirbeltem Staub etwas sehe, erkenne ich ein Flussbett, Wüste und in der Ferne Berge. Jax hat uns grob den Weg erklärt – wir sollen uns immer am Fluss halten –, doch da nur er ein Navi hat, sind wir auf ihn angewiesen.

Ich habe versucht, mit Crome unverfängliche Gespräche zu führen, aber er gibt meist nur brummende Antworten und starrt vehement auf den Wagen, der vor uns fährt und eine Staubwolke hinterlässt.

Nach knapp zwei Stunden hält die Kolonne plötzlich an. »Was ist los?«

Crome und ich steigen aus, um nachzusehen. Jax erklärt über Funk jedem Fahrer, dass maximal drei Wagen über den Staudamm fahren dürfen. Der Sicherheitsmann, der am Stauwerk arbeitet, weiß nicht, ob die Mauer sonst der zusätzlichen Belastung standhält.

»Ein Staudamm?« Ist das der, von dem Anne mir einmal erzählt hat? Ich recke meinen Hals und erkenne tatsächlich ein halbkreisförmiges, bestimmt zweihundert Meter hohes Betonmonster, das in den Canyon gebaut wurde.

Laternen reihen sich neben der Straße an der Mauer auf. Elektrisches Licht ist ein ungewohnter Anblick mitten im Nirgendwo.

Auf einer Seite staut sich das Wasser. Das muss der Lake Mead sein. Hier arbeiten Leute aus Resur, da das Werk Strom produziert. Der Damm ist über hundertsiebzig Jahre alt, hat die Bombe überlebt und von den angeblich siebzehn Turbinen funktionieren acht noch immer.

»Okay, wir warten«, bestätigt Crome durch das Funkgerät, das er wieder in der Westentasche verstaut.

Wir bleiben draußen stehen und beobachten von unserem erhöhten Posten aus, wie immer nur drei Fahrzeuge langsam über den Damm fahren. Eine lauwarme Brise weht durch das Tal, die Nacht ist angenehm mild. Über uns leuchten die Sterne und der Mond – der Augenblick ist himmlisch.

Ich stelle mich neben Crome, da ich das Bedürfnis habe, ihm ganz nahe zu sein, als er mich plötzlich warnend ansieht und sich die Finger an die Lippen hält. Er beugt sich zu mir und flüstert: »Wir haben einen blinden Passagier im Laderaum.«

Alarmiert greife ich zur Pistole an meinem Gürtel. Es ist ein altes Modell noch vor der Zeit der Bombe. Ich habe in den letzten Tagen mit der Waffe trainiert. Sie ist nicht so leicht wie meine alte, aber sie erfüllt ihren Zweck. Außerdem hat mich eine Stadtwache auf ein Maschinengewehr eingewiesen. Es liegt im Auto neben einer Kiste Handgranaten. Ich schlucke, mein Puls rast. Wir sind ausgerüstet, als würden wir in den Krieg ziehen.

Wir gehen um unser Fahrzeug herum, jeder stellt sich auf eine Seite der Heckklappe. Da vernehme ich etwas aus dem Inneren, das sich wie ein Niesen anhört. Crome hat recht, wir sind nicht allein! Mein Herzschlag beschleunigt sich weiter.

Crome öffnet die Tür und hält den Lauf seiner Waffe hinein. »Eine falsche Bewegung und du bist … Kia!«

»Was?« Ich stelle mich neben ihn und leuchte mit meiner Taschenlampe hinein, die ich an meinem Gürtel getragen habe. Zwischen den Wasserkanistern hat sich tatsächlich Kia versteckt. Sie hält sich die Hand vor Augen und beschwert sich, weil ich sie blende.

Das hat uns gerade noch gefehlt! »Was hast du hier verloren? Du solltest doch auf das Haus aufpassen!«

Umständlich klettert sie über das Gepäck auf uns zu. »Das Haus kann gut auf sich selbst aufpassen, aber ihr könnt bestimmt Verstärkung gebrauchen.«

Als sie an der Tür kniet, hebt Crome sie heraus. »Wir gehen nicht auf einen Kindergeburtstag.«

»Hey, ich bin kein Kind mehr!« Resolut drückt sie die Armbrust an sich. Kia trägt das violette T-Shirt, das ich ihr geschenkt habe, dazu ihre zerschlissenen Jeans. Den Rucksack hat sie auch dabei.

»Wir können jetzt nicht umkehren«, sage ich zu Crome, »aber vielleicht können wir sie hierlassen, es arbeiten ja Leute im Stauwerk.«

»Ich werde garantiert nicht mitten in der Wüste bei wildfremden Kerlen bleiben!« Mit ihren großen runden Augen schaut sie mich so jämmerlich an, dass meine Wut glatt verfliegen könnte, wenn ich nicht solche Angst um sie hätte.

»Wir nehmen sie mit.« Crome schließt die Luke und zerrt Kia am Arm nach vorne. Mühelos hebt er sie ins Auto, sodass sie auf der Sitzbank zwischen uns hockt. Wir müssen ohnehin aufschließen, die halbe Kolonne hat die Mauer bereits passiert.

Kia grinst zufrieden und platziert ihr Gepäck im Fußraum, doch ich koche. »Das ist viel zu gefährlich.«

Crome startet den Wagen. »Sie muss allerdings versprechen, genau meinen Anweisungen zu folgen.«

Sofort verdüstert sich ihr Gesicht wieder. »Ich werde garantiert nichts tun, was ein Warrior mir befiehlt.«

»Wie du willst.« Crome steigt auf die Bremse. »Miraja, lass sie raus.«

»Okay, okay, ich tu alles, was du sagst!«, ruft sie und klammert sich an meinen Oberarm. »Aber bitte lasst mich nicht hier zurück.«

»Geht doch«, murmelt er und fährt über die Staumauer. Sein Mundwinkel hebt sich.

Irgendwie bin ich froh, dass Kia in unserer Mitte sitzt. Nun habe ich jemanden zum Reden. Trotzdem stehe ich jetzt schon Ängste aus. Sie darf auf keinen Fall in die Nähe der Plantagen! Und so zufrieden und selbstsicher wie sie grinst, gehe ich davon aus, dass sie nicht unbedingt auf uns hören wird. Mittlerweile kenne ich ihren Sturkopf.

Ich lege einen Arm um sie und sie kuschelt sich an mich. »Warum willst du denn unbedingt mit?«

»Ich will … wollte jeder Wache einen Pfeil in den Kopf schießen. Ich habe gehört, es sollen ehemalige Warrior sein, die die Plantagen beaufsichtigen.«

Cromes Kopf fährt zu ihr herum. »Belauschst du unsere Besprechungen?«

»Ich war nur zufällig in der Nähe, als du dich mit Jax unterhalten hast«, antwortet sie frech und drückt ihren Kopf an meine Brust. »Vielleicht ist der Kerl darunter, der meinen Vater umgebracht hat.«

»Dann hast du Crome jetzt ausgeschlossen?«, frage ich.

»Hab gehört, der Mistkerl war blond.«

Dass Crome früher seine Haarfarbe ständig geändert hat, erwähne ich lieber nicht. Es ist einfacher, wenn Kia ihn für unschuldig hält, und tief in meinem Inneren hoffe ich, dass er ihren Vater nicht getötet hat. Aber erfahren werden wir es nie. Wir müssen unser altes Leben hinter uns lassen, mit allem, was dazugehört, und neu anfangen.

Nachdem wir die Staumauer passiert haben, geht die Fahrt nicht mehr so mühelos voran. Bisher waren die Straßen weitgehend geräumt und gut in Schuss, jetzt rollen wir über Sand. Die Wüste hat sich ihren Platz zurückerobert und die alten Wege eingenommen. Außerdem hat sich der Mond hinter einem Berg versteckt. Ich erkenne nichts mehr außer die Rücklichter des Vordermannes, doch Crome fährt unbeirrt weiter.

»Habt ihr euch wieder vertragen?«, möchte Kia wissen.

Ich weiß nicht, was ich ihr darauf antworten soll. Da Crome ebenfalls schweigt, starre ich aus dem Fenster.

»Okay, ihr müsst nicht mit mir reden.« Sie macht sich von mir los, setzt sich kerzengerade hin und verschränkt die Arme vor der Brust.

»Das hat nichts mit dir zu tun, das ist … Erwachsenenkram«, erkläre ich ihr. Sie schweigt eisern, genau wie Crome. Super, das war's dann also mit dem Unterhaltungsprogramm.

Als sie eine gefühlte halbe Stunde später zum Gähnen anfängt, rutscht sie tiefer in den Sitz. »Lässt du mich auch mal fahren?«, fragt sie Crome.

»Anne bringt mich um, wenn ihr Auto einen Kratzer abbekommt«, antwortet er.

Ich bin sicher, Anne würde bei der Anzahl der Beulen und Kratzer ein weiterer Schönheitsfleck nicht auffallen, aber hier kann ich ihm nicht widersprechen. Kia erkennt nicht, auf welch gefährlicher Mission wir uns befinden. Für sie scheint das alles nur ein Ausflug zu sein.

»Ich kann gut fahren, wirklich!«, setzt sie hinzu. »Matt nimmt mich manchmal mit zur Bisonjagd. Ich fahre, er schießt.«

»Bisons?« Ich muss mich daran gewöhnen, dass hier draußen alles anders ist. »Wer ist denn Matt?« Vielleicht sollte ich mir diesen Kerl vorknöpfen und ihm sagen, dass eine Jagd viel zu gefährlich für ein kleines Mädchen ist.

»Er war ein Freund von Daddy.«

»Ich glaube dir, dass du gut fahren kannst.« Crome schmunzelt. »Aber bei diesem Wagen kommst du nicht mal mit den Beinen zum Gas.«

»Wetten?« Sie beugt sich zu ihm und schaut in den Fußraum. »Wenn ich ganz nach vorne rutsche, müsste es gehen.«

»Weißt du was?« Er grinst sie so frech an, dass ich Herzflattern bekomme. »Wenn wir zurück sind, schau ich, wo ich ein Fahrzeug auftreiben kann und dann machen wir 'ne Tour.«

»Echt?«

»Hand drauf«, sagt er und streckt ihr den Arm hin.

Kia schlägt ein. »Abgemacht.« Sie kuschelt sich wieder an mich und flüstert mir ins Ohr: »Dein Warrior ist ganz okay«, bevor sie erneut gähnt und die Augen schließt. Es dauert nicht lang und sie ist eingeschlafen. So schön es ist, sie bei mir zu spüren … aber sie wird immer schwerer. Bald habe ich kein Gefühl mehr im Arm.

Im schwachen Licht, das die Armaturen verbreiten, mustere ich ihr hübsches Gesicht. Es wirkt oft hart, doch wenn sie schläft, ist sie einfach nur ein zierliches, süßes Mädchen. Sanft drücke ich sie von mir und versuche sie so hinzulegen, dass sie ihren Kopf auf meinen Schoß betten kann. Da murmelt sie etwas Unverständliches, kippt auf die andere Seite und macht es sich auf Cromes Oberschenkel gemütlich.

Schmunzelnd schüttelt er den Kopf. »Sie ist klein, eigensinnig, frech und vorlaut. An wen erinnert sie mich bloß?«

»Ich weiß überhaupt nicht, von wem du sprichst«, antworte ich lächelnd.

Zu gut erinnere ich mich an unsere erste Begegnung auf dieser Party, oft habe ich mir die Szenen beim Einschlafen ins Gedächtnis gerufen. Außerdem erinnere ich mich an unsere langen Gespräche. Sie gehen mir am meisten ab, daher tut es gerade gut, sich wie früher mit ihm zu unterhalten. Unbeschwert und offen.

Crome kratzt sich an einer Augenbraue. »Kia ist genau so ein dickköpfiges Kätzchen wie du. Sie ist dir total ähnlich.«

Ich betrachte ihr entspanntes Gesicht und stelle tatsächlich eine gewisse Ähnlichkeit fest. Als Kind war ich auch eine zierliche Elfe. »Ich glaube, sie mag dich, auch wenn sie sich eher die Zunge abbeißen würde, als das zuzugeben.«

Zeitgleich strecken wir die Hand aus, um über Kias Rücken zu streicheln, da berühren sich unsere Finger. Ich habe Angst, dass er sie zurückzieht, stattdessen drückt er kurz meine Hand. »Du warst so kratzbürstig am Anfang, unglaublich.«

Er verwirrt mich. Wieso redet er auf einmal mit mir? Mein Körper steht vom Haaransatz bis zu den Zehenspitzen unter Strom. Ich lasse meine zitternde Hand auf Kias Rücken liegen. Ob ich Crome noch einmal ansprechen soll, was mit ihm los ist? Ich nehme all meinen Mut zusammen. »Eine einfache Erklärung würde mir reichen.«

»Hm?« Stirnrunzelnd schaut er zu mir.

»Ich meine das mit uns. Haben wir noch eine Chance?«

»Du liebst Kinder, oder?«, will er wissen.

»Ja«, antworte ich vorsichtig. Weicht er schon wieder aus? »Du magst Kinder aber auch.«

»Das stimmt.«

Hoffnung keimt in mir auf. »Und du magst Kia.«

»Im Moment: ja. Ihr Geschnatter ist zuweilen sehr anstrengend.« Er räuspert sich. »Was sind deine Pläne? Sind es noch dieselben wie damals?«

»Ich möchte mich um all die obdachlosen Kinder kümmern, die in Resur leben.«

»Ich meine, deine ganz persönlichen Pläne.«

»Ja, das sind noch dieselben. Ich will erst mit euch in den Kampf ziehen, um Resur sicher zu machen. Dann würde ich gerne ein Waisenhaus gründen und eigene Kinder haben. Jetzt bist du dran.«

Er zögert kurz. »Ich werde mit Jax eine Armee aufstellen und die Leute ausbilden. Wir haben uns viel darüber unterhalten. Es könnte bald zu einem Angriff kommen. Spätestens nachdem wir die Rohstoffproduktion sabotiert haben, wird der Senat zum Gegenschlag ausholen.«

Er weicht schon wieder aus. »Das sind aber nicht diese Weichei-Wünsche, die du mal hattest und von denen ich bis heute nicht weiß, welche es überhaupt sind.«

Er zuckt mit den Schultern. »Die habe ich ohnehin begraben.«

»Warum?«

»Weil ich niemals haben kann, was ich mir wünsche, und jetzt will ich darüber nicht mehr reden.«

»Ich frage mich ernsthaft, wer von uns beiden stur ist«, murmele ich und schlucke hart. Irgendwann kommt der Tag, da knacke ich diese harte Schale und dann wird er mir alles erzählen.

♥♥♥

Nach drei weiteren Stunden hält die Kolonne erneut. Jax gibt über Funk durch, dass wir fünf Stunden haben, um uns auszuruhen. Die Fahrt war für viele anstrengend, und wir müssen fit sein. Vor dem Morgengrauen wollen wir angreifen.

Kia schläft wie ein Baby. Leise steigen wir aus, und Crome holt seinen Rucksack vom Rücksitz. »Ich fahre mit Jax noch ein Stück weiter, um die Lage abzuchecken.«

Sie brauchen keine Scheinwerfer und werden nicht auffallen. Hoffentlich.

»Okay, ich bleibe mit Kia hier. Bitte pass auf dich auf.«

Er steht so dicht neben mir, dass mich seine mit Waffen gespickte Weste streift. Ich hoffe auf einen Kuss, stattdessen drückt er kurz meine Schulter. »Bis später.«

Schon ist er weg. Ich kann ihn im Dunklen nicht mehr erkennen und höre nur das Wispern der anderen Leute. Alle verhalten sich möglichst ruhig und machen kein Licht.

Unsere Fahrzeuge stehen aufgereiht neben einem Flussbett, links und rechts erstreckt sich ein Gebirgszug. Falls jemand die Talausgänge versperren würde, wären wir gefangen. Zum Glück ist das nicht zu erwarten. Die Kuppelmenschen – jetzt nenne ich sie auch schon so! – fliegen nur mit fensterlosen, satellitengesteuerten Shuttles über die Outlands.

Da sich Kia mittlerweile auf der ganzen Bank ausgestreckt hat und ich sie nicht wecken möchte, habe ich keinen Platz, um mich auszuruhen, daher beschließe ich, es mir auf dem Wagendach gemütlich zu machen. Nach der holprigen Fahrt fühle ich mich wie gerädert, und draußen auf dem Boden zu schlafen ist wegen der Klapperschlangen und Giftspinnen zu gefährlich.

Vom Rücksitz hole ich Decken sowie eine Wasserflasche und klettere aufs Dach. Zwei dicke Decken lege ich aus, die dritte rolle ich als Kissenersatz zusammen und schlüpfe aus meinen Schuhen.

Tut das gut, sich langzumachen, auch wenn das Wagendach alles andere als bequem ist. Dafür hat es auf angenehme dreiundzwanzig Grad abgekühlt und ich habe eine gigantische Aussicht: Ich schaue direkt in den Sternenhimmel. Er fasziniert mich nach wie vor. Wie Milliarden glitzernder Pailletten auf schwarzem Stoff sieht er aus.

Ich weiß nicht, wie lange ich den Himmel angestarrt habe, bevor mir die Augen zugefallen sind, aber als das Wagendach plötzlich leicht wackelt, reiße ich die Lider auf und greife zur Waffe.

»Ich bin's«, flüstert Crome mir zu und taucht als dunkle Silhouette neben mir auf. »Ich setz mich zu dir, hab keine Lust auf Schlangenbisse.«

»Hier ist genug Platz, ruh dich aus.« Ich rutsche zur Seite, damit er sich hinlegen kann, und klopfe auf das provisorische Kissen. Zu meiner Freude nimmt er die Schutzweste ab und streckt sich auf dem Rücken aus.

Ich versuche, ihn möglichst wenig zu berühren, aber obwohl das Dach breit genug ist, zieht es mich einfach zu ihm hin.

»Was habt ihr gesehen?«, möchte ich wissen, und lege meine Hand auf seinen Oberarm.

Er dreht mir den Kopf zu und erzählt leise: »Im nächsten Tal, etwa drei Meilen von hier entfernt, gibt es ein riesiges Areal mit zwei Fabriken und Zuckerrohr, wohin das Auge reicht. Die Plantagen sind gigantisch, alles ist hell erleuchtet, Scheinwerfer stehen überall. Wir haben zehn fliegende Drohnen gezählt, die ständig das Gelände scannen und dem Gestank nach irgendeine Chemikalie versprühen. Dafür scheint es nicht so viele Wachen zu geben, zumindest haben wir kaum welche gesehen. Kann aber auch sein, dass sie in den Gebäuden sind. Dafür herrscht auf den Feldern reger Betrieb, wahrscheinlich müssen die Sklaven wegen der Tageshitze nachts arbeiten. Und die Wachen behandeln sie nicht gerade zuvorkommend.«

Ich schlage mir die Hand auf den Mund und wende mich von Crome ab. Ich sehe die durch die harte Arbeit und Chemikalien ausgezehrten Körper direkt vor mir. Viele der Gefangenen haben sich nicht einmal etwas zu Schulden kommen lassen und sind trotzdem in dieser Hölle gelandet. »Wenn du mich nicht gerettet hättest, wäre ich auch dort«, wispere ich erstickt.

»Aber du bist nicht dort. Und jetzt sind wir hier, um sie zu retten.« Er zieht mich in seine Armbeuge und ich kuschle mich an ihn. Seine Nähe ist genau das, was ich brauche. Als ob er mein Fels in der Brandung ist, klammere ich mich an ihm fest.

Ich genieße seine Wärme und den typischen Duft seiner Haut, während er meinen Rücken streichelt. So liegen wir still da und schauen in den Himmel.

Als plötzlich ein riesiger Silberschweif über uns hinwegzieht, zucke ich zusammen. »Wow, was war das? Hast du das auch gesehen?« Ob uns White City mit Raketen angreift?

»Das war eine Sternschnuppe«, erklärt er mir ruhig. »Kia hat mich aufgeklärt, als ich auf der Gartenliege genächtigt habe und schon ein paar Mal dieses Phänomen beobachten durfte.«

»Und was habe ich dir noch erklärt?« Ihre Stimme dringt durch das geöffnete Fahrerfenster an unsere Ohren. »Ihr dürft euch was wünschen!«

»Gute Nacht, Kia!«, sagt Crome grinsend. Seine hellen Zähne schimmern im Sternenlicht.

»Wir dürfen uns etwas wünschen?«, flüstere ich an seinem Hals. »Ist das ein Brauch in Resur?«

»Hm«, brummt er.

Ich schließe die Augen und wünsche mir sehnlichst, dass dieser Mann zu mir zurückkommt. Nicht nur in mein Bett, sondern dass er mich wieder in sein Herz lässt.

»Hast du mir im Gefängnis wirklich etwas vorgespielt?«, will er auf einmal wissen.

»Ja, am Anfang schon.« Wieso sollte ich es leugnen. Ich will ihm nie wieder etwas vorgaukeln.

»Hatte ich fast vermutet.«

»Bist du böse deswegen?«, frage ich kaum hörbar.

»Nein.« Er dreht sich zur mir und drückt mich am Po gegen seinen heißen Körper.

Mein Herz rast. Wenn nicht noch achtzig andere Personen in der Nähe wären, würde er jetzt bestimmt mit mir schlafen. Ich höre seine beschleunigte Atmung. Er ist erregt. *Ich* errege ihn. Das gibt mir jedes Mal ein Gefühl von Macht.

Meine Lippen streifen sein Kinn, die Bartstoppeln kitzeln mich. Sein Atem stößt gegen meine Wange. Seine intensiven Küsse fehlen mir am meisten.

Da ich ohnehin nichts zu verlieren habe, fahre ich mit den Fingern in sein Haar, um seinen Kopf festzuhalten, und küsse ihn auf die weichen Lippen.

Crome knurrt leise. »Du solltest noch ein bisschen schlafen, du musst in ein paar Stunden fit sein.«

»Du aber auch.« Ich küsse ihn einfach weiter, lasse meine Zunge in seinem Mund kreisen und freue mich, dass er meine Zärtlichkeiten ungezähmt erwidert.

»Ich bin nicht müde.« Seine Hände kneten meine Pobacken durch die Hose hindurch.

»Dagegen weiß ich etwas.« Hier kann er mir nicht entkommen, diese Chance muss ich ergreifen. Frech fasse ich ihm an den Schritt. Er ist steinhart.

»Kätzchen«, murmelt er, »ich leg dich übers Knie, sobald wir zu Hause sind.«

»Warum? Ich kann nichts dafür, du hast dir schließlich gewünscht, dass ich genau das tue.«

»Hab ich nicht«, erwidert er schwach.

»Was hast du dir denn dann gewünscht?« Ich öffne seine Hose und schlüpfe mit der Hand hinein. Er hält mich nicht auf.

»Das darf man nicht verraten, sonst geht es nicht in Erf…«

Als ich zudrücke, stöhnt er leise auf. Sein Penis ist heiß, glatt und so hart, dass er sich in der Enge der Hose bestimmt unwohl fühlt.

Crome rollt sich auf den Rücken, und sofort mache ich mich an seiner Hose zu schaffen, um seine Erektion freizulegen.

»Das kannst du doch hier nicht tun.« Er klingt atemlos.

»Jax ist der Einzige neben dir, der uns im Dunkeln erkennen würde, und er befindet sich am anderen Ende der Kolonne. Wovor hast du Angst?«

»Kia könnte etwas mitbekommen.«

Verdammt, er hat recht. Das wäre zu peinlich. Ich erstarre und lausche in die Finsternis. »Ist sie noch wach?«

»Nein, ihrer Atmung nach zu urteilen schläft sie wieder.«

Gott sei Dank. »Und die Leute im Auto vor uns?«

»Schnarchen beide.«

»Na, also«, sage ich und stülpe die Lippen über seine Eichel.

»Oh ver…dammt ist das geil.« Er fasst in mein Haar und bewegt meinen Kopf in dem Tempo, das ihm gefällt. Mal langsam, mal schneller, und ich gebe mir große Mühe, ihn so gut zu verwöhnen, wie ich kann. Dabei werde ich selbst feucht und möchte mich am liebsten auf ihn setzen, aber falls Kia wieder aufwacht und sie womöglich eine Taschenlampe auf uns hält … Ich muss warten, bis wir unter uns sind.

Ich fahre mit der Zunge die Verästelungen an seinem Schaft nach und stupste sie in den Schlitz, um ihn gleich wieder bis zum Anschlag aufzunehmen.

Seine Finger krallen sich in mein Haar. »Kätzchen, ich spritz gleich ab.«

Er hat sich viel zu lange zurückgehalten. Ich weiß, was er will. Das hat er mir im Trainingsraum gezeigt. Er braucht es oft und etwas heftiger. Keinen Blümchensex. Wie sehr ich mir wünsche mit ihm in unserem Bett zu liegen. Ich würde alle Geschütze auffahren.

Keuchend bäumt er sich auf. »Bei der nächsten Gelegenheit kommt die süße Rache.«

»Ich bitte darum«, murmele ich an seiner Eichel, und schon schießt sein warmer Saft in meinen Mund. Ich schlucke alles, weil ich weiß, dass Männer es mögen, wenn nichts verloren geht, und lecke ihn anschließend noch sauber. Alles ging viel zu schnell und ich würde gerne eine zweite Runde starten, aber wir sind nicht zum Spaß hier. Vor uns liegt eine schwere Aufgabe.

Nach ein paar Schlucken aus der Wasserflasche lege ich mich wieder neben ihn.

Crome schließt die Hose und zieht mich auf sich. »Wieso hast du das getan?«

»Ich wollte es.« Seufzend kuschle ich mich an seine Brust und fühle mich schläfrig. »Außerdem hat es schon einmal geklappt, dich zu erobern.« Ungern denke ich an die Zeit im Gefängnis zurück. Nur die schönen Momente mit Crome möchte ich in Erinnerung behalten.

Zärtlich krault er meinen Nacken. »Du hast mich doch längst erobert.«

Ich hebe meinen Kopf und streiche über sein Gesicht. »Dann komm zu mir zurück. Was auch immer zwischen uns steht, ich bin sicher, es gibt eine Lösung.«

»Ich überlege es mir.«

»Ernsthaft?« Mein Puls rast. »Also haben dich meine mündlichen Argumente überzeugt?«

»Nicht nur die, du freches Ding.« Er umarmt mich fester und murmelt an meiner Stirn: »Ich sehe, wie du leidest, und das bringt mich fast um.« Eine Weile schweigt er, bevor er hinzusetzt: »Gib mir nur noch ein bisschen Zeit, okay?«

Oh Gott, darf ich hoffen? Meint er es ernst? »Überleg bitte nicht zu lange, sonst sterbe ich wirklich.«

»Sobald wir zu Hause sind, bekommst du eine Antwort. Versprochen.«

Kapitel 11 – Auf in die Schlacht

Das Areal ist riesig, genau wie Crome gesagt hat. Eingebettet zwischen zwei Bergketten und vom Colorado River in zwei Hälften geteilt, befinden sich die Zuckerrohrplantagen. Die über vier Meter großen Halme stehen dicht beieinander und bewegen sich hier und da. Vermutlich arbeiten dort Sklaven. Strahler an hohen Masten beleuchten die Felder sowie die Fabrikanlagen in der Mitte des Geländes. Rauch steigt aus den Schornsteinen auf, ein süßlicher Geruch dringt in meine Nase. Auf dem Areal ist es beinahe taghell und die Gefahr, entdeckt zu werden, groß.

Unsere Leute haben sich in kleinen Gruppen so um das Gebiet verteilt, dass wir immer noch den nächsten zu unseren Seiten sehen, damit wir uns mit Handzeichen verständigen können. Die Funkgeräte haben wir ausgeschaltet. Bisher konnte ich nur einen Wachmann beobachten, der auf einem Trampelpfad um das Feld schleicht. Der Statur nach zu urteilen ist er ein ehemaliger Warrior. Sein Haar ist ergraut, das Gesicht wettergegerbt. Er scheint müde und lustlos zu sein, das Gewehr hängt über seiner Schulter und in seinem Mundwinkel steckt eine Zigarre, als hätte man ihn ausgemustert und hierhin gebracht, weil es in der Stadt für so viele alte Soldaten keine Arbeit gibt. Zutrauen würde ich das dem Senat.

Crome hat mich kurz allein gelassen und robbt irgendwo durch das Gras, um mit Jax zu reden. Im Moment weiß ich nicht, wo er sich genau befindet. Er ist in der Dunkelheit verschwunden. Daher starre ich wieder auf das hell erleuchtete Areal vor mir. Mehrere Drohnen schweben in etwa fünf Metern Höhe über dem Anbaugebiet. Die kleinen Fluggeräte sehen wie Untertassen aus und haben einen Durchmesser von einem Meter. Allerhand Lichter und Sensoren sind an ihnen befestigt. Unbeteiligt surrt eine dieser Untertassen leise über den Wachmann hinweg.

Mein Augenmerk richtet sich auf das Feld etwas weiter entfernt. Die grünen Halme biegen sich auseinander und eine ältere Frau kommt zum Vorschein. Sie geht gekrümmt, ihr blondes Haar sieht aus wie Stroh, die Haut ist von der Sonne verbrannt – oder von den Chemikalien verätzt? Vor ihrem Gesicht hängt eine Atemschutzmaske, und sie trägt nur Stiefel sowie ein langärmeliges Hemd, das eher wie ein Sack aussieht. Ich erschrecke über ihren Anblick.

Sie schaut zu beiden Seiten und rennt los, genau in meine Richtung. Warum ist sie derart leichtsinnig? Sie muss die Drohne doch sehen!

Rasch nähert sich das Flugobjekt, schießt einen Blitz ab und die Frau bricht zusammen. Kurz darauf gibt die Drohne Alarm. Der grelle Ton geht mir durch Mark und Bein, sodass ich mir die Ohren zuhalten muss. Die Wache kommt angelaufen, fühlt am Hals den Puls der regungslosen Frau und zerrt sie am Haar fluchend mit sich. Offensichtlich ist sie tot, obwohl dieser

Stromstoß die Sklaven bestimmt nur lähmen soll. Diese Frau war bereits zu schwach, ihr Herz hat sicherlich versagt. Hat sie vielleicht sterben wollen?

Plötzlich sind all die eigenen Ängste wieder da. Mein Puls rast, die Pistole in meiner Hand zittert und der Rucksack auf meinem Rücken scheint eine Tonne zu wiegen. Wenigstens erlischt der grausame Ton.

Erneut erschrecke ich, als ich jemand neben mir spüre, der mir die Hand auf den Mund drückt. Es ist Crome! Beinahe hätte ich geschrien.

»Du musst das nicht tun«, flüstert er und nimmt die Hand weg. »Du kannst zurück zu Kia gehen. Der Kleinen würde ein Aufpasser nicht schaden.«

»Ich zieh das durch, ich bin okay«, antworte ich möglichst gefasst und überprüfe kurz, ob meine Schutzweste noch korrekt sitzt.

Er runzelt die Stirn, blickt dann jedoch zum Feld. Niemand ist zu sehen, nur die Untertasse fliegt am Rand hin und her. Jede Drohne scheint ihr eigenes Revier zu besitzen.

Da bemerke ich das Messer in seiner Hand und stupse ihn an der Schulter an.

»Hier wimmelt es vor Schlangen«, erklärt er mir.

Oh Gott, auch das noch, die hatte ich total vergessen!

Er lächelt mich an. »Keine in deiner Nähe. Nicht mehr.«

»Sicher?« Hektisch sehe ich mich um, doch zwischen dem Gras ist es zu dunkel, darin könnte sich alles Mögliche verbergen.

»Sicher.« Crome schaut durch das Zielfernrohr seiner Waffe. »Wir kommen nicht an den Drohnen vorbei, ohne dass sie Alarm schlagen. Offenbar erkennen sie die Senderchips der Wachen und gehen nur los, wenn jemand anderes den Bereich verlässt.«

»Vermutlich reagieren sie auf Bewegung und Körperwärme und verschonen nur diejenigen, die Chips tragen.« Ich deute auf das Flugobjekt. »Die Beule an der Seite könnten Sensoren sein. Wir könnten sie abschießen, aber das macht einen Höllenlärm.«

»Verdammt«, murmelt er plötzlich und starrt nach links. »Kia ist hier.«

»Was?« Oh dieses Kind! »Es war mir klar, dass sie nicht beim Wagen bleibt. Ich hätte doch lieber auf sie aufpassen sollen.« Wieso hört die Kleine nicht auf das, was man ihr sagt? Sie gefährdet nicht nur sich, sondern unsere Pläne.

Wir robben zu ihr durch das Gras, mein ehemaliger Bodyguard-Beschützerinstinkt ist aktiviert. Diese Madame wird um eine Predigt nicht herumkommen. Sie kann nicht immer tun und lassen, wie ihr beliebt. Hier müssen wir alle bestimmte Regeln beachten.

Sie hockt zwischen den Halmen, die Armbrust in der Hand, und ihre Augen werden groß, als wir plötzlich neben ihr auftauchen.

»Ich wollte nur kurz gucken, was ihr so macht, ich bin schon wieder weg!« Während sie sich zum Gehen wendet, hält Crome sie fest. »Wie gut triffst du mit diesem Ding?« Skeptisch mustert er die Armbrust.

»Ich treffe alles«, antwortet sie überheblich.

»Auch bewegliche Ziele?«

»Alles«, wiederholt sie.

»Okay, dann wirst du der Drohne ihr verdammtes Auge ausschießen.« Er deutet auf das Fluggerät. »Siehst du diesen rot blinkenden Sensor an der Seite? Den musst du erwischen.«

Sie nickt und zieht einen Pfeil aus ihrem Köcher.

»Ist das dein Ernst?«, frage ich Crome.

»Eine bessere Gelegenheit als diese haben wir nicht, Kia schickt der Himmel.«

Da bin ich mir nicht sicher, sage jedoch nichts dazu. Er hat recht, ein Pfeil fliegt lautlos.

Als sie sich hinstellt, reißt Crome sie sofort zu Boden. »Du machst dich grad zur Zielscheibe, Mädchen.«

»Dann gebt mir Deckung«, sagt sie kühl und steht wieder auf, als wäre sie die geborene Kriegerin. In diesem Moment gehört ihr all meine Bewunderung. Was für ein mutiges Mädchen.

Sie spannt den Bogen, ihr Blick wirkt konzentriert und ist auf das Ziel gerichtet. Crome und ich beobachten die Umgebung. Es ist keine Wache zu sehen, die scheinen um diese Uhrzeit ihren Dienst nicht besonders ernst zu nehmen oder sich voll auf die Drohnen zu verlassen. Unser Glück.

»Moment!« Crome unterbricht sie erneut.

»Mann«, zischt sie und hockt sich zurück ins Gras.

Mein Puls ist mittlerweile auf hundertachtzig. »Was ist denn?«

»Möglicherweise geht der Alarm los, wenn die Drohne angegriffen wird. Kia, du musst ihn zuerst treffen. Der Lautsprecher müsste hinter dem schwarzen Gitter neben dem Sensor sitzen. Siehst du ihn?«

»Okay.« Abermals erhebt sie sich. »Erst das große Schwarze, danach das blinkende Rote.«

Kia spannt die Armbrust, konzentriert sich und lässt den Bolzen los. Er saust so schnell durch die Luft, dass ich ihn kaum sehe. Noch bevor er das Ziel getroffen hat, zieht sie einen zweiten Bolzen aus dem Köcher, legt an und schießt. Kurz nacheinander treffen beide Pfeile genau ihr Ziel. Die Drohne dreht sich im Kreis und fliegt ziellos wenige Meter hin und her, dann bleibt sie in der Luft stehen und rührt sich nicht mehr. Nur die Lichter auf der Unterseite blinken wild durcheinander.

Leise pfeift Crome durch die Zähne. »Respekt, Kleine.«

Kia grinst breit, ihre Augen funkeln. »Ich hab gewusst, dass ihr mich braucht.«

Crome blickt mich scharf an. Ich weiß genau, was er denkt. »Sie könnte uns wirklich helfen«, sagt er prompt.

Leider hat er recht.

»Okay.« Tief hole ich Luft. »Ich bleibe mit Kia außerhalb der Plantagen und sie beseitigt die Drohnen, wo immer nötig. Sobald Gefahr droht, bringe ich sie in Sicherheit.« Während ich rede, strahlt sie förmlich.

Da stupst Crome mich an. »Jax kommt.«

»Wow, war das die Kleine?«, fragt unser Anführer, als er vor uns auftaucht.

Er trägt gleich drei Gewehre mit sich und ein Dutzend Patronengürtel.

Kia nickt stolz.

»Kann ich sie mitnehmen?«, möchte Jax wissen. »Wir müssten dringend noch eine Drohne auf der anderen Seite des Flusses deaktivieren, damit wir von beiden Seiten angreifen können. Es gibt eine seichte Stelle etwa eine halbe Meile von hier, ich könnte das Mädchen auf die Schulter nehmen und sie rüberbringen.«

Kia verschränkt die Arme und macht einen Schmollmund. »Hey, das sind nicht meine Eltern, Jax, du kannst mich selbst fragen.«

Keiner beachtet sie, Crome blickt mich schweigend an. Ich weiß, dass wir ohne die Kleine sofort Aufmerksamkeit erregen, also stimme ich schweren Herzens zu. Ich habe solche Angst um sie, aber bei Jax ist sie gut aufgehoben.

»Du musst mir versprechen, sie in Sicherheit zu bringen, sobald ihr Auftrag erledigt ist.«

Jax nickt, danach blicke ich Kia streng an. »Und du tust, was man dir sagt, oder es gibt Ärger.«

Sie öffnet den Mund und sieht aus, als wolle sie protestieren, da hebe ich den Finger. »Du kannst auch gleich zum Auto gehen.«

Sie klimpert mit den Wimpern. »Ich werde ganz brav sein. Versprochen.«

Hoffentlich! Ich gebe mein Einverständnis, und Kia robbt mit Jax davon.

Sofort mache ich mich mit Crome in Richtung Plantage auf. Er winkt unseren Leuten, die in der Nähe sind, und gibt Zeichen, dass die anderen ebenfalls auf dieser Seite einfallen sollen.

Als wir die grell beleuchtete Zone erreichen, laufen wir los und verschwinden zwischen den riesigen Halmen im Feld. Die anderen Männer und Frauen schließen sich uns an, Crome teilt sie in kleine Gruppen auf und weist sie an, wo sie entlanggehen sollen. Sie sollen den Sklaven erklären, an welchen Stellen sie die Plantagen verlassen können, um sich vorerst in Sicherheit zu bringen. Falls sie auf Wachen stoßen, sollen diese möglichst geräuschlos überrumpelt werden. Samantha hat Crome, Jax sowie ein paar wenigen anderen eine Flüssigkeit mitgegeben. Diese auf ein Tuch getröpfelt, wirkt betäubend, wenn die Dämpfe eingeatmet werden. Leider hatte Samantha nicht viel davon übrig, da sie diesen Wirkstoff auch im Krankenhaus braucht und alle Ressourcen knapp sind.

Crome und ich schleichen allein zwischen den Halmen hindurch. Dank seiner Sinne stoßen wir immer wieder auf Sklaven bei der Arbeit, andere haben sich vor Erschöpfung auf dem Erdboden zusammengerollt und schlafen. Es sind viele Männer unter ihnen, die oft genauso entkräftet aussehen wie die Frauen. Ich versuche, nicht zu sehr an ihr Schicksal zu denken, das auch mein eigenes hätte sein können.

Wir wecken sie, indem wir ihnen die Hand auf den Mund legen, damit sie nicht schreien. Viele von ihnen sind so erschöpft, dass sie sich ohnehin kaum wehren, doch die Erleichterung ist ihnen deutlich anzusehen.

Wir weisen sie an, sich im Westen zu sammeln und die kleinen Sicheln, die sie bei sich tragen, als Waffe einzusetzen, sollte es nötig sein.

Langsam nähern wir uns der Mitte des Areals, wo der Fluss hindurchfließt und die Fabriken vor sich hinrauchen. Von allen Richtungen führen Schienen zu den Gebäuden, auf denen kleine Waggons fahren. In diese Loren müssen die Arbeiter die abgeschnittenen Halme werfen.

Als wir plötzlich Schreie hören, zucke ich zusammen. Das muss eine Frau sein! Mein Herz überschlägt sich.

»Schnauze, Fotze!«, ruft ein Mann, dann höre ich ein Klatschen und nur noch ein Wimmern. »Du sollst arbeiten und nicht schlafen!«

Vorsichtig bewegen wir uns einen Trampelpfad entlang und versuchen, die großen Stängel nicht zu bewegen. Wir wissen nicht, wie viele ehemalige Warrior hier arbeiten, aber eines weiß ich genau: Sie haben immer noch schärfere Sinne als jeder Mensch.

Crome deutet durch die Halme, und da sehe ich es ebenfalls: Eine Wache tritt nach einer jungen braunhaarigen Frau, die auf dem Boden liegt. Ihr Gesicht zeigt kurz in meine Richtung – sie kommt mir bekannt vor! Der Leberfleck an der Wange ist auffällig. Sie war unter den Sklavinnen, mit denen auch ich zu den Plantagen deportiert hätte werden sollen. Sie trägt einen Schutzanzug, neben ihr liegt eine Gasmaske. Die Haut in ihrem Gesicht ist wund. Das muss von den Pestiziden kommen. Der ätzende Geruch hat sich bereits in meine Nasenschleimhäute gebrannt, meine Augen tränen.

Wimmernd presst sie sich die Hand auf den Unterleib.

Der Wachmann dreht sie auf den Bauch und öffnet seine Hose. Dann reißt er ihr die Hose herunter und legt sich auf sie.

Ich kann es kaum in Worte fassen, welcher Hass mich überkommt. Am liebsten möchte ich diesem perversen Schwein eine Kugel in den Kopf jagen! Mit der Pistole ziele ich auf ihn, doch ich könnte die Frau treffen. Außerdem wären sofort alle alarmiert. Jetzt wäre Kias Armbrust perfekt, aber die Kleine sollte das niemals mitansehen müssen.

Hilfe suchend wende ich mich an Crome – er ist weg. Dafür taucht er Sekunden später hinter dem Mann auf, reißt dessen Kopf an den Haaren nach hinten und schlitzt ihm mit einer blitzschnellen Bewegung die Kehle auf.

Blut spritzt auf die Frau, und bevor sie registriert was sich abspielt und schreien kann, hält Crome ihr den Mund zu.

Sofort laufe ich zu ihnen. »Hab keine Angst, wir sind hier, um euch zu befreien.«

Ihre Augen werden groß. Offenbar erkennt sie mich. Als sie aufhört zu strampeln, nimmt Crome die Hand weg. Ihr Gesicht ist tränennass, ihr Schutzanzug voller Blut. »Ihr kommt uns wirklich retten?«

Crome nickt und erklärt ihr dasselbe wie den anderen Sklaven zuvor. »Kannst du alle Arbeiter informieren und am westlichen Ende der Felder zusammentrommeln?« Er deutet in die Richtung, aus der wir gekommen sind. »Dort haben wir eine Drohne deaktiviert.«

Langsam rappelt sie sich auf, wobei ich ihr helfe. »I-ich kann es versuchen, einige sind jetzt auch in den Unterkünften oder im Krankenlager. Das

Gift bringt uns noch alle um.«

»Versuche sie zu warnen und versteckt euch im Westen. Wir werden euch abholen, wenn wir hier alles erledigt haben.«

»Danke, Danke«, sagt sie unentwegt und verschwindet zwischen dem Zuckerrohr.

Crome zerrt den toten Wachmann vom Weg, und ich schiebe mit dem Fuß Sand und Erde über das Blut. Dabei muss ich ständig daran denken, dass ich diese Frau hätte sein können. Tag und Nacht hart arbeiten, die Haut platzt von der Sonne und dem Gift auf, misshandelt werden …

Ich habe Crome einfach alles zu verdanken.

»Miraja«, sagt er und winkt mir. »Wir müssen weiter.«

Wir nähern uns einer der beiden riesigen Fabriken, grauen Monstern aus Stahl und Beton. Aus dem dicken Schornstein steigt Rauch, und mit ihm kommt seltsames Zeug heraus, das wie brauner Regen auf uns herabfällt. Ein seltsamer Geruch, leicht schwefelig oder wie Hefe, schlägt uns am Eingang entgegen, in den die Loren automatisch fahren.

Davor steht ein Shuttle, wie ich es aus White City kenne. Es ist etwa so groß wie mein Haus in Resur, silberfarben, ohne Fenster, und erinnert mich an einen Schuhkarton mit spitzer Schnauze. Davor türmen sich Kisten und Säcke auf. Offensichtlich soll der Transporter bald beladen werden, um die Waren in die Stadt zu liefern.

Wir hängen uns an eine dieser Loren, krabbeln hinein und decken uns mit den Halmen zu, damit wir ungesehen ins Innere transportiert werden. Dort wird es immer stickiger; heißer Dampf hüllt uns ein. Während es auf den weitläufigen Feldern beinahe wie ausgestorben wirkte, glaube ich mich jetzt in der Hölle. Vorsichtig luge ich über den Rand der Lore. Riesige Maschinen stehen auf mehreren Ebenen verteilt, und bei jeder schuften männliche Sklaven, halbnackt und schweißgebadet. Sie tragen nur Stiefel und Hosen. Kessel, Fließbänder und riesige Zahnräder, wohin das Auge blickt. Es rattert ohrenbetäubend, die ganze Halle scheint zu wackeln. Die Luft ist so stickig, dass ich kaum atmen kann.

Die Wagen fahren auf spiralförmig angeordneten Schienen ganz nach oben. Dort laden zwei Sklavinnen – die BHs und dieselbe Kleidung tragen wie die Männer – die Zuckerrohrstängel aus und werfen sie in einen gigantischen Trichter. Eine Etage tiefer quetschen Zahnräder den Saft aus den Halmen. Hinter uns brodelt es in riesigen Kesseln, es riecht nach Alkohol.

Crome und ich springen von der Lore, bevor sie ihr Ziel erreicht und wir entdeckt werden. Wir verstecken uns hinter einem der Kessel, der solch eine Hitze abstrahlt, dass ich innerhalb von Sekunden genauso schweißgebadet wie die Arbeiter bin.

Crome deutet hinter sich, auch sein Gesicht glänzt. »Offensichtlich wird hier das Ethanol für die Shuttles produziert.«

»Ich dachte, die fliegen mit Solarenergie?«

»Teils, teils«, erklärt er mir.

Gemeinsam schauen wir uns um. Bisher habe ich nur drei Wachmänner gezählt, jeden in einer Etage. Sie tragen die typischen Warrior-Einsatzhosen und Stiefel, sonst nichts, mehr ist bei dieser Hitze auch nicht zu ertragen.

»Sind das alle?« Ich halte Crome drei Finger vor die Nase.

Er nickt.

»Kameras?«, brülle ich in sein Ohr, weil der Lärm jedes Geräusch schluckt.

»Wegen der Hitze und der Luftfeuchtigkeit anscheinend nicht.«

Sehr gut.

Crome bedeutet mir, in Deckung zu bleiben und ihm falls nötig Feuerschutz zu geben. Dann holt er Sams Fläschchen hervor, gibt etwas klare Flüssigkeit auf ein Stück Stoff und schleicht sich von hinten an den Wachmann heran, der auf einem Stuhl hockt und müde den Arbeitern zuschaut. Die Pistole hängt an seinem Gürtel, und es sieht nicht so aus, als wäre er auf Angriffe gefasst. Die meisten Sklaven denken bestimmt nicht einmal daran, einen Aufstand zu wagen. Wo sollten sie auch hin? Im Umkreis von hundert Kilometern gibt es nur Wüste und giftige Tiere. Sie würden nicht lange überleben.

Dank des Lärms bekommt die Wache nicht mit, wie Crome sich nähert. Blitzschnell drückt er dem Mann das Tuch aufs Gesicht. Der Kerl wehrt sich, versucht noch, seine Tricks anzuwenden, doch bereits ein Atemzug reicht aus, um ihn zu schwächen. Es dauert nur Sekunden, da sackt er im Stuhl zusammen, und Crome fesselt ihn. Anschließend nimmt er alle Waffen und die Munition an sich.

Die beiden Sklavinnen, die den Zuckerrohr in den Trichter werfen, bekommen die Aktion mit. Sie reißen die Lider auf und starren Crome an.

Rasch komme ich auf sie zu, um sie zu beruhigen. »Habt keine Angst, wir sind hier, um euch zu befreien.«

Ihre Gesichter drücken Unglauben aus, doch als ich ihnen erzähle, dass wir mit achtzig Leuten hier sind, kehrt Glanz in ihre Augen zurück.

»Ladet weiter den Zuckerrohr aus«, befiehlt ihnen Crome, »damit niemand Verdacht schöpft.«

Mit Übereifer gehen sie ans Werk, während wir uns über eine Stahltreppe eine Etage tiefer schleichen. Dort arbeiten fünf Männer an großen Maschinen, holen mit Spaten eine klebrige Masse aus einem Auffangbehälter und schaufeln sie in Öfen.

Der Wachmann sieht ihnen nicht zu. Mit gesenktem Kopf sitzt er an einem Tisch und tippt auf einem Tablet-PC herum. Das Gewehr lehnt an seinem Stuhl. Obwohl der Mann ein älteres Baujahr ist, erkenne ich die Kraft, die noch in ihm steckt. Sein nackter Oberkörper glänzt vor Schweiß, ein Muskel in seinem Rücken zuckt.

Unwirsch fährt er sich durchs Haar und schüttelt den kleinen Computer, dann knallt er ihn auf den Tisch und lehnt sich zurück. In diesem Moment nimmt er Crome wahr und greift zum Gewehr. Zeitgleich versucht er, an der Tischplatte einen Knopf zu drücken. Offensichtlich ein Alarm.

Crome schafft es, seine Hand wegzuschlagen, doch der Warrior zieht ihm mit dem Lauf des Gewehres eins über.

Davon lässt sich Crome nicht beeindrucken. Obwohl er eine kleine Platzwunde an der Augenbraue davongetragen hat und Blut in sein Auge läuft, überwältigt er den Mann mit Hilfe seines Lähmungsgriffes. Der sieht bei ihm so einfach aus, ich möchte das auch können.

Der Wärter sackt zusammen und bleibt auf dem Rücken liegen.

Die Sklaven haben ihre Arbeit niedergelegt und starren in unsere Richtung. Wieder ist es mein Job, die Leute aufzuklären, doch das ist mir lieber, als gegen einen muskelbepackten Ex-Warrior anzutreten. Ich könnte ihn nur besiegen, indem ich ihn erschieße.

»Sie sollen mit ihrer Arbeit weitermachen«, sagt Crome mit einem Blick auf die Sklaven, während er dem Mann die Arme vor dem Körper fesselt und auch die Füße mit einem Kabelbinder umschnürt.

Der letzte Wachmann, der im Erdgeschoss umherstolziert, darf nicht misstrauisch werden, wenn die Produktion plötzlich stoppt.

Zum Glück gehorchen die Männer. Sie reagieren wie Roboter, denen ein Befehl erteilt wird. Trotzdem schauen sie immer wieder zu uns, und auch die beiden Frauen ein Stockwerk höher werfen ab und zu einen Blick über die Brüstung.

»Jetzt ist nur noch einer übrig.« Ich deute über das Geländer in die unterste Etage.

»Den nehm ich mir gleich vor, ich brauche zuerst Informationen.« Er bleibt neben dem gefesselten Warrior hocken und befiehlt: »Antworte mir mit den Augen. Gefällt dir der Job?«

Die Wache bewegt die Augäpfel von links nach rechts und zurück.

»Dachte ich mir.« Crome schnaubt und wischt sich mit dem Handrücken Schweiß von der Stirn. »Scheint so, als wärst du nicht freiwillig hier.«

Der Mann bejaht.

»Dann habt ihr ja schon mitbekommen, wie das Regime euch verarscht, doch die Plantagen sind nur die Spitze des Eisberges. Wenn du kooperierst, kannst du mit uns kommen und deine letzten Lebensjahre vielleicht noch auf angenehme Weise verbringen. Falls du uns in die Quere kommst, bist du gleich tot.« Er fasst dem Mann in den Nacken, und der Kerl schnappt nach Luft. Crome hat die Lähmung gelöst.

»Wie viele von euch sind hier?«

»Zu viele«, antwortet der Wachmann atemlos. Ich kann ihn kaum verstehen, daher komme ich näher.

Crome sieht ihn scharf an. »Ich will genaue Informationen.«

Der Kerl schaut genauso streng zurück. »Nur wenn du mich aus diesem Drecksloch rausholst, Bruder.«

»Kommt drauf an, was du mir bietest.«

»Die nächste Schicht beginnt in einer Stunde, dann wird es hier vor Wachen wimmeln. Jetzt arbeiten nur zehn von uns auf den Feldern und in jeder Fabrik drei. Dazwischen liegen unsere Unterkünfte, da schlafen die restlichen. Es sind über dreißig.«

Verdammt, so viele.

Crome sieht zu mir auf. »Ich muss Jax warnen.«
»Das übernehme ich.«
Zu meiner Freude stimmt er zu. Die Sorge um mich steht ihm ins Gesicht geschrieben, doch auf diesem Einsatz behandelt er mich wie ein richtiger Soldat. Gleichberechtigt. Das macht mich stolz.
Als ich mich zum Gehen wenden möchte, ruft der Wachmann: »Warte!«
Ich knie mich neben ihn.
»Einige von uns sind ziemlich blutrünstig und dem Senat immer noch treu ergeben, weiß der Geier, warum. Sie werden sich nicht so einfach geschlagen geben. Den meisten passt es aber gar nicht, abgeschoben worden zu sein, und würden dem Regime zu gerne eins auswischen.«
Ich nicke. Wir wissen, dass wir höllisch aufpassen müssen.
Crome schickt mich los, während er sich weiter unterhält.
Auf dieser Etage gibt es eine Tür, die offensteht und nach draußen auf eine Art Balkon führt. Von hier hat man einen perfekten Blick über den Fluss und eine Hälfte der hell beleuchteten Plantagen. Ich muss aufpassen, dass mich der Feind nicht entdeckt und ducke mich hinter der Brüstung. Tief atme ich die süße Nachtluft ein, die mir nach dem Dampf in der Halle richtig kalt vorkommt. Ich erschaudere, weil ich klitschnass geschwitzt bin.
Nachdem ich mein kleines Fernglas aus der Brusttasche gezogen habe, luge ich damit über das Geländer und die hohen Zuckerrohrhalme. Ich muss nicht lange suchen. Jax nähert sich mit seiner kleinen Gruppe über einen Weg, der geradewegs zu den Gebäuden führt, und hat den Lauf seines Gewehrs auf die Fabrik gerichtet.
Nein – auf mich! Seine scharfen Augen haben mich längst wahrgenommen.
Schnell gebe ich mich zu erkennen, wir haben ein Spezialzeichen ausgemacht. Daher strecke ich die Hand über die Brüstung und spreize die Finger, sodass sich jeweils zwei Finger berühren. Sofort senkt Jax den Lauf. Puh, er hat mich erkannt.
Erneut schaue ich durch den Feldstecher, um zu sehen, wer ihn begleitet. Vier Männer und eine Frau. Kia ist nicht dabei, Gott sei Dank.
Ich deute auf das Gebäude zwischen den Fabriken, das wie ein riesiger Container aussieht. Mit Zeichensprache erkläre ich Jax, dass ihn dort drinnen über dreißig Wachen erwarten und im Gebäude nebenan drei. Er nickt und geht mit seinen Leuten weiter, während ich wieder in den Glutofen zurückkehre. Bestimmt wird Jax in dem Wohnkomplex Betäubungsgas einsetzen, dann bleiben aber immer noch die drei restlichen Wachen im zweiten Fabrikgebäude.
Ach, das schafft er mit links!
Nur nicht daran denken, dass das auch alles einmal Warrior waren.
Der Wachmann, mit dem Crome eben noch gesprochen hat, liegt allein auf dem Boden. Crome ist nicht mehr in dieser Etage. Die Arbeiter an den Maschinen bedeuten mir, dass er nach unten gegangen ist.
Mit gezogener Waffe betrete ich die Stahltreppe und sehe gerade noch,

wie er einen anderen Wachmann verfolgt. Der Kerl rennt auf eine massive Tür zu, verschwindet in einem fensterlosen Raum – soweit ich das erkennen kann – und schließt sich ein.

Als ich bei Crome ankomme, holt er Plastiksprengstoff hervor. »Geh in Deckung!«

Im Erdgeschoss befinden sich etwa zehn Arbeiter, davon vier Frauen. Ich trommle sie rasch zusammen und befehle ihnen, sich in Sicherheit zu bringen, dann ducke ich mich im hintersten Winkel hinter einer abgestellten Lore und halte mir die Ohren zu.

Der Knall hallt dumpf in der Halle wider, aber nicht so laut, wie ich dachte. Wahrscheinlich bin ich wegen des Maschinenlärms schon schwerhörig.

Ich laufe zur Tür, die nur noch an einer Angel hängt, während Crome bereits mit der Wache kämpft. Es ist ein jüngerer Typ mit Irokesenfrisur. Was hat er ausgefressen, um hier gelandet zu sein? Er macht einen aggressiven Eindruck, brüllt und versucht Crome zu beißen. Igitt, seine Zähne sehen aus, als wären sie mit einer Metalllegierung überkront worden, wie schaurig!

Crome schafft es jedoch, sich den Kerl vom Leib zu halten. Offensichtlich trainieren die Wachen hier nicht mehr, sie reagieren ein wenig träge. Wozu auch? Gegen die Sklaven reichen ihre Waffen aus.

Ich ziele auf den Typen, und sollte er Crome nur ein Haar krümmen, mach ich ihn kalt. Trotz Aufregung zittert meine Hand kaum, vehement versuche ich meine Wut gegen alles hier zu unterdrücken. Ich muss einen kühlen Kopf bewahren, alles im Blick behalten, auch die Halle hinter mit.

Auf einem großen Bildschirm, an der sonst kahlen Wand, leuchtet uns das Gesicht von Senator Freeman entgegen. Ich erkenne ihn sofort an seinen buschigen Augenbrauen und dem ansonsten viel zu ansprechenden Gesicht, in dem alles perfekt proportioniert ist.

Der Beißer hat White City alarmiert!

Plötzlich sind von außerhalb Schüsse zu hören, mein Puls schnellt in ungeahnte Höhen, und ich kann meinen Arm nicht länger ruhig halten. Hoffentlich hat Jax alles im Griff!

Natürlich hat er das … Jeder meiner Muskeln zittert und ich komme mir vor wie im Krieg. Auf so eine Extremsituation wurde ich nicht vorbereitet. Ich war nur der Bodyguard einer braven jungen Frau und musste nicht ein Mal meine Waffe benutzen.

Der Senator klingt erzürnt. »Was passiert hier? Berichten Sie, Mann!«

Der Kerl kann ihm jedoch nicht antworten, weil Crome ihn überwältigt. Im Nahkampf ist er unschlagbar.

»Wir, die Rebellengruppe aus Resur, haben die Plantagen eingenommen«, sagt Crome leicht außer Atem. Der Lärm aus der Halle ist auch in diesem Raum zu hören, weshalb er lauter sprechen muss. »Wir wollen keinen Krieg, nur Unterstützung, vor allem Medizin. Wir können alle friedlich nebeneinander leben und uns gegenseitig helfen.«

Senator Freeman lacht böse. »Was sollten wir von euch wollen?«

»Wir haben Bisonfleisch und andere Dinge, die den Bürgern von White

City sicher gefallen würden.«

Freemans Gesicht verdüstert sich. »Wir wollen euer verstrahltes Fleisch nicht!«

»Sie wissen so gut wie ich, dass …«

»Außerdem verhandeln wir nicht mit Rebellen!«, unterbricht ihn der Senator. »Wir haben alles, was wir brauchen!«

»Vielleicht nicht mehr lange, wenn wir eure verdammten Fabriken in die Luft sprengen!«

»Oder eure Soldaten töten«, dringt plötzlich Jax' Stimme von hinten an meine Ohren und ich wirble herum. Dort steht er mit einigen von unseren Leuten.

Oh Gott, vor all der Aufregung habe ich nicht aufgepasst, zum Glück gehören sie zu uns! Jax hält einem Wächter die Pistole an den Schädel, es ist seine moderne Warrior-Waffe. Der Mann, der etwa Cromes Alter hat, allerdings Glatze trägt, starrt Senator Freeman auf dem Bildschirm an, aber Angst liegt nicht in seinem Blick, seine durchdringenden grauen Augen wirken kühl. Sind diese Kerle denn alle hart und kalt wie Stahl?

»Was ist nun?«, fragt Jax seelenruhig und drückt den Lauf fester gegen den kahlen Hinterkopf des Mannes.

Er wird ihn doch nicht wirklich erschießen?

»Wie gesagt«, antwortet Freeman eisig, »wir verhandeln nicht mit Verrätern.«

Da drückt Jax ab. Der Knall – der bei seiner modernen Waffe ohnehin sehr viel leiser ist – klingt seltsam in meinen Ohren, als käme er aus einer anderen Richtung.

Das kann ich mir auch nur einbilden, denn ich bin zutiefst schockiert. Jax hat es tatsächlich getan, er hat den Mann hingerichtet!

Er bricht zusammen und bleibt reglos zu seinen Füßen liegen.

Jax' Stimme zittert kein bisschen, als ihm einer unserer Leute einen weiteren gefesselten Wachmann in die Arme schubst. Der schaut jedoch nicht mehr so gelassen. »Wir können das Spiel beliebig fortsetzen, es sind noch genug von Ihren Schoßhündchen hier.«

Freemann wirkt für einen Moment ebenfalls überrascht, doch dann brüllt er: »Ich lass mich von einem Verräter nicht erpressen!«

»*Sie* sind der Verräter«, ruft Crome. »Sie verarschen das Volk! Wie würde es Ihnen gefallen, wenn bald alle Bescheid wissen, was sich wirklich abspielt?!«

»Wie Sie wollen, aber das werden Sie noch bereuen.« Der Senator lächelt listig, die Verbindung wird unterbrochen, der Bildschirm ist schwarz.

Vorsichtig lege ich Crome eine Hand auf den Arm. Er sieht so wütend aus! Zwei tiefe Falten haben sich zwischen seine Brauen gegraben, seine Kiefer mahlen. Ich sehe ihm an, dass er Avas Verlust immer noch nicht überwunden hat. Kann man es überhaupt jemals überwinden, wenn ein geliebter Mensch auf so grausame Weise aus dem Leben gerissen wurde?

Als der erschossene Wachmann plötzlich aufsteht, zucke ich zusammen.

»Du hattest recht, Bruder«, sagt er zu Jax und reibt sich über den Nacken.

»Wir bedeuten dem Senat nichts. Gar nichts. Ich habe gewusst, dass wir nicht viel wert sind, aber das …« Er schüttelt den Kopf.

»E-er lebt!« Mit offenem Mund starre ich den Kerl an.

Da tritt eine junge schwarzhaarige Frau vor und wedelt mit ihrer Pistole. Es ist Sonja. Sie hat dieselbe Waffe wie Jax. »Reingelegt«, sagt sie grinsend.

Sonja hat also geschossen, das war alles inszeniert! Die Erleichterung reißt mir beinahe die Beine weg. Für einen Moment habe ich geglaubt, Jax wäre genauso blutrünstig und brutal wie … Nein, nicht alle sind so wie dieses Schwein, dem hoffentlich die Maden gerade die Augen rausfressen.

Jax klopft dem riesigen Kerl auf die Schulter. »Darf ich vorstellen: Das ist Rock. Wir haben während unserer Ausbildung zusammen trainiert, ich hatte mich schon gewundert, wo er steckt. Man erklärte uns, man hätte ihn nach New World City versetzt, da dort ein Mangel an Warrior herrschen würde.«

»In Wahrheit musste ich für den Senat einen Drecksjob erledigen und wurde danach hierher gebracht«, erzählt Rock. »Freeman hat uns alle hingehalten, immer gesagt, der Job hier wäre nur vorübergehend, eine Art Prüfung, um in die Eliteriege aufsteigen zu dürfen.« Er schnaubt und lässt die Knöchel knacken. »Er wird eine Einheit herschicken, um uns alle zu vernichten.«

Als plötzlich Schreie und Schüsse in der Halle ertönen, ruft Crome: »Sie sind schon da, verdammt!«

Rock schüttelt den Kopf. »Unmöglich, mit dem Shuttle brauchen sie eine halbe Stunde hierher!«

Jax wirft dem glatzköpfigen Riesen eine Waffe zu und stürmt mit ihm in die Halle, der andere Wachmann bleibt neben Beißer gefesselt auf dem Boden zurück.

Crome und ich folgen ihnen. Was sich vor unseren Augen in der Fabrik abspielt, lässt mir das Blut in den Adern gefrieren. Vier Drohnen fliegen über die Sklaven hinweg und erschießen jeden, der sich nicht schnell genug in Sicherheit bringt. Diesmal kommen keine Elektroschocks aus den Untertassen, sondern scharfe Munition! Eine Drohne durchsiebt eine Arbeiterin, die blutüberströmt zusammenbricht, eine andere Untertasse erwischt einen von uns, ich glaube, er hieß John und gehörte zur Stadtwache.

Sofort eröffnen wir das Feuer auf die Fluggeräte. Freeman muss sie von White City aus umprogrammiert haben, er braucht gar keinen Trupp herzuschicken. Diese Schweine haben an alles gedacht! Sie wollen sämtliche Zeugen vernichten.

In diesem Moment bin ich froh, dass Kia nicht hier ist. Wie von Sinnen ballere ich ein Magazin nach dem anderen leer, sodass die Funken aus den Untertassen fliegen, bis Crome die Hand auf meinen Arm legt.

»Hör auf, sie sind alle zerstört!«

Eine Drohne verharrt blinkend inmitten der Halle, die anderen liegen rauchend am Boden. Das ging ja fix, doch sie haben genug Menschen getötet. Ich sehe mindestens vier Personen, die reglos in ihrem Blut liegen.

Ich zittere so sehr, dass nicht einmal Cromes feste Umarmung hilft. »Ich will nur noch hier weg«, sage ich erschöpft.

Er drückt mir einen Kuss auf die Stirn, danach lässt er mich los. »Gleich.«

Eine größere Gruppe unserer Leute stürmt in die Halle. Ein älterer Mann der Resurer Stadtwache kommt auf Jax zu. »Es gab mehrere Tote in der anderen Halle, die Drohnen haben auch alle Wachen erschossen, die dort Dienst hatten.«

»Was ist mit den Männern in den Unterkünften?«, fragt Jax.

»Denen ist nichts passiert, wir konnten alle Drohnen vorher zerstören.«

»Wie viele waren es?«, will Jax wissen.

»Vier.«

Er wendet sich an Rock. »Wie viele von den Scheißdingern habt ihr hier?«

»Zehn«, antwortet der ehemalige Warrior. »Und zwei Ersatzdrohnen, falls mal eine kaputt ist, aber die sind nicht aktiviert.«

Jax atmet tief durch. »Dann müssten alle zerstört sein.«

»Wie geht's nun weiter?« Crome stellt sich neben ihn.

»Wir werden dem Senat zeigen, wozu wir fähig sind, und hier alles in die Luft jagen!«

»Bin dabei«, sagt Rock und verschwindet mit Jax zum anderen Gebäude, während Crome und ich dieses räumen und sprengen sollen.

»Was ist mit den gefesselten Wachen?« Ich schaue zu Beißer, der mich anstarrt, als wolle er mich mit seinem Blick killen.

Crome winkt einen Mann zu sich, der zu uns gehört, aber dessen Namen ich nicht kenne. Er ist breit wie ein Schrank. »Bring die Gefangenen raus, du hast zehn Minuten. Danach fliegt hier alles in die Luft.«

Der Mann macht sich sofort an der Wache zu schaffen, die neben Beißer liegt, während ich alle Sklaven zusammensuche.

Ein junger Arbeiter wurde von der Drohne am Unterschenkel getroffen und liegt zitternd am Boden. Ich reiße ein Stück Stoff von meinem Hemd ab und verbinde ihn provisorisch, dann lege ich den Arm um ihn. Alle anderen Überlebenden können selbst laufen.

Nur raus hier und dann ab nach Hause.

Kapitel 12 – Cromes Geständnis

Zwanzig Minuten später stehe ich allein vor der Fabrik, halb versteckt hinter dem Transportshuttle. Fast alle unserer Leute sind bereits zu den Fahrzeugen aufgebrochen, um die Sklaven zu versorgen und sie nach Resur zu bringen. Sie werden sich in die Fahrzeuge quetschen müssen, aber irgendwie wird es schon gehen.

Jax und Crome wollen die Hallen sprengen. Das Unterkunftsgebäude wurde ebenfalls geräumt, die teilweise noch benebelten Soldaten gefesselt und mit Hilfe der Loren zu den Rändern der Plantagen gebracht. Leider konnten sich ein paar von ihnen befreien und türmen. Ich muss höllisch aufpassen.

Was mit den gefangenen Wärtern geschieht, ist noch nicht klar, wir können auf dieser Tour auch nicht alle mitnehmen. Vielleicht sollten wir für sie einen Fußtrupp organisieren oder morgen noch einmal mit den Autos zurückkommen.

Crome hat mich gebeten, mit unseren Leuten mitzugehen und bei den Fahrzeugen auf ihn zu warten, aber ich kann nicht ohne ihn hier weg. Wir sind ein Team, ich bleibe.

Nach wie vor halte ich die Augen nicht nur nach Wachen, sondern auch nach Sklaven offen. Es laufen sicher noch einige herum, das Areal ist einfach zu groß. Ständig geht mir durch den Kopf, was unsere Aktion für Folgen haben wird. Der Senat wird nicht tatenlos zusehen, so viel ist klar. Ob sie Truppen nach Resur schicken werden?

Ich gehe einige Möglichkeiten durch. Vielleicht denkt Freeman, dass die Drohnen hier alle getötet haben, dann wären ein paar Probleme vorerst aus der Welt. Doch das Regime kann nicht immer alle Zeugen aus dem Weg räumen, und früher oder später werden sie merken, dass hier zu wenige Leichen liegen.

Als plötzlich ein gigantischer Feuerball das Dach der Fabrik absprengt, erstarre ich. Sämtliche Lichter erlöschen, die Plantagen liegen im Dunkeln. Nur die Flammen, die aus dem Gebäude in den Himmel lodern, erhellen die Umgebung. Die Hitze verschmort beinahe meine Brauen, und ich mache mehrere Schritte zurück.

»Crome?«, rufe ich. Verdammt, wo ist er? »Crome?« Hustend gehe ich auf die Fabrik zu, als durch eine zweite Detonation das Gebäude daneben in die Luft fliegt. Splitter regnen auf mich herab, brennende Halme und andere undefinierbare Fetzen folgen.

Die Hitze treibt mir Tränen in die Augen, der Rauch kratzt in meiner Lunge. Oh Gott, bitte lass ihn nicht mehr da drin gewesen sein!

Da sehe ich eine Gestalt um das Gebäude herumkommen. Sie wankt leicht, ihre Kleidung brennt. Er ist es!

»Crome!« So schnell mich meine weichen Knie tragen, laufe ich zu ihm.

Er wirft sich auf den Boden und rollt sich herum, um das Feuer zu löschen.

»Was ist passiert?« Ich knie mich neben ihn, um mit der flachen Hand auf die restlichen kleinen Flammen zu schlagen. Zum Glück sind sie schnell erstickt.

Crome hustet, sein Gesicht ist pechschwarz, nur die grünen Augen und hellen Zähle leuchten mir entgegen. »Der Sprengsatz ist zu früh detoniert, aber ich bin okay, wirklich. Die Druckwelle hat mich aus dem Gebäude geschleudert.«

Geschleudert? Er tut ja gerade so, als sei das nicht schlimm.

Zu unserem Vorteil weht ein leichter Wind Rauch und Hitze von uns weg. Crome setzt sich auf, und ich helfe ihm aus der Schutzweste, an der ich mir fast die Finger verbrenne, dann reiße ich ihm das Shirt vom Leib. Auf den ersten Blick erkenne ich keine schlimmen Wunden, nur eine leichte Verbrennung im Nacken und kleine Schnitte an den Armen, die wohl durch herumfliegende Splitter verursacht wurden. Seine Haare sind ein wenig verschmort, ansonsten sieht alles gut aus.

Erleichtert falle ich ihm um den Hals. »Ich habe schon gedacht, ich hätte dich verloren.«

Er drückt mich nur kurz und murmelt: »Lass uns endlich von hier verschwinden.« Als er aufsteht, stöhnt er leise und wankt. Ist er doch verletzt?

»Was hast …« Da sehe ich hinter ihm eine weitere Person aus den Rauchschwaden auftauchen. Im ersten Moment denke ich, es ist Jax, denn die Silhouette der Gestalt ist die eines Warrior. Dann erkenne ich die Pistole in seiner Hand, der Lauf funkelt im Feuerschein und ist auf Cromes Rücken gerichtet.

»Hinter dir!«, rufe ich, doch seine Waffen liegen am Boden.

Ich zögere keine Sekunde, ziehe meine Pistole aus dem Holster und drücke ab.

Crome wirbelt herum – da fällt der Wachmann bereits in den Staub. Ich habe ihn in die nackte Brust getroffen.

Von verschiedenen Seiten tauchen neue Männer auf, und sie gehören nicht zu uns. Die Explosion muss sie angezogen haben. Crome wirft sich auf den Boden, schnappt sich sein Gewehr und feuert noch im Liegen auf die nächsten zwei, während ich auf einen Krieger im Hintergrund ziele. Noch bevor ich abdrücke, bricht er zusammen. Aus seiner Stirn ragt ein Bolzen.

»Verdammt, Kia, hau ab!«, rufe ich, obwohl ich sie nicht sehe. Da tritt sie zwischen den hohen Halmen hervor.

Im Feuerschein sieht sie wie eine Elfenkriegerin aus. Ihr Gesicht ist weiß, die langen Haare flattern in der heißen Luft. »Ich glaube, das war der Letzte«, sagt sie mit zitternder Stimme.

»Da wäre ich mir nicht so sicher!«, ruft jemand von rechts. Es ist Jax! Gemeinsam mit Rock eilt er herbei. »Wir sollten endlich weg, was macht ihr überhaupt noch hier?«

Crome humpelt auf ihn zu. »Mein Sprengstoff ging zu früh hoch, aber jetzt können wir los.«

Jax mustert ihn mit hochgezogenen Brauen. »Verdammt, deine Hose ist voller Blut!«

Mein Atem stockt. Das habe ich im Dunkeln nicht erkannt!

»Ist nur ein Kratzer«, sagt er – dann sackt er auf die Knie.

»Crome!« Ich bin sofort an seiner Seite, während er sich auf dem Rücken ausstreckt.

Jax hockt sich daneben, zückt ein Messer und schneidet Cromes linkes Hosenbein bis zur Hüfte auf. Seine Haut ist voller Blut, am Oberschenkel klafft eine hässliche Wunde. Ein herumfliegendes Teil muss ihn schwer verletzt haben.

Mein Herz rast. »Wieso hast du nichts gesagt, du sturer Kerl?« Ich könnte ihm an die Gurgel gehen!

Er lächelt matt. »Genau aus dem Grund: damit du dir keine Sorgen machst. Es ist doch bloß ein Kratzer.«

Jax' ernstem Blick nach zu urteilen, ist es das nicht. Ich kann den klaffenden Schnitt kaum ansehen, mein Magen zieht sich zusammen.

Während Rock die Gegend absichert, befehle ich Kia, dicht bei mir zu bleiben. Aus meinem Rucksack reiche ich Jax Verbandsmaterial. Er drückt eine Kompresse auf die Wunde und fixiert sie. Der Stoff färbt sich bereits wieder rot. »Du hast viel Blut verloren«, sagt er zu Crome. »Du wirst den langen Rückweg nicht schaffen.«

Was redet er da für einen Mist?

Schwarze Flecken tanzen vor meinen Augen, wie erstarrt schaue ich auf Crome, der es vermeidet, mich anzublicken.

Kia kniet sich neben mich und nimmt meine Hand. »Wird er sterben?« Eine Falte hat sich auf ihrer Stirn gebildet.

»Natürlich nicht, Süße, er schafft das.« Meine Kehle ist wie zugeschnürt, ich kann kaum sprechen.

»Lasst mich hier«, sagt Crome zu Jax. »Ich lenke die restlichen Wachen ab, dann könnt ihr fliehen.«

Hallo, ich bin auch noch anwesend! Rasend vor Wut springe ich auf. »Du spinnst wohl, ich lasse dich sicher nicht zurück!«

Sein pechschwarzes Gesicht verdüstert sich noch mehr. »Miraja, bring dich und Kia in Sicherheit. Das ist ein Befehl!«

Du hast mir gar nichts zu befehlen, möchte ich schreien. Ich will nicht akzeptieren, dass er es nicht schafft. Er ist ein Warrior, verdammt, die haben nicht nur ein Leben, die sind fast unverwüstlich! So ein Kratzer kann ihn doch nicht wirklich umhauen!

Vor lauter Tränen nehme ich meine Umgebung nur verschwommen wahr, bloß der graue kastenförmige Körper des Transportschiffes stört mein Blickfeld.

»Das Shuttle!«, rufe ich, und neue Hoffnung erfüllt mich. Warum ist mir das nicht eher eingefallen? »Wir könnten in einer halben Stunde in Resur sein!«

Plötzlich ertönen neue Schüsse aus den Feldern.

Rock kommt angelaufen. »Eine Gruppe mit fünf Personen nähert sich, und sie sieht nicht freundlich gesinnt aus. Cole und Dix sind darunter, die beiden sind regelrechte Sadisten.«

Jax nickt. »Okay, verschanzen wir uns im Shuttle, das ist kugelsicher, hier befinden wir uns wie auf einem Präsentierteller!«

Jax und Rock helfen Crome auf und nehmen ihn in ihre Mitte. Dann eile ich mit Kia hinter ihnen her, um ihnen Deckung zu geben, wobei ich kurz auf Cromes breiten Rücken starren muss. Mit dem Tattoo auf seinen Schulterblättern, das wie zwei Flügel aussieht, erscheint er mir wie ein gefallener Engel. Schlaff hängt er im Griff der beiden Männer.

Rock öffnet mit einem Daumenscan die Tür. Eine Klappe mit Treppen fährt heraus, und wir eilen ins Innere. Er kann gerade noch die Tür schließen, bevor das Shuttle beschossen wird.

Drinnen ist es stockdunkel. Kia klammert sich an mich, während ich meine Taschenlampe anschalte.

Jax hat Crome auf den Boden des riesigen Frachtraumes gelegt. Er ist fast leer, nur ein paar Kisten stehen am hinteren Ende. Rock und Jax machen sich im Cockpit zu schaffen, das sich hinter einer Trennwand befindet.

Ich schiebe Crome meinen Rucksack unter den Kopf und streiche über sein Haar. Er schwitzt und atmet schwer, doch er ist bei Bewusstsein.

Kia holt ein kleines Stofftier aus ihrer Tasche und legt es auf seine Brust. »Tiger tröstet mich immer, wenn ich traurig bin oder mir wehgetan habe.«

»Danke.« Als Crome die Hand auf das Plüschtier legt und Kia anlächelt, zerreißt es mir fast das Herz. Verdammt noch mal, er darf nicht sterben!

Ich ziehe eine Wasserflasche seitlich aus meinem Rucksack und lege die Öffnung an seine Lippen. »Du musst viel trinken.«

Er nimmt ein paar Schlucke, dann schließt er die Augen. Er wirkt sehr erschöpft.

»Ich gehe kurz zu Jax«, erkläre ich Kia, »kannst du so lange auf ihn aufpassen?«

Sie nickt eifrig. »Mache ich.«

Nachdem ich aufgesprungen bin, eile ich ins Cockpit. Es ist ein kleiner Raum mit unzähligen Instrumenten, Bildschirmen und zwei Sesseln für die Piloten.

»Julius!«, ruft Jax in sein Funkgerät. »Du übernimmst gemeinsam mit dem Major der Stadtwache das Kommando. Schaut, dass ihr zurück nach Resur kommt.« Die Verbindung ist sehr schlecht, es knackst und rauscht. Jax erklärt Jul kurz die Lage, danach hilft er Rock, die Verkleidung an der Frontseite des Shuttles herunterzureißen. Die Transporter aus White City und den Partnerstädten erlauben allesamt keinen Blick nach draußen, damit die Bürger während der Reise nicht sehen, was sich in den Outlands tut.

Eine riesige Panoramascheibe kommt über den Instrumenten zutage, woraufhin der Feuerschein der brennenden Fabriken den Innenraum erhellt. Vor dem Shuttle stehen drei Männer und feuern auf das Glas, doch es bekommt nicht einen Kratzer ab.

»Wann starten wir endlich?«, rufe ich den beiden zu.

Rock dreht sich in seinem Sessel zu mir herum. »Das Transportshuttle folgt nur einer fest einprogrammierten Route. Sobald wir losfliegen, bringt es uns direkt nach White City.«

Verdammt! »Wenn Crome nicht schnell zusammengeflickt wird, stirbt er!« Flehentlich schaue ich zu Jax und kralle meine Finger in die Lehne. »Gibt es denn keine Möglichkeit, die Programmierung zu umgehen?«

»Glaub mir, wenn ich etwas tun könnte, würde …« Plötzlich werden seine Augen groß und er holt einen Tablet-PC aus seinem Rucksack. »Vielleicht haben wir eine Chance.«

Ich beiße mir vor Aufregung auf die Zunge und schmecke Blut, während er den Daumen auf den Bildschirm drückt. Er tippt eine lange Zahlen- und Buchstabenkombination ein, dann öffnet sich ein Videochat. Es klingelt am anderen Ende der Leitung, aber nichts passiert. Dieses Warten zerrt an meinen Nerven.

»Komm schon, Mark, geh ran«, murmelt Jax.

»Wen rufst du an?« Rock schaut interessiert zu ihm herüber.

»Einen Kontaktmann in White City. Er hat schon viel für uns getan und ist eine Koryphäe auf seinem Gebiet.«

Rock hebt die Brauen. »Ich hoffe nur, das ist eine abhörsichere Leitung.«

Jax sieht ihn an, als wäre diese Frage eine Beleidigung seiner Intelligenz.

»Bist du verrückt?«, erklingt plötzlich eine erzürnte Männerstimme aus dem Gerät.

Ich luge über Jax' Schulter, um den Kerl zu mustern. Sein blondes Haar ist verstrubbelt, das Gesicht vom Schlafen leicht geschwollen. Er wirkt nicht nur sauer, sondern auch erschrocken.

»Mann, ich hab dir gesagt, dass du bloß im allergrößten Notfall diesen Kanal benutzen sollst! Ich bin nicht allein und kann schlecht …«

»Crome liegt im Sterben«, unterbricht ihn Jax.

»Shit«, murmelt Mark und schaut zurück. Das Bild wackelt, als er mit seinem Tablet in einen anderen Raum wandert. »Okay, aber mach schnell, mein Besuch schläft zum Glück. Was kann ich tun?«

Solange Jax ihn aufklärt, zuckt mein Fuß nervös.

»Ihr Kerle macht es mir auch nie einfach.« Mark lässt sich die Seriennummer des Shuttles geben, die auf einem Monitor in der Mittelkonsole erscheint, als Jax diesen berührt.

»Okay, ich trenne euch jetzt vom Satelliten, dann könnt ihr selbst das Steuer übernehmen.« Während Mark auf einem Gerät herumtippt, das wir nicht sehen können, sagt er: »Ich hoffe doch, dass ihr das Ding fliegen könnt?«

»Klar, daher beeile dich mal ein bisschen, Crome verblutet uns sonst.«

Ich spitze die Ohren und höre ihn hinter der Wand mit Kia sprechen.

Das erleichtert mich ungemein. Vor Aufregung bin ich ein einziges Nervenbündel und mein Magen rebelliert.

»Okay, dauert noch einen Moment …« Hektisch kratzt sich Mark an der Wange. »Ich mach das nur, weil ich Samantha gegenüber ein schlechtes Gewissen habe und will, dass du zu ihr zurückkommst.«

Jax hält sich das Tablet dicht vors Gesicht. »Was redest du für einen Quatsch?«

»Du machst sie glücklich. Ich konnte ihr nicht ganz das geben, was sie wollte. Das wurde mir aber erst in den letzten Tagen klar.«

Offensichtlich ist Jax diese Unterhaltung peinlich, denn er schaut uns schulterzuckend und etwas erschrocken an. »Ich weiß echt nicht, wovon er redet.«

Mark wirft erneut einen Blick über die Schulter und senkt die Stimme. »Andere Geschichte, haben keine Zeit dafür.«

»Kann das Gespräch wirklich keiner nachverfolgen?«, fragt Rock.

Jax schüttelt den Kopf. »Mark hat in den letzten Wochen ein Programm geschrieben, das es ihm ermöglicht, sich überall unerkannt einzuhacken. Na ja, fast überall.«

Als plötzlich ein dumpfer Schlag das Schiff erschüttert, zucke ich zusammen.

»Die Mistkerle versuchen, die Tür aufzubrechen!« Rock steht auf. »Ich positioniere mich mal lieber am Ausgang.«

Oh Mann, wann heben wir endlich ab?

Unentwegt wische ich meine feuchten Hände an der Hose ab. Es muss doch endlich etwas passieren!

Mark übermittelt eine Zahl, die auf dem Tablet blau aufleuchtet. »So, jetzt müsste es klappen. Drück den Startknopf und gib den Code an der Konsole ein.«

Jax folgt sofort den Anweisungen. Das Shuttle vibriert, die Motoren starten und zahlreiche Lichter blinken auf.

»Ich bin dann off, Spuren verwischen. Viel Glück!« Mark winkt in die Kamera.

»Dir auch, und Danke«, sagt Jax, anschließend wird der Bildschirm schwarz.

Er übernimmt das Steuer, das einem Joystick ähnelt, und rasch steigt das Schiff auf.

Ich halte mich am Sitz fest, um nicht hinzufallen, denn der Start ist etwas wackelig.

»Sorry«, murmelt Jax. »Das Ding in echt zu manövrieren ist etwas anders als über den Simulator.«

Wir fliegen über die Köpfe der Wachen, die nun von unten auf das Shuttle schießen, danach über die düsteren Felder. Wie paralysiert schaue ich aus dem Fenster. Der Morgen graut, ein orangefarbener Streifen leuchtet am Horizont, ein neuer Tag beginnt.

»Danke«, wispere ich und drücke Jax' Schulter.

»Danke mir nicht zu früh, noch sind wir nicht in Resur.« Um sich zu orientieren, fliegt er am Fluss entlang. Wie ein schwarzes Band windet er sich zwischen den Bergen hindurch. Ich erkenne unsere Autokolonne, die ebenfalls unterwegs ist, dann steigen wir höher und legen an Tempo zu.

Als ich zu Crome zurückkehre, brennt ein mattes Licht im Laderaum. Crome sieht neben Kia aus wie ein Riese. Er hält immer noch den Stofftiger an seine nackte Brust. Was für ein skurriles Bild.

»Pst.« Kia drückt den Finger an ihre Lippen. »Ich glaube, er ist eingeschlafen.«

Sofort knie ich mich neben ihn und rüttle an seinen Schultern. »Er muss wach bleiben!«

Flatternd heben sich seine Lider, seine Mundwinkel zucken. »Gönn mir fünf Minuten.«

»Du kannst dich noch genug ausruhen, wenn du …« Ich schluchze auf. Falls er stirbt, würde mich das in ein schwarzes Loch reißen. Er hat mich ins Leben zurückgeholt, jetzt muss ich schauen, was ich für ihn tun kann.

»Kia, Süße«, sage ich zu der Kleinen, »sieh doch mal nach, dass die beiden da vorne den richtigen Weg nehmen.«

»Okay.« Zu Crome gewandt fragt sie: »Kommst du klar?«

»Mir geht's schon wieder besser.« Seine Stimme klingt rau und dunkel. Und viel zu schwach. »Danke für deinen Tiger.« Er hält ihr das Stofftier hin und Kia nimmt es mit ins Cockpit.

Danach lässt er den Arm fallen. So kraftlos habe ich ihn noch nie erlebt.

Er dreht mir den Kopf zu, sieht mich aber nicht an. »Vielleicht ist es gut, wenn ich sterbe, und vom Schicksal so gewollt. Dann kannst du neu beginnen. Mit einem anderen Mann.«

Ich schlucke hart und wische mit dem Handrücken über meine Augen. »Du spinnst doch, ich will keinen anderen! Du bist der einzige, dem ich vertraue.«

»Du musst mir nur eines versprechen«, sagt er matt. »Ich möchte nicht, dass du dich der Armee anschließt. Ich habe zu große Angst, dir könnte etwas passieren. Erfülle dir deinen Traum und eröffne ein Kinderheim. Ich hab noch Geld in meinem Rucksack, bitte nimm alles.«

Eiseskälte durchkriecht mich, obwohl es im Frachtraum warm ist. »Jetzt hör doch auf so zu tun, als wärst du schon tot. Was bist du denn für ein Warmduscher?«

Er zwinkert. »Ich bin eben ein sensibler Typ.«

»Ein schlechter Schauspieler bist du!«

»Du willst sicher keinen Mann, der in den Krieg zieht«, setzt er hinzu. »Und jetzt hör auf, so traurig zu sein.«

Zitternd hebt er seinen Arm und legt die Hand an meine Wange.

»Ich werde wohl noch um dich weinen dürfen, Meister des großen Dramas.« Ich drücke meine Finger an seinen Handrücken und finde Trost in seiner Zuwendung.

Er sieht mich an, als wäre ich die Einzige für ihn. »Ich war ein Killer, und das bin ich noch. So einen willst du doch gar nicht. Vielleicht habe ich sogar Kias Vater umgebracht. Willst du mit einem Mörder zusammenleben?«

»Du stirbst nicht, Samantha bekommt dich wieder hin. Und jetzt hör auf, alles an dir schlechtzumachen!«

Seufzend lässt er die Hand sinken. »Ich merke schon, das funktioniert bei dir einfach nicht.«

Tief atme ich durch. »Du bist Soldat, das war mir von Beginn an klar. Das Kämpfen ist ein Teil von dir. Dazu wurdest du erschaffen. Ich werde dich nicht ändern können, und das will ich auch nicht. Ich werde bestimmt genau solche Ängste ausstehen wie Samantha, wenn Jax in White City unterwegs ist, aber ich kann das akzeptieren.«

Oh, ich bin so schlecht im Lügen. Während ich rede, laufen mir die Tränen in Strömen über die Wangen. »Wir schaffen das. Sieh nur, was wir bisher erreicht haben. Du hast mich gerettet, und wir sind dem Regime und dieser Hölle entkommen.«

»Du würdest alles tun, um mich zurückzubekommen, hm?«

»Zumindest alles, was möglich ist. Weil ich dich liebe, du sturer Kerl!«

Ein kurzer Schimmer überzieht seine Augen. »Du würdest unglücklich werden, Kätzchen.«

»Das weißt du doch gar nicht.« Wütend zerre ich ein Stück Verbandsmaterial hervor, befeuchte es und wische ihm damit den Ruß aus dem Gesicht. »Ich spüre, dass du mich begehrst und ich dir wichtig bin, aber du sagst mir nicht, was zwischen uns steht. Ist es, weil ich nicht so bin wie Ava?«

Er runzelt die Stirn, seine Lider flattern. »Nein, du bist nicht wie Ava, ganz und gar nicht. Du bist Miraja und perfekt, wie du bist.«

Das nimmt mir die Luft aus den Segeln. Sanft streiche ich mit dem Tuch über seine Nase. Mann, du Kerl, weißt du eigentlich, wie sehr ich dich wirklich liebe? Du bist auch perfekt, bis auf diese Riesenmacke, die du einfach nicht preisgeben willst. »Wovor hast du denn Angst?«

Er senkt den Blick. »Vor mehr, als du denkst.«

»Ich wünsche mir nichts sehnlicher, als dass du mir endlich sagst, was mit dir los ist. Du hast doch nichts mehr zu verlieren.«

Er schaut mich an, als wolle er sagen: dich.

Eine Weile schweigen wir uns an und ich wickle mehr Verband um seinen Oberschenkel, da sich eine kleine Blutpfütze unter seinem Bein gebildet hat. Der Splitter muss eine Hauptschlagader getroffen haben. Hoffentlich gibt Jax ordentlich Gas. Ich höre ihn mit Kia reden, offenbar lässt er die Kleine auch ans Steuer. Gut, dass sie von alldem nichts mitbekommt. Crome liegt im Sterben, ich fühle es. Trotz Ruß wirkt sein Gesicht im matten Licht der Frachtraumbeleuchtung immer bleicher.

»Weißt du noch, als wir über unsere Träume gesprochen haben?«, fragt er leise und sieht mich an, doch seine Augen fallen ständig zu.

»Ja, das war in dem Dschungelzimmer. Du wolltest mir deine Träume nicht verraten, weil …«

» … sie sehr untypisch für einen Warrior sind.«

Ich hocke mich ganz eng zu ihm und halte seine Hand, mit der anderen wische ich weiterhin über sein Gesicht. Der Ruß hält sich hartnäckig, aber das ist mir recht, denn so habe ich einen Grund, ihn zu berühren und wachzuhalten. Wenn er besonders schläfrig wirkt, schrubbe ich einfach feste über seine Wangen.

»Mein größter Traum«, beginnt er langsam, »war es immer, mit einer Frau glücklich zu sein. Eine Partnerin zu haben, für sie zu sorgen, eine Familie zu gründen. Doch das kann ich als Warrior alles nicht.«

Mein Puls rast. Das ist alles? »Du lebst nicht mehr in White City, kein Regime hindert dich daran! Du kannst das alles haben. Mit mir.«

»Es hat mir gegen den Willen die Möglichkeit geraubt, Leben zu schenken. Vielleicht sind deshalb viele von uns so brutal zu den Sklavinnen, weil sie glauben, keine vollwertigen Männer zu sein.«

Verwirrt schüttele ich den Kopf. Ich begreife nicht, dass er sich deswegen so angestellt hat! »Samantha kann dich bestimmt operieren. Es ist möglich, die Vasektomie rückgängig zu machen. Außerdem gibt es andere Methoden, denk doch an die künstliche Befruchtung. Alle Männer in White City sind unfruchtbar, nicht nur ihr Warrior, trotzdem gibt es Mittel und Wege, um Nachwuchs zu bekommen.«

Er seufzt tief, seine Lider bleiben immer länger geschlossen. »Aber das sind gewöhnliche Menschen. Ich bin eine Bestie. Wir Warrior sind die wahren Mutanten, nicht die Outsider, wie der Senat allen Glauben machen will.«

Schlagartig wird mir klar, worauf er anspielt. Diese Supersoldaten wurden künstlich erschaffen, haben manipulierte DNS. Das ist es also, wovor er sich fürchtet, dass unsere Kinder nicht normal wären, sondern missgebildet.

Ich schluchze auf und küsse ihn, fahre mit den Fingern in sein Haar.

Crome erwidert meinen Kuss und flüstert: »Ach, Kätzchen«.

»Du darfst mich bis an unser Lebensende so nennen«, sage ich und bette meinen Kopf auf seine Brust. Er legt die Arme um mich; ich höre, wie schwer sein Atem geht. Das Regime hat ihm nicht nur Ava genommen, sondern es hat dafür gesorgt, dass er nicht haben kann, was er sich am meisten wünscht. Aber er kann mich haben, mit oder ohne Kinder, das ist mir egal, solange er nur nicht stirbt.

Sanft kraule ich seine Kopfhaut. »Du hast also Angst, deine Kinder könnten … nicht normal sein?«

»Hmm, deshalb ist es gut, wenn …« Er atmet lange aus, spricht immer langsamer. »Es wird dir viel Leid ersparen.«

»Wenn du nicht so schwer verletzt wärst, würde ich dich durchrütteln!«

»Ich habe nur Angst, dass du dich eines Tages von mir abwendest, weil du eigene Kinder möchtest und das bei uns vielleicht nicht klappt. Und ich fürchte mich davor, dich an einen anderen zu verlieren. Als ich bemerkt habe, wie du Kia angesehen hast, so voller Liebe und Sehnsucht, wollte ich es so bald wie möglich beenden.«

»Ich geh mit dir da durch, versprochen. Durch dick und dünn, egal ob mit oder ohne Kinder. Ich brauche nur dich, um glücklich zu sein, und Kinder habe ich genug, wenn ich ein Heim gründe.«

»Ich liebe dich so sehr, dass es mich umbringen würde, wenn du meinetwegen unglücklich wirst. Davor habe ich die größte … Angst.« Erneut atmet er lange aus, dann bleibt er still liegen.

»Was hast du gesagt?« Mein Kopf schießt in die Höhe und ich rüttle an seinem Arm. »Wiederhole noch mal den Teil mit der Liebe.«

Aber Crome kann nichts mehr wiederholen. Er hat das Bewusstsein verloren.

»Jax!«, schreie ich, selbst halb ohnmächtig vor Angst. »Wann sind wir endlich da?«

♥♥♥

Eine Viertelstunde später landen wir hinter der Pyramide auf dem Feld. Wie in Trance bekomme ich mit, dass bewaffnete Männer auf das Shuttle zulaufen, aber als sie Jax sehen, eilen sie zu Hilfe. Sanitäter bringen eine Trage, Samantha wird angefunkt, um den OP vorzubereiten. Leider konnte Jax aus dem Schiff mit dem Handfunkgerät keinen Kontakt mit Resur aufnehmen, dazu war die Entfernung wohl zu groß und der Frachter zu gut isoliert.

Jax, Kia und ich folgen den Sanitätern, während Rock von der Stadtwache abgeführt wird.

»Brav bleiben, Kleiner«, ruft Jax ihm nach. »Ich komme später zu dir.«

Samantha erwartet uns schon vor dem OP. Ich bin so erleichtert, sie zu sehen. Sie überprüft Cromes Lebenszeichen und fragt Jax: »Wie geht es dir?«

»Bei mir ist alles okay, Doc.« Er wirft mir einen nachdenklichen Blick zu.

Als Samantha aufschaut, wirkt sie genauso skeptisch.

Mein Herz droht auszusetzen. »Du bekommst ihn doch hin?«

»Ich weiß es nicht, aber ich gebe mein Bestes«, antwortet sie und wendet sich erneut an Jax. »Ich brauche dich da drin. Crome hat viel Blut verloren, du hast dieselbe Blutgruppe, du musst ihm deines spenden.« Dann eilen sie in den nächsten Raum, den ich nicht betreten darf. Ich kann nur mit Kia im kahlen Gang warten und die Tür anstarren.

Ich breche auf einem Stuhl zusammen und schlage die Hände vors Gesicht. Bitte, Gott, nimm mir diesen Mann nicht weg!

Meine Kehle ist schmerzhaft verengt, ich kann kaum schlucken. Mein Magen verhärtet sich und all meine Muskeln zittern. Unentwegt stelle ich mir Crome auf dem Operationstisch vor und wie Samantha versucht, seine Blutung zu stoppen. Jax sitzt daneben, um ihm sein Blut zu spenden.

Da schiebt sich Kias Hand auf meinen Schoß. Sie hält mir ihren Stofftiger hin, auf den sofort meine Tränen fallen. Ich ergreife ihn, ohne den Kopf zu heben, und fühle, wie sich ihre Arme um mich legen. »Du musst nicht traurig sein, du siehst ihn doch gleich wieder.«

»Meinst du?«, frage ich mit belegter Stimme.

Kia schweigt eine Weile, und als ich glaube, keine Antwort mehr zu bekommen, sagt sie: »Als du im Shuttle bei Jax vorne warst, hat Crome mir erzählt, dass er nicht weiß, ob er meinen Dad erschossen hat. Er will sich aber bei ihm entschuldigen, wenn er ihn im Himmel trifft. Doch falls er überlebt, wird er auf mich aufpassen, als wäre er mein Daddy. Das hat er mir versprochen. Und weißt du was?« Sie kommt ganz nah und flüstert mir ins Ohr: »Ich will, dass er auf mich aufpasst. Ich mag ihn nämlich echt gern.«

Weinend falle ich ihr um den Hals. »Ich mag ihn auch echt gern.«

Ich streiche über Kias langes schwarzes Haar und male mir aus, wie es wäre, sie für immer bei uns zu haben.

Wir drei, eine kleine Familie – das wäre zu schön, um wahr zu sein.

♥♥♥

Als Samantha und ein grauhaariger Arzt Crome drei Stunden später aus dem OP fahren, wecke ich Kia, die auf meinem Schoß eingeschlafen ist.

Wir laufen sofort an seine Seite. Er hat immer noch Rußschlieren im Gesicht und sieht aus, als würde er schlafen. Der ältere Arzt, der ein Namensschild an seinem Kittel trägt, auf dem Dr. Nixon steht, schiebt einen Ständer neben dem Bett her. Daran ist ein Beutel mit klarer Flüssigkeit befestigt, die über einen Schlauch in Cromes Unterarm führt. Er ist bis zum Bauchnabel zugedeckt, die Hände liegen auf dem Laken. Wegen seiner Größe füllt er das ganze Bett aus.

»Wie geht es ihm?«, frage ich Samantha, wobei ich wieder in Tränen ausbreche. Ich bin so glücklich, dass er lebt. Jax kam vor einer Stunde heraus und wollte gleich nach Rock sehen, da hat er mir nur sagen können, dass sich Crome gut macht.

»Er wird es überstehen. Die Operation verlief ohne Komplikationen und die Bluttransfusion hat auch geklappt.«

Ich muss Jax später unbedingt noch danken, im Moment kann ich jedoch nur Samantha um den Hals fallen. »Vielen Dank.« Meine Erleichterung ist so groß, dass auch Dr. Nixon für eine Umarmung herhalten muss, dann schieben wir Crome in ein anderes Zimmer.

Kia läuft neben dem Bett her und lässt ihn nie aus dem Blick. »Ich glaube, er wacht auf.«

Tatsächlich zittern seine Lider. »Mira…«, krächzt er.

»Ich bin hier!« Schnell ergreife ich seine Hand. Sie fühlt sich kühl an.

»Hi, Kätzchen«, flüstert er, als er die Augen aufschlägt.

»Hi.« Ich grinse breit, obwohl mir nach wie vor die Tränen herunterlaufen.

Während Samantha die Räder des Bettes feststellt, schaue ich mich kurz um. Das Zimmer ist klein, dafür hat Crome keinen Nachbarn und seine Ruhe. Durch das schräge Fenster der Pyramide dringt Licht herein, der neue Tag ist längst angebrochen.

»Ich lass euch mal kurz allein«, sagt Samantha zu mir und wendet sich an Crome. »Kann sein, dass du noch mal wegdöst. Euch Kerlen muss man ja eine Extraportion Narkosemittel verpassen.« Sie zwinkert und schlüpft zur

Tür hinaus. Ich weiß nicht, wie ich ihr und Dr. Nixon jemals danken kann.

Ich muss einfach über Cromes Haar streichen, ihn berühren. Er lebt. Am liebsten möchte ich mich auf ihn werfen. »Wie geht es dir?«

Er blinzelt und fasst sich an den Kopf. »Ich fühle mich, als hätte mich der Orkus ausgeko…« Da entdeckt er Kia, die neben der anderen Seite des Bettes auf und ab hüpft. »Hi, Große.«

»Hi, noch Größerer!« Lachend krabbelt sie aufs Bett und in Cromes Arme. »Ich hab gewusst, dass du es schaffst.«

»So, hast du?«, murmelt er in ihr Haar, während er mich über ihren Kopf hinweg angrinst.

Ich grinse ebenfalls, wobei ich mir die Freudentränen wegwische und das Gefühl habe, als würde ich schweben. »Kia, pass auf sein Bein auf.« Er wirkt noch sehr müde und erschöpft, die Augen fallen ihm ständig zu.

Sie kuschelt sich seitlich an ihn und hebt eine ihrer schmalen schwarzen Brauen. »Er ist doch nicht aus Glas, außerdem ist seine Verletzung auf der anderen Seite.«

»Sie hat recht. Also komm endlich her.« Er hält mir den freien Arm hin, und ich schmiege mich ebenfalls so gut es geht an ihn, obwohl ich halb aus dem Bett falle. Crome nimmt einfach zu viel Platz in Anspruch. Er riecht nach Desinfektionsmittel und immer noch nach Rauch. Die feinen Splitterwunden auf seinen Armen sind verschweißt, und über der Verbrennung in seinem Nacken klebt ein großes Pflaster. Aber er liegt in einem Stück neben mir, atmet und grinst. Das Leben ist schön.

Seufzend schließt er die Augen und hält uns fest. Kia sieht aus, als würde sie gleich einschlafen. Ich würde am liebsten ebenfalls meine Lider schließen. Urplötzlich fühle ich mich abgrundtief erschöpft.

»Nun hast du zwei Frauen an deiner Seite«, sage ich und gähne. »Hältst du das aus, Krieger?«

Er dreht den Kopf und küsst mich auf die Stirn. »Und wenn mich das doppelte Glück erschlägt … euch gebe ich nicht mehr her.«

»Ich euch auch nicht.« Ich lege den Arm über seine Brust und meine Hand auf Kias Schulter. Dann ziehe ich mit dem Fuß den Stuhl heran, um nicht gänzlich aus dem Bett zu fallen, und erlaube mir, ebenfalls die Augen zu schließen. Ich möchte nur ein wenig in Cromes Armen liegen, dieses Hochgefühl und die Geborgenheit genießen. Nie habe ich mich mehr komplett gefühlt als jetzt. Nun sind wir eine Familie.

♥♥♥

Am Nachmittag geht es Crome bereits so gut, dass wir uns mit Samantha über die Sache mit dem Nachwuchs unterhalten können.

Anne hat kurz vorbeigesehen und Kia mitgenommen. Die Kleine braucht ein wenig Ablenkung und eine ordentliche Mahlzeit. Wir beide sind tatsächlich in Cromes Armen eingeschlafen; dafür fühle ich mich nun wieder halbwegs munter.

Jetzt sitzt Samantha auf der einen Seite des Bettes auf einem Stuhl, ich auf der anderen; Crome hält meine Hand.

Samantha lächelt uns an. »Falls ihr Kinder möchtet, finden wir einen Weg. Ich kann versuchen, die Samenstränge zu verbinden, gebe euch aber keine Garantie, dass es funktioniert und die Gefäße nach all den Jahren noch durchlässig sind. Für eine künstliche Befruchtung fehlen uns hier leider die Mittel.«

Crome räuspert sich. »Nehmen wir an, es klappt … Was ist mit Mutationen?«

»Keiner weiß, wie eure Kinder aussehen werden und ob sie gesund sind. Aber ich kann euch als eure Ärztin auf diesem Weg begleiten. Auch wenn ich hier nicht alle Möglichkeiten habe wie in White City, kann ich dennoch sehen, ob es dem Baby im Mutterleib gutgeht. Wir haben ein altes Ultraschallgerät hier, das noch einwandfrei funktioniert.«

Ich frage mich, ob sich Samantha und Jax auch schon mal über Nachwuchs Gedanken gemacht haben. Es scheint nicht so. Offensichtlich sind sie ohne Kinder glücklich. Die zwei haben sich wirklich gefunden. Genau wie Crome und ich.

Er schaut etwas skeptisch, doch ich kann es ihm nicht verübeln. Er traut sich nicht richtig, an sein Glück zu glauben.

»Danke für deine Hilfe«, sagen wir fast zeitgleich.

Sie nickt lächelnd. »Ich lass euch dann mal allein, ich muss noch nach einem anderen Patienten sehen. Ich schau später noch mal nach dir.« Als Samantha aufsteht, kommt Jax herein. Er trägt eine schwarze Cargohose und ein weißes Shirt. So wie Samantha ihn angrinst und mustert, findet sie ihren Warrior verdammt sexy. Als Jax jedoch nicht zurücklächelt, sondern ihr nur einen Kuss auf die Wange drückt, fragt sie: »Schlechte Neuigkeiten?«

»Leider«, antwortet er.

»Verdammt. Wir reden später, ich muss dringend noch zu einem Patienten.«

»Ich komme gleich zu dir«, sagt er, und sie verlässt den Raum.

Crome richtet sich im Bett auf. »Was ist los?«

Jax lässt sich auf dem Stuhl nieder, auf dem Samantha gerade saß. »Willst du zuerst die schlechte oder die noch schlechtere Neuigkeit hören?«

»Zuerst die weniger schlechte«, sagt er, und ich halte gebannt die Luft an.

»Das neue Teil, das Sonja in der Kläranlage eingebaut hat, um die Schwermetalle herauszufiltern, schafft es nicht, die riesigen Wassermengen, die in Resur benötigt werden, zu bewältigen. Wir müssen also weiterhin sehr sparsam mit dem Trinkwasser umgehen oder wir sind erneut auf Nachschub angewiesen. Doch das ist im Moment wirklich das geringere Übel, immerhin haben wir jetzt genug sauberes Trinkwasser für alle.« Er atmet tief durch und kratzt sich an der Stirn. »Was mir wirklich Magenschmerzen macht, sind News von Mark. Er hat sich heute Vormittag noch mal gemeldet.«

»Hat er Ärger bekommen?« Crome fährt sich über das Gesicht.

Oh je, daran habe ich noch gar nicht gedacht. Mark hat wirklich viel riskiert!

Jax schüttelt den Kopf. »Zum Glück hat niemand etwas von seiner Aktion mitbekommen, aber das war verdammt knapp. Er hatte nämlich Besuch von einem Warrior.«

»Shit, warum das denn?«

»Er ist sein Patient und die beiden verstehen sich recht gut. Was für ihn gefährlich, aber für uns von Vorteil ist. Von ihm hat Mark erfahren, dass die Soldaten auf einen Angriff vorbereitet werden. In ein paar Tagen werden zwei Einheiten in Resur einmarschieren. Es wird Krieg geben.«

»Shit«, murmelt Crome erneut, und mir wird heiß und kalt.

Krieg? Bitte, das darf nicht wahr sein! Jetzt sind wir gerade erst diesem Albtraum entkommen, haben den Überfall auf die Plantagen überlebt und jetzt dürfen wir unser Glück immer noch nicht genießen? Und was wird aus Resur und all den Menschen, die hier leben? Ich sehe bereits alles in Schutt und Asche liegen, und das nur, weil wir uns gegen das Regime aufgelehnt haben.

Jax steht auf und geht zum Fenster, sodass er uns den Rücken zudreht. »Wir brauchen verdammt schnell einen Plan.«

Crome runzelt die Stirn. »Was schwebt dir vor? Ich erkenne doch, wie es in deinem Kopf rattert.«

Jax schiebt die Hände in die Hosentaschen und starrt nach draußen. »Ich hätte ja schon große Lust, dem Regime mal so richtig in den Arsch zu treten, aber das sind unsere Brüder, die da verheizt werden. Ich möchte nicht wirklich gegen sie kämpfen.«

Crome seufzt. »Ich auch nicht. Außerdem haben wir gegen eine derart große Streitmacht keine Chance. Wir haben bereits ein paar gute Männer auf den Plantagen verloren, und alle gefangenen Wärter zu bekehren, ist utopisch. Wir wissen nicht, wem wir trauen können.«

Jax nickt. »Außer Rock kenne ich auch keinen von ihnen persönlich.«

Ich kann den beiden nur hilflos zuhören und habe keine Ahnung, wie man das Unglück abwenden könnte. »Gibt es keine Möglichkeit, einen Krieg zu verhindern?«

Jax dreht sich zu uns um. »Ich hätte eine Idee.«

»Wusste ich es doch«, murmelt Crome grinsend.

»Miraja …« Jax hockt sich am Fußende auf die Bettkante. »Crome hat mir einmal von eurem Plan erzählt, wie er dich ursprünglich aus dem Gefängnis holen wollte.«

»Veronica.« Ich schlucke hart, da ich ahne, worauf dieses Gespräch hinausläuft.

»Genau.« Er wirft einen kurzen Blick zu Crome. »Wir sollten die Frau entführen und drohen, sie zu töten, sollte Resur angegriffen werden.«

Ich sehe Veronica vor mir, zu Tode geängstigt und eingeschüchtert, weil zwei Riesenkerle sie verschleppen. »Dir fällt momentan nur diese Lösung ein, um einen Krieg zu verhindern?« Wieso habe ich solche Gewissensbisse?

Ich hatte diesem Plan bereits zugestimmt! Aber da habe ich mich selbst in einer ausweglosen Situation befunden und hätte wohl noch viel schlimmere Dinge getan, um der Gefangenschaft zu entkommen. Jetzt geht es jedoch um das Wohl vieler Menschen.

Jax fährt sich übers Kinn. »Außer, dir fällt noch etwas Besseres ein.«

Tief durchatmend schüttle ich den Kopf, aber dann habe ich doch noch eine Idee: »Dieses Video, von dem ihr gesprochen habt, in dem Julius alle aufklärt, was hier draußen los ist. Wenn man das dem Volk vorspielen könnte …«

Jax stimmt zu. »Mark gibt wirklich alles, um das hinzubekommen. Wenn das auch noch klappen würde, hätten wir gute Chancen.«

Crome zwinkert mir zu, als wäre er stolz auf meine Idee. Mir wird heiß bis zu den Ohren. Ich kann es kaum erwarten, dass er nach Hause kommt.

»Wie wichtig ist Senator Murano seine Tochter?«, möchte Jax von mir wissen.

»Ich glaube schon, dass sie ihm viel bedeutet, denn er lässt sie streng bewachen. Sie darf nie ohne Beschützer aus dem Haus. Murano ist ein kühler Mann, er hat vor mir nie gezeigt, dass er sie liebt, aber wichtig scheint sie ihm auf jeden Fall zu sein.«

»Hoffentlich wichtig genug.« Jax legt den Kopf leicht schief und schaut zu Crome, der ihm zunickt. »Dann machen wir es so: Wir entführen die Tochter des Senators. Ich werde sofort mit Bürgermeister Forster darüber sprechen.«

Crome schlägt mit der Faust in seine Hand. »Sie wollen Krieg? Den können sie haben, aber der wird nach unseren Regeln gespielt.«

»So ist es.« Die beiden schlagen ihre Fingerknöchel aneinander und grinsen sich verwegen an.

Mein Magen zieht sich zusammen. Die zwei scheinen sich ja regelrecht über diesen Auftrag zu freuen. Ich hasse es, dass unsere Zukunft plötzlich im Ungewissen liegt und hoffe, dass sich doch noch alles zum Guten wenden wird.

Epilog – wenige Tage später

Ich wische meine feuchten Hände an der Schürze ab, die ich über dem roten Kleid trage, und starre in Kias Zimmer. Es ist einsam ohne sie. Der Freund ihres Vaters nimmt sie wieder mit auf Bisonjagd, und ich konnte es ihr nicht abschlagen. Sie freut sich zu sehr darauf, mit einem Jeep durch die staubige Wüste zu fahren. Sie hat mir auch eine extragroße Portion Fleisch versprochen.

Ich habe beschlossen, die Wände in einem freundlichen, hellen Orange zu streichen, und bin gerade fertig geworden. Die anderen Räume erstrahlen ebenfalls in neuem Glanz. Ich muss etwas tun, denn das Alleinsein zermürbt mich.

Besonders schlimm sind die Nächte. Blaire sucht mich oft in meinen Träumen heim, um mich weiterhin zu quälen. Dann fehlt mir Crome am meisten, seine sichere Umarmung, die tröstenden Worte.

Gleich will ich ihn auf der Krankenstation besuchen. Es geht ihm schon ganz gut und vielleicht darf er morgen raus, hat Samantha gemeint und mir heimlich gestanden, dass sie ihn lieber länger hier behält. Sie kennt diese Sorte Mann zu gut und weiß, dass Crome sich nicht schonen wird.

»Du hast es uns richtig heimelig gemacht«, höre ich plötzlich seine Stimme und wirbele herum. Er steht neben dem Küchentisch und trägt die Jeans, die ich ihm vorbeigebracht habe, sowie ein schwarzes T-Shirt. Er sieht zum Anbeißen aus, während ich eine Vogelscheuche abgebe. Meine Schürze ist voller Kleckse, auch auf meinen Händen ist Farbe, und mein Haar ist ein einziges Chaos.

Trotzdem könnte ich tanzen und in die Luft springen. »Was machst du hier?«

Er grinst breit. »Ich freue mich auch, dich zu sehen.«

Nachdem ich den Pinsel auf den Farbtopf gelegt und die Schürze ausgezogen habe, falle ich Crome um den Hals. »Du musst dich doch schonen.«

»Genug geschont, oder ich zerlege noch mein Krankenzimmer.«

Der Kerl strahlt eine unglaubliche Energie aus, pure, geballte Männlichkeit.

Ich streichle über seine kräftigen Oberarme, dann über die Brust. Ich will ihn überall berühren, weil ich so glücklich bin, dass er überlebt hat. »Weiß Samantha über dein Verschwinden Bescheid?«

Er kratzt sich am Kopf. »Ja, obwohl sie nicht begeistert war. Ihr war aber klar, dass man mich nicht aufhalten kann.«

»Nur, weil sie selbst so ein Exemplar zu Hause hat.«

Er hebt mich hoch und setzt mich auf den Küchentisch. Frech drückt er meine Schenkel auseinander und stellt sich dazwischen. »Das Kleid steht dir.«

Ich weiß genau, was er will, und ich will es auch, dennoch wispere ich: »Ich bin voller Farbe.«

»Mir egal«, raunt er und zieht sich sein Shirt über den Kopf. »Wann kommt Kia?«

»Nicht vor morgen.« Ich starre auf seinen Oberschenkel. Kein Blut befleckt die Hose, die Wunde ist gut und schnell verheilt, nur eine Narbe wird daran erinnern. Die Warrior haben wirklich außergewöhnliche DNS und Selbstheilungskräfte. Dennoch war es knapp, er könnte nicht mehr hier sein.

Hör auf, daran zu denken, ermahne ich mich. Er *ist* hier. Ich kann ihn spüren, hören, riechen, schmecken.

Er küsst mich gierig, wobei er an meinen nackten Beinen entlangfährt, sie streichelt und massiert. Wegen der Hitze trage ich weder Schuhe noch Unterwäsche. Wenn ich gewusst hätte, dass Crome kommt …

Als er mein Kleid höherschiebt und einen Blick zwischen meine gespreizten Schenkel wirft, werden seine Augen groß.

»Ich … es ist so heiß!« Mein Gesicht glüht und mein Kitzler pocht, nur weil Crome mich anstarrt.

»Dir wird gleich noch heißer werden«, sagt er in seiner düsteren, sexy Tonlage, die er immer an den Tag legt, wenn er erregt ist. »Ich hab da so ein dringendes Bedürfnis, das ich nicht stillen konnte, weil ständig jemand ins Zimmer kam.« Er drückt mich auf dem Tisch zurück und küsst meine Innenschenkel, leckt daran auf und ab und kommt meiner Körpermitte immer näher.

»Hör auf zu zappeln«, befiehlt er und hält mich an den Hüften fest.

»Dann tu doch was dagegen«, erwidere ich herausfordernd.

Schon presst er seinen Mund auf meine Schamlippen und leckt mich aus.

Himmel, wie sehr ich das vermisst habe, wie sehr ich *ihn* vermisst habe! Aber das denke ich immer, wenn er nicht bei mir ist. Ich brauche ihn wie Luft zum Atmen.

Seine flatternden Zungenschläge bringen mich fast zum Höhepunkt und ich spüre die harte Tischplatte in meinem Rücken kaum. All meine Sinne konzentrieren sich auf das, was er mit seinem Mund anstellt.

Als ich mich ihm entgegendrücke, weil noch ein wenig mehr Reibung fehlt, damit ich kommen kann, zieht er sich zurück.

Mann! Ich setze mich hin, um zu sehen, was er vorhat. Er öffnet die Jeans, woraufhin sie bis zu seinen Knien rutschen. Nur noch ein großes Pflaster klebt auf seinem Oberschenkel.

Crome entschuldigt sich mit einem verwegenen Grinsen. »Hatte leider auch keine Unterhosen mehr.«

»Ferkel.« Ich fasse in seinen Nacken, weil ich ihm dieses freche Grinsen wegküssen muss. Erst knabbere ich zart an seinen Lippen, aber dann dringe ich mit der Zunge in seinen Mund vor, wobei ich zeitgleich seine Erektion umfasse.

Er stöhnt in meinen Mund. »Wir haben da noch eine Rechnung offen.«

Ich erinnere mich zu gut, als er mir auf dem Autodach süße Rache geschworen hat. »Ach ja?«, frage ich unschuldig und massiere ihn fest.

Seine Hüften zucken nach vorne, er treibt sich härter in meine Hand. Wie hart er ist und doch so verletzlich. Mit den Fingernägeln kratzte ich über die empfindliche Haut.

»Ja.« Da packt er mich an der Taille, um mich nah heranzuholen, zieht meine Hand weg und dringt in mich ein.

Ich bin so feucht für ihn, dass es schmatzt. Sein harter Schaft dehnt mein Inneres. Ich liebe das Gefühl, von Crome ausgefüllt, von ihm in Besitz genommen zu werden. In diesen Momenten bin ich eins mit ihm.

Ich lege beide Hände in seinen Nacken, da er mich fest stößt und ich regelrecht durchgerüttelt werde. Der Tisch wackelt und knarzt, während Crome mich am Po festhält.

Zwischendurch dringt er besonders tief ein, langsam und genussvoll. Dabei schaut er mir immer in die Augen. »Du bist wunderschön«, raunt er und küsst mich. »Ich liebe einfach alles an dir.«

Ich schlinge die Beine um seinen Hintern, sodass er mich nicht mehr richtig stoßen kann. »Auch meinen Ungehorsam?«

»Den liebe ich am meisten, denn so kann ich dir jedes Mal aufs Neue zeigen, was ich mit ungehorsamen Mädchen mache.« Er zieht das Kleid an meinen Schultern herunter und entblößt meine Brüste. Dann drückt er mich zurück, um meine Nippel abwechselnd einzusaugen, bis sie ihm entgegenragen. Crome ist nicht mehr so zurückhaltend wie früher, aber er weiß immer, wo meine Grenzen liegen. Das schätze ich an ihm. Ich brauche keine Angst zu haben. Nie wieder.

Der süße Schmerz rast in meinen Schoß und explodiert in meinem Kitzler. Crome nimmt seine Finger hinzu, um ihn zu reiben. Ich liebe seine leicht rauen Hände an meiner empfindlichsten Stelle und genieße es, wie er seinen Daumen kreisen lässt, bis mein Höhepunkt abgeklungen ist.

Außer Atem und tief befriedigt löse ich meine Beine, da stößt er wieder zu.

Ich strecke mich auf dem Tisch aus, die Arme über dem Kopf, und Crome darf sich an mir bedienen. Er soll sehen, wie ich mich ihm hingeben kann, weil ich ihm bedingungslos vertraue. So fest ich kann, ziehe ich meine Scheidenmuskeln zusammen, damit ich für ihn enger werde.

Er bemerkt das sofort und raunt: »Du setzt immer noch einen drauf, oder?«

Diesmal lächele ich verwegen, während er kommt. Er krallt die Finger in meinen Hintern, wobei er ein letztes Mal tief in mich eindringt und sich ergießt.

Sein losgelöster Blick ist faszinierend. Zur selben Zeit berührt er mein Herz und meine Seele. Im Grün seiner Augen spiegeln sich all seine Gefühle: Liebe, Lust und Vertrauen. Er vertraut mir ebenso wie ich ihm. Er weiß, dass ich ihn und unser Schicksal annehme. Egal, durch welche dunklen Täler wir noch gehen müssen – ich werde an seiner Seite sein.

Crome ist ein Mann, dem Sex wichtig ist, aber er bedeutet ihm nicht alles.

Ich kann es immer noch kaum glauben, dass ich mit ihm zwar ein Sahneschnittchen fürs Bett, genauso aber auch einen Menschen mit Herz erobert habe.

Immer noch miteinander verbunden, verharren wir schwer atmend. Ich setze mich auf und lege den Kopf an seine Brust. »Wann werdet ihr aufbrechen?« Ich weiß, dass er mit Jax gehen wird. Sie haben Veronicas Entführung bis ins Detail durchgeplant.

»Morgen. Senator Murano hält eine öffentliche Rede, und da ist seine Tochter dabei. Julius wird mitkommen. Wir brauchen Leute, die in White City wegen ihrer Statur nicht gleich auffallen, außerdem kennen sich Jul und Veronica. Er hat gesagt, sie war schon immer anders als ihr Vater, genau wie er. Vielleicht wird sie freiwillig mitkommen, ohne dass wir einen Tumult veranstalten müssen. Jax und ich werden in Deckung bleiben und nur einschreiten, wenn etwas schiefläuft.«

Ich seufze an seiner Brust. »Was soll auch schiefgehen? Es wird ja nur vor Soldaten wimmeln.«

»Hey.« Er nimmt meine Wangen in beide Hände und küsst meine Nasenspitze. »Ich würde bei dir bleiben, wenn ich könnte, aber …«

»Jax braucht deine Hilfe, genau wie alle hier.« Ich fasse in sein kurzes Haar und genieße, wie weich es sich anfühlt. »Auch wenn ich mir nichts lieber wünsche, als dass du bei mir bleibst … Nur ihr könnt einen Krieg verhindern und White City in die Knie zwingen. Ich möchte bloß, dass du wieder zurückkommst, da ich keine Lust habe, dich aus dem Gefängnis rauszuhauen.«

Eine seiner Brauen hebt sich. »Würdest du das denn tun?«

»Ich würde dich niemals im Stich lassen.«

Ich spüre, wie er in mir erneut hart wird. »Du bist das Beste, das mir passiert ist, Miraja.«

»Das will ich doch hoffen«, murmele ich an seinen Lippen und mache mich bereit für Runde zwei.

Nachwort

Als ich Teil 1 meiner Warrior-Trilogie geschrieben habe, hatte ich nicht mit diesem Erfolg gerechnet. Gleich in den ersten zwei Monaten stand das Buch in mehreren Online-Shops in den Top 100 aller Bücher. Ursprünglich war auch nicht geplant, weitere Teile zu schreiben, aber meine Leserinnen und Leser riefen danach, und so ist noch ein weiterer Teil (Ice) geplant plus eine homoerotische Bonusstory (Storm).

Ich veranstaltete ein Gewinnspiel, bei dem sich der Sieger an einer Rolle im nächsten Buch einbringen durfte. Herausgekommen sind zwei Gewinnerinnen:

Die Figur der Kialada beruht auf einer Idee von Steffi. Der Figur der Anne hat Berni Berndsen das Aussehen verleihen dürfen.

Es hat Spaß gemacht, Ideen meiner Leserinnen einzubringen. Überhaupt ist ein Autor nichts ohne seine Leser. Schön, dass es euch gibt!

Großer Dank gilt auch meiner Lektorin Alex, die mir jedes Mal hilft, meine »Babys« auf die Welt zu bringen.

Vorschau: Ice – Warrior Lover 3

Veronica, die Tochter eines Senators, wurde nach den Unruhen in White City in eine andere Kuppelstadt gebracht. Einige Wochen später kehrt sie mit ihrem neuen Leibwächter zurück: Ice. Er ist ein Warrior aus New World City, und die sollen noch brutaler sein als die in ihrer Heimatstadt.

Veronica ist im Haus ihres Vaters viel mit Ice allein. Sie fühlt sich zu dem großen, düsteren Krieger hingezogen, und obwohl er ihr Angst macht, beginnen sie eine heimliche Affäre – für beide strengstens verboten. Doch die wirklichen Probleme fangen erst an, als Ice für den Senat eine schmutzige Aufgabe erledigen soll und Veronica zum Spielball des Regimes wird.

Erhältlich Frühjahr 2014

Leseprobe:

»Liebe Fluggäste, wir erreichen White City in wenigen Minuten«, dringt die weibliche Stimme des Bordcomputers an meine Ohren. »Bitte bleiben Sie angeschnallt, bis das Shuttle andockt und sich die Türen automatisch öffnen. Wir bedanken uns, dass Sie mit New World City Transfer geflogen sind, und wünschen Ihnen einen schönen Tag.«

Gott sei Dank, wir sind da. Tief durchatmen, Veronica, gleich hast du es geschafft.

Ich starre auf den Monitor am Vordersitz, auf dem ich mir während des Fluges einen Film angesehen habe, doch der hat sich gerade abgeschaltet. Das Shuttle hat keine Fenster, ein Blick nach draußen ist wegen des Atomkrieges immer noch nicht gestattet, außerdem ist das Schiff so besser vor eindringender Strahlung geschützt. Ich würde so gerne wissen, ob außerhalb der Kuppel nach fast einem Jahrhundert wirklich nur eine Wüste ist, oder ob sich die Natur ihren Platz zurückerobert hat.

In meinem Nacken kribbelt es. Ice sitzt direkt hinter mir. Ich fühle seine brennenden Blicke, die er mir schenkt, seit er mir vor wenigen Stunden als mein Bodyguard zugeteilt wurde. Der Kerl ist riesig und strotzt vor Kraft. Er könnte mich mit einem Schlag töten. Ich frage mich ständig, was geschehen würde, wenn sich die Warrior gegen uns stellen würden. Wir wären verloren.

Keine Stewardess hat uns auf diesem Flug begleitet, und auch sonst sind keine Passagiere an Bord. Außer diesem Warrior und mir befindet sich niemand in dem Schiff; es gibt auch keinen Captain, denn die Shuttles fliegen mit Autopilot.

Als Tochter eines Senators reise ich immer unter strengsten Sicherheitsvorkehrungen, auch zu Hause kann ich keinen Schritt ohne einen Bodyguard machen – und das treibt mich langsam in den Wahnsinn. Ich fühle mich wie eine Gefangene.

Erneut ertönt die Lautsprecherdurchsage: »Landung in drei, zwei, eins …«

Noch bevor das Shuttle angedockt hat, öffne ich den Gurt und laufe den Mittelgang nach vorne. Ice ist bereits dicht hinter mir.

Ich drehe mich zu ihm um, versucht, keine Angst zu zeigen, und frage möglichst fest: »Kann ich auch noch ein wenig Luft zum Atmen haben?« Dabei mache ich noch einen Schritt zurück und stoße mit dem Rücken gegen die Wand, hinter der sich das Cockpit verbirgt.

Mit verschränkten Armen baut er sich vor mir auf und starrt mich an. Seine Augen sind so hell wie Eis. Schmutziges Eis. Eine Mischung aus grau und blau. Nicht, dass ich jemals echten Schnee gesehen hätte, denn in White City und den anderen Kuppelstädten herrscht das ganze Jahr über ein angenehmes Klima, doch so stelle ich es mir vor.

Sein Haar ist kurz, aber genauso schwarz wie meines, das ich heute zu einem Knoten hochgesteckt habe. Ich trage eine Bluse und einen Rock, der mir knapp über die Knie reicht. Ice' Blicke wandern ständig an meinem Körper auf und ab, ansonsten zeigt er kaum eine Regung. Nur ein Muskel in seiner Brust zuckt. Durch sein eng anliegendes Shirt sehe ich jede Kontur seines aufregenden Körpers. Eigentlich mache ich mir nichts aus diesen aufgeblasenen Muskelprotzen, doch irgendwas hat der Mann an sich, dass ich ihn ebenfalls anstarren muss. Er ist so nah, dass ich sein Parfum, Aftershave, Duschgel – oder was auch immer – riechen kann. Und es duftet verdammt gut. Leicht rauchig und männlich. Mir wird schwindlig. Vielleicht kommt das aber auch vom Flug.

Ich räuspere mich. »Hat man dir verboten, mit mir zu sprechen?« Verdammt, wann geht denn endlich die Tür auf?

Ich vermisse meine alte Beschützerin Miraja. Sie war eine Frau in meinem Alter, und mit ihr habe ich mich nie eingeengt gefühlt. Sie war eher wie eine Freundin. Bei diesem Warrior kann ich mir nicht vorstellen, dass wir auch nur annähernd eine ähnliche Beziehung führen werden. Wie lange muss er bei mir bleiben? Und warum redet er nicht mit mir?

Vater war ganz begeistert, als sein Bruder Stephen ihm seinen besten Mann mitgegeben hat, damit der in Zukunft auf mich aufpasst. Den Kriegern in White City sei nicht mehr zu trauen, hat Stephen gemeint. Er hat mitbekommen, was sich in letzter Zeit hier abgespielt hat. Zuerst ist ein Warrior mit einer Sklavin abgehauen, nur wenige Wochen später hat sich fast derselbe Vorfall ereilt, nur dass es diesmal zu einer Schießerei gekommen ist. Angeblich war es Miraja, mit der der Soldat geflohen ist. Ob sie nun im Untergrund leben? Oder in den Outlands? Ach, ich wünschte, ich hätte Antworten.

»Na gut, du musst nicht mit mir sprechen«, sage ich schnippisch. »Aber rück mir nicht so auf die Pelle.«

Er beugt sich noch ein Stück vor. »Macht dich das nervös?«

Mir stockt der Atem. Seine Stimme besitzt ein tiefes Timbre, das mir durch und durch geht und jede Zelle zum Vibrieren bringt – was ich mir aber nicht anmerken lasse. »Nein, es spricht!«, stoße ich spöttisch hervor.

Sein Mundwinkel zuckt, und er fährt sich mit der Zunge kurz über die Unterlippe. Er hat einen schönen Mund. Ein wenig schmal, aber symmetrisch. Überhaupt hat er ein ansprechendes Gesicht. Eine gerade Nase, hohe Wangenknochen, auffällige Augenbrauen, einen markanten Unterkiefer und ein wenig dunklere Haut als ich.

Er stützt sich mit einem Arm neben meinem Kopf ab und beugt sich zu mir herunter. Seine Lippen sind nur wenige Zentimeter von meinen entfernt. »Offensichtlich entspreche ich nicht deinen Vorstellungen von einem Beschützer. Du hast dir wohl wieder eine Frau gewünscht?« Er klingt rau und dunkel, fast bedrohlich, obwohl sein Gesicht entspannt ist. »Ich werde dich zum Shopping begleiten, aber nicht mit dir über Mode reden. Wenn du dich mit deinen Freundinnen triffst, haltet mich aus eurem Gegacker heraus. Außerdem interessieren mich keine Gespräche über Frisuren, Nagellack und Schönheitsoperationen. Mich interessieren nur Sport, Waffen und Sex, und ich glaube, über diese Themen brauche ich mich mit dir nicht zu unterhalten.«

Ich stoße die Luft aus. Dieser Kerl ist so direkt! Hitze steigt meinen Hals herauf, wahrscheinlich ist mein Gesicht voll roter Flecken. »Was erlaubst du dir!« Ich versuche ihn von mir zu stoßen, doch er bewegt sich keinen Zentimeter. Verdammt, sind seine Brustmuskeln hart! »Ich habe mich noch nie einer Schönheitsoperation unterzogen.« So etwas habe ich nicht nötig! Ich bin zufrieden mit meinem Körper.

Unverhohlen starrt mir Ice in den Ausschnitt meiner Bluse, sodass mir noch heißer wird.

Hastig verschränke ich die Arme. »Und du brauchst keine Angst vor meinen Freundinnen haben, denn ich habe gar keine!« Keine richtigen. Miraja war wie eine Freundin, ansonsten habe ich nur zu meiner jüngeren Stiefschwester Melissa engen Kontakt, aber die lebt, genau wie Mama, in New World City.

Als er mir keine Antwort gibt, macht mich das nur wütender. »Außerdem hast du mich mit Ms. Murano anzusprechen!«

Er hebt eine Braue. »Wieso? Du duzt mich doch auch?«

Verdammt, das habe ich nicht bemerkt. Und warum grinst er so? Offensichtlich langweilt ihn sein Job und er spielt mit mir. Sein Lächeln geht mir durch und durch. »Wenn ich meinem Vater sage, wie du dich mir gegenüber verhältst, wird er dich hinrichten lassen!«

Sofort weicht er vor mir zurück. Das Graublau seiner Augen scheint zu flackern. Aha, vor meinem Vater hat er also Respekt. Warum nicht vor mir? Weil ich fast zwei Köpfe kleiner bin als er und noch keine Senatorin?

Als sich die Tür endlich öffnet, falle ich beinahe die wenigen Stufen hinunter und meinem Vater in die Arme.

»Veronica!« Hastig macht er sich von mir los und streicht sein Jackett glatt. Es hätte mich auch gewundert, wenn er mich einmal in den Arm nehmen würde. Wie immer trägt er einen Maßanzug und sein blondes Haar ist akkurat frisiert. »Was ist denn los?« Über meine Schulter wirft er einen scharfen Blick auf Ice.

»Alles in Ordnung«, beeile ich mich zu sagen, »ich bin nur gestolpert.«

Er mustert Ice weiterhin, der hinter mir aus dem Shuttle steigt. »Bist du mit deinem neuen Bodyguard zufrieden?«

»Ja, ja, er ist okay.« Eigentlich hätte er eine Abreibung verdient. Jetzt steht er neben mir, als könnte er kein Wässerchen trüben, und begrüßt meinen Vater mit einem Militärgruß. »Ich freue mich, Sie kennenzulernen, Senator Murano.«

Vater nickt ihm kurz zu. »Willkommen in unserer Familie. So lange ich es für nötig erachte, werden Sie meine Tochter mit Ihrem Leben schützen. Das ist ein Befehl.«

»Aye, Sir«, antwortet Ice gehorsam.

»Wenn dein neuer Bodyguard irgendetwas macht, was dir nicht gefällt«, sagt Vater zu mir, ohne Ice zu beachten, »wirst du mir das unverzüglich mitteilen, Veronica.«

Ich schlucke die spitzen Worte hinunter, die ich mir schon zurechtgelegt hatte, denn am liebsten würde ich meinem Vater erzählen, wie ungehobelt sich Ice verhalten hat. Aber ich will ihm keinen Ärger bereiten. Warum, weiß ich nicht. »Natürlich, Vater.« Wieso schütze ich diesen Rüpel? Er hat nicht einen Funken Anstand. Kein Wunder, sollen die Warrior aus New World City auch brutaler und gefühlskälter sein als unsere Soldaten, wobei Ice seinem Namen in keinster Weise gerecht wird. Er strahlt eine regelrechte Hitze aus, Kraft und Sexappeal. Besonders Letzteres macht mich ganz nervös. Er scheint eine Menge Erfahrung zu haben, und ich gehöre zu den neugierigen Frauen. Da ich eben kaum jemanden habe, mit dem ich mich über Sex unterhalten kann, brenne ich darauf, alles darüber zu erfahren. Ich liebe dieses aufregende Gefühl zwischen meinen Schenkeln, das Herzrasen, das sich einstellt, wenn ich mich selbst berühre. Ich liebe es, von mir zu kosten, meine Brüste zu streicheln, über meinen Kitzler zu reiben bis ich komme … Ice denkt bestimmt, ich sei ein Mauerblümchen. Tatsächlich habe ich kaum Erfahrung und erst ein einziges Mal mit einem Mann geschlafen – daher kann ich es kaum erwarten, es endlich wieder zu erleben. Nur wie soll ich einen Mann kennenlernen, wenn mich dieser Warrior auf Schritt und Tritt bewacht? Kein Kerl wird sich auch nur trauen, mich anzusehen.

Doch ich sehne mich nach Nähe, Geborgenheit, Lust. Es wird jeden Tag schlimmer. Bei Mama habe ich mich wohler gefühlt, sie hat mich auch mal in den Arm genommen, und mit meiner Stiefschwester habe ich viel gelacht.

Vater ist einfach nur kalt. Schade, dass meine Mutter und meine Schwester in einer anderen Stadt wohnen und ich sie nur selten sehen darf. Vater will das nicht, er bestimmt über mein Leben und möchte, dass ich Senatorin werde.

Während wir auf unser Gepäck warten, schaue ich nach oben. Zu gerne würde ich einmal den Himmel sehen – doch er bleibt mir auch diesmal verwehrt. Die milchige Kuppel hat sich längst über uns geschlossen. Bald wird es Nacht, der Mond und die Sterne werden erscheinen. Ich kenne den Anblick nur von Bildern oder aus Filmen.

»Wie war es bei deiner Mutter? Hat sie wieder versucht, dich auf ihre Seite zu ziehen?«, fragt Vater. Dabei halten wir das Förderband im Auge. Vollautomatisch kommt das Gepäck aus dem Bauch des Schiffes: meine zahlreichen Koffer und die große Tasche von Ice. Unser Shuttle ist das einzige auf der Landeplattform, die sich hoch über der Stadt befindet. Von der Brüstung aus hat man einen fantastischen Blick über White City, doch heute kann ich das nicht genießen. Ice macht mich nervös und Vaters Fragen noch viel mehr.

»Mutter hat kaum darüber gesprochen.« Diese Lüge kommt mir leicht über die Lippen. Überhaupt fällt es mir mit jedem Tag einfacher, meinen Vater anzuflunkern. Ich werde bestimmt eine gute Senatorin. Ich kann das Volk belügen, ohne rot zu werden, diese Gene muss mir Vater vererbt haben.

»Hast du Stephen von mir gegrüßt?«

»Natürlich, Vater.« Sein Bruder lebt genau wie meine Mutter in New World City. Obwohl Mama endlich ein eigenes Leben führen darf, hat Stephen weiterhin ein Auge auf sie. Vater traut ihr nicht.

Er traut keinem, daher ist er nicht allein auf die Landeplattform gekommen. Natürlich hat er ebenfalls seinen bewaffneten Bodyguard dabei – einen ehemaligen Warrior, Mitte vierzig, mit braunem Haar und Adlernase. Er steht in der Nähe und inspiziert die Umgebung. Vaters Chauffeur, ein junger schwarzhaariger Mann, kommt mit einem Gepäckwagen und lädt unsere Taschen auf.

»Einen Moment, Hank«, sagt Vater zu seinem Fahrer. »Ich muss Ice noch die neuen Ampullen geben.«

»Sehr wohl, Sir.« Hank reicht ihm einen kleinen Karton, der auf dem Gepäckwagen stand.

Vater bittet Ice, seine Tasche zu öffnen, damit sie die Ampullen austauschen können.

Ice runzelt die Stirn. »Darf ich Fragen, warum das nötig ist, Sir?« Er holt ebenfalls eine kleine Schachtel hervor und drückt sie meinem Vater in die Hand.

»Wir haben hier andere Aufbaupräparate, die Ihnen noch besser bekommen werden. Wir haben an einer neuen Vitamin- und Mineralstoffkombination getüftelt, die auch bald die anderen Städte übernehmen wollen.«

Davon weiß ich nichts, doch ich schweige lieber.

Ice nickt und verstaut seine neuen Ampullen, allerdings sieht er nicht wirklich überzeugt aus.

Vater beachtet ihn längst nicht mehr. Gemeinsam gehen wir zum Aufzug, der im Inneren des riesigen Turmes nach unten fährt. Er ist so groß, dass wir alle inklusive Gepäckwagen Platz finden.

♥♥♥

»Vater, warum hat er andere Injektionsampullen bekommen?«, frage ich wenige Minuten später, als wir am Fuße des Turmes in ein Automobil steigen. Vater nimmt vorne Platz, ich werde mit Ice hinten sitzen. Die beiden Warrior stehen jedoch noch vor dem Wagen, solange Hank das Gepäck verstaut. Vaters Beschützer wird uns mit einem zweiten Fahrzeug folgen. Außer den Senatoren und wenigen Regierungsangestellten, hat niemand Automobile.

Vater blickt über seine Schulter. »Ich will nicht, dass er wie ein Tier über dich herfällt.«

Als ich ihn fragend ansehe, erklärt er: »Hast du vergessen, was ich dir einmal über die Injektionen erzählt habe? Sie enthalten einen Wirkstoff, der abhängig macht, damit die Warrior sich die Spritzen regelmäßig geben. Außerdem wurde noch eine Substanz beigemischt, die die Libido entfacht, damit die Warrior in den Shows alles geben.« Er spricht so leise, dass ich ihn kaum verstehe. Das Lärmen auf dem Platz dringt durch die geöffneten Türen an meine Ohren. Viele Bürger, die von der Arbeit kommen und schnell nach Hause wollen, schreiten an uns vorbei und unterhalten sich. »Die neuen Ampullen bewirken das Gegenteil, sie unterdrücken jegliche sexuelle Lust.«

Ich schlucke. Diese Information habe ich nicht vergessen, eher verdrängt, wie so vieles. Vater hat mich schon in einiges eingeweiht. Ich finde diese Spiele vor laufender Kamera abartig und pervers. Zum Glück wurden sie ausgesetzt. Ob Ice in New World City auch bei diesen Spielen mitgemacht hat? Oder hat er schon immer als Bodyguard gearbeitet? In anderen Städten ist es nicht ungewöhnlich, ausgebildete Warrior auch als Personenschützer einzusetzen. Sie dürfen nicht wählen, was mit ihrem Leben passiert, wie die meisten Bürger.

Die Warrior sind unser Machtinstrument, unsere Roboter, unser verlängerter Arm. Ohne sie wären wir nichts.

Als sich plötzlich Ice neben mich setzt und die Tür schließt, zucke ich zusammen. Seine langen Beine finden hinten kaum Platz, daher öffnet er die Schenkel und stößt an mein Bein. Obwohl er eine Hose trägt und ich einen Rock, spüre ich die Hitze, die er ausstrahlt. Außerdem steigt mir wieder sein männlicher Duft in die Nase. Zum Glück dauert die Fahrt nur wenige Minuten, denn diese intime Nähe bringt mein Herz zum Rasen.

Weitere Titel

Übrigens schreibe ich nicht nur Erotik und Romantasy, sondern auch Jugendbücher. Besonders ans Herz gewachsen ist mir mein Flaschengeist Nick. »Nick aus der Flasche« ist ein Liebesroman für alle ab 14 Jahren.

♥♥♥

Monica Davis

Nick aus der Flasche

Plötzlich mit einem Dschinn zusammenzuwohnen, wirbelt das Leben der 17-jährigen Julie ziemlich durcheinander, wo sie gerade dabei war, sich den beliebtesten Jungen der Schule zu angeln. Doch da hat sie die Rechnung ohne Flaschengeist Nick gemacht. Der genießt seine neu gewonnene Freiheit und niemand soll ihn daran hindern – auch kein Möchtegern-Schönling. Denn Nick ist der Meinung, dass Julie etwas Besseres verdient hat. Nur findet er niemanden, der wirklich zu seiner Herrin passt – bis er bemerkt, dass er sich selbst Hals über Kopf in sie verliebt hat.

Ein märchenhafter Liebesroman für alle Leser ab 14 Jahren.

Über die Autorin:

Inka Loreen Minden, die auch unter den Pseudonymen Lucy Palmer, Mona Hanke (Erotik), Loreen Ravenscroft (Romantasy) und Monica Davis (Jugendbuch) schreibt, ist eine bekannte deutsche Autorin erotischer Literatur. Von ihr sind bereits über 30 Bücher, 6 Hörbücher und zahlreiche E-Books erschienen, die regelmäßig unter den Online-Jahresbestsellern zu finden sind.

Neben einer spannenden Rahmenhandlung legt sie Wert auf eine niveauvolle Sprache und lebendige Figuren. Explizite Erotik, gepaart mit Liebe, Leidenschaft und Romantik, ist in all ihren Storys zu finden, die an den unterschiedlichsten Schauplätzen spielen.

Mehr über die Autorin auf ihrer Homepage:
www.inka-loreen-minden.de
www.monica-davis.de

2841111R00086

Printed in Germany
by Amazon Distribution
GmbH, Leipzig